EL VIENTO NO ES UN RÍO

Brian Payton

El viento
no es un río

Traducción de Carlos Milla e Isabel Ferrer

Umbriel Editores

Argentina • Chile • Colombia • España
Estados Unidos • México • Perú • Uruguay • Venezuela

Título original: *The Wind Is Not a River*
Editor original: ecco – An Imprint of HarperCollins*Publishers*, New York
Traducción: Carlos Milla e Isabel Ferrer

1.ª edición Octubre 2014

Copyright © 2014 by Brian Payton
    All Rights Reserved
© de la traducción 2014 *by* Isabel Ferrer Marrades
© 2014 *by* Ediciones Urano, S.A.
    Aribau, 142, pral. – 08036 Barcelona
    www.umbrieleditores.com

ISBN: 978-84-92915-52-1
E-ISBN: 978-84-9944-773-5
Depósito legal: B-18.695-2014

Fotocomposición: Ediciones Urano, S.A.
Impreso por Romanyà-Valls, S.A. – Verdaguer, 1 – 08786 Capellades (Barcelona)

Impreso en España – *Printed in Spain*

Para Lily

PRIMERA PARTE

1

1 DE ABRIL, 1943

Cuando John Easley abre los ojos bajo el cielo del mediodía, su vida no desfila ante él. Ve en cambio una lámina uniforme de cielo grisáceo, como si hubiera perdido el color después de muchos lavados. Parpadea dos veces y fija la mirada en las diminutas motas negras que se deslizan ante las nubes. Cruzan su campo visual allí donde posa la vista. Son «moscas flotantes», según dictaminó el médico el invierno pasado. Añadió que a la edad de Easley, treinta y ocho años, era algo muy común. Minúsculas porciones del revestimiento interior del globo ocular se desprendían y flotaban en el humor gelatinoso. Lo que Easley ve no son en realidad las propias motas, sino las sombras que éstas proyectan a su paso ante la retina. El médico le aconsejó que, para evitar que lo distrajeran, procurase no fijar la mirada en una hoja en blanco, el cielo o la nieve. Éstos son sus primeras reflexiones conscientes en la isla de Attu.

Se incorpora. Al hacerlo, tiene la sensación de que la cabeza se mueve por propia inercia, como si deseara proseguir su propia trayectoria ascendente. Un dolor sordo le traspasa las costillas. Apoya las manos desnudas en la nieve para no perder el equilibrio. El paracaídas se hincha a sus espaldas: una transgresión ictérica en contraste con el manto blanco, por lo demás impoluto. La niebla es tan densa que no ve el extremo de la seda. Por un momento teme que el paracaídas capture un soplo de brisa y lo arrastre pendiente arriba.

Por encima de él, los aviones, invisibles, zumban y vuelan en círculo.

Easley flexiona las manos. Con la velocidad de la caída, se le han desprendido los guantes. Se contempla las largas piernas y mueve las botas de un lado a otro. Se quita la gorra de vuelo, se palpa el cuero cabelludo entre el pelo, busca indicios de sangre. No encuentra. Se desabrocha el arnés, se vuelve boca abajo e, impulsándose con los brazos, se levanta. Inexplicablemente, está sano y salvo. Y así empieza todo.

La niebla no es un simple aliado; es un amigo personal e íntimo. Camufla sus errores y despliega sobre él su ala protectora, permitiéndole eludir la detección. Pero a la vez lo aísla de la tripulación, si es que ha sobrevivido alguien más. Lo asalta entonces el destello rojo de un recuerdo: en la solapa de un soldado de las fuerzas aéreas aparece súbitamente una mancha, como una flor en el ojal, y su cabeza se desploma primero al frente y luego a un lado.

No mucho más abajo la nieve da paso a un campo vacío que se pierde de vista en la niebla. Los tallos del ballico del año pasado, de un metro de altura, presentan una coloración parduzca y están aplanados por el peso del invierno. Easley se acerca al paracaídas, lo recoge y, pese a que opone resistencia, lo guarda apresuradamente en la mochila. Se la carga sobre los hombros, hace una mueca por el dolor del costado y, acto seguido, se yergue en actitud desafiante, sin saber muy bien qué hacer.

Las esporádicas detonaciones del fuego antiaéreo japonés, a lo lejos —¿diez kilómetros, quince?—, comienzan a definir el espacio. Entre una explosión y otra, se oye el rumor cercano del rompiente de las olas. La niebla desorienta, distorsiona, como cuando uno fija la mirada en aguas profundas. En un radio de cien metros de visibilidad, no hay un solo sitio donde ponerse a cubierto. Está total y absolutamente a la vista. Se quita la mochila y la usa a modo de asiento.

Se observa el dorso de las manos, ahora enrojecidas por el frío. Últimamente le recuerdan a las de su padre. Ya no son las manos de un joven, claras y tersas. Da la impresión de que todos los poros y todas las venas han aparecido de pronto. Una topografía de finas arrugas y cicatrices deslavazadas.

John Easley tenía ya siete años cuando soltó la mano pegajosa de su hermano en la estación Victoria de Londres. Habían llegado de Vancouver, vía Montreal, hacía sólo un día con el objetivo de pasar los siguientes ocho meses en un pequeño piso mientras su padre, ingeniero, realizaba un curso de especialización. John tendría responsabilidades. Pero por el momento, mientras su madre buscaba empleo y su padre hacía cola ante la taquilla del metro para comprar los billetes, su única obligación era quedarse en el banco y vigilar a Warren, de tres años. Sin embargo esos magníficos trenes que entraban y salían de la estación lo fascinaban. Aún hoy está seguro de que tenía a su hermano cogido de la mano cuando se alejó por el vestíbulo, en igual medida que sabe que fue él quien se la soltó.

La culpabilidad le sobrevino de pronto como un acceso de fiebre. La sentía todavía después de tantos años. Miró alrededor, pero todos los bancos, todos los andenes parecían iguales. Eran muchos los niños pequeños entre quienes escoger, cada uno firmemente unido a otra familia. Empezó sólo trotando, pero enseguida echó a correr y salió de la estación, convencido ya de que era demasiado tarde. La adrenalina dio paso a las náuseas y luego lo invadió una sensación de mareo.

Despertó entre un corrillo de rostros femeninos con la vaga idea de que había vuelto de entre los muertos. Pero pronto apareció su padre, pálido y desencajado, con su hermano Warren en brazos. Dio las gracias a las mujeres y agarró a John por la parte superior del brazo. Ya a una distancia prudencial, dejó a Warren en la acera y se volvió hacia su hijo mayor: «¿Cómo has podido soltar a tu hermano? ¿Adónde demonios te has creído que ibas?» A continuación, por primera y única vez en la vida, Easley vio a su padre venirse abajo. Para que nadie lo viese llorar, alzó sus dos grandes manos y, abochornado, se tapó la cara.

Los estampidos del fuego antiaéreo son cada vez más esporádicos y al final cesan por completo. Se levanta el viento. Easley se pone en pie y escruta la bruma. Desciende unos doscientos metros por la pendiente, deja atrás la última franja de nieve y entra en el campo de ballico aplanado. El terreno, blando y esponjoso, baja hacia la playa. No hay un solo árbol, ni arbustos de ningún tipo.

Un pequeño arroyo se interpone en su camino. No tiene más de un metro de ancho y serpentea entre la hierba marchita. Easley se tumba boca abajo en la orilla, con la cabeza por encima del agua. Acerca los labios a la fría corriente y bebe con tal anhelo que empieza a dolerle la cabeza. Cuando el dolor remite, vuelve a beber como si no hubiera visto agua desde hace días.

Se levanta y advierte un resplandor en el cauce, la insinuación del reflejo de un rayo de sol. Una ráfaga de aire agita el cuello forrado de piel de su traje de vuelo, que le roza la mejilla por un momento. Al lejano graznido de un charrán ártico sigue, extrañamente, lo que parece una tos. Easley gira sobre los talones. Ahora dispone quizá de unos treinta metros de visibilidad, y ésta mejora por momentos. Cuanto más le alcanza la vista, más consciente es de que está totalmente al descubierto. No hay un solo tocón o peñasco tras el que buscar protección, ninguna zanja donde ocultarse. Le da un vuelco el corazón. Easley escucha con atención por si vuelve a oírse la tos, pero percibe sólo el rumor de las olas. Permanece inmóvil, ahí de pie, con los pulgares en torno a las correas del arnés, sin saber qué hacer.

Y entonces se vuelve y ve abrirse un resquicio en la niebla. El resquicio, como unas cortinas infinitas al separarse, se ensancha y avanza hacia él, iluminando la tierra, caldeando el aire a su paso. Finalmente, la lámina de nubes se abre por completo y el sol se derrama justo encima de él. Es tal milagro que olvida, por un instante, que se halla tras las líneas enemigas.

La abertura desciende por la pendiente hacia la playa. Easley distingue ahora la espuma blanca de las olas bajo el azul del cielo.

Mientras la abertura se extiende y libera cada vez más espacio, vuelve a oír la ligera tos y mira entre los vapores en busca de su procedencia. Desarmado, tiene que limitarse a observar una silueta que cobra forma cerca de la orilla del mar. ¿Un japonés? ¿Un miembro de la tripulación? Es obvio que ese hombre lo ha visto. Easley no sabe si levantar las manos o echar a correr.

La niebla se desprende como satén de las laderas de un volcán inactivo, revelando una gélida belleza. Bajo el peculiar sol aleutiano todo se dibuja con un acusado relieve: porciones de blanco, los restos parduzcos de la hierba del año pasado, el Pacífico Norte de un azul sanguíneo. Cuando Easley identifica la figura solitaria, refrena el impulso de lanzar un grito de júbilo. Retira un pulgar del arnés, alza la mano y saluda.

Un nuevo estallido de fuego antiaéreo, y ambos se arrodillan.

A continuación la bruma, tan deprisa como antes ha empezado a moverse, detiene su retirada. Como una ola volviendo al mar por la playa, vacila, cambia de dirección y sube de nuevo. Los dos hombres se encaminan el uno hacia el otro en la bruma cada vez más densa. Los colores y la luz anteriores ahora parecen un sueño. Los dos se aproximan con una sonrisa cada vez más ancha en los labios, como si fueran los únicos que conocen el significado de una broma. Y cuando se hallan el uno ante el otro, se estrechan en un largo y fuerte abrazo, como hombres que han burlado juntos la muerte, como hombres convencidos de que lo peor ha quedado atrás.

El chico, Karl Bitburg, parece exhausto. Easley se da cuenta de que está empapado en cuanto se abrazan. El muchacho, inmóvil y sonriente, tirita. Easley calcula que no tiene más de diecinueve años y, a su pesar, duda que llegue a cumplir los veinte.

—¿Has encontrado a alguien más? —pregunta el chico arrastrando las palabras, con tono de desamparo.

—No. ¿Has caído al agua?

—A unos treinta metros de la orilla. He salido lo más deprisa posible, y una vez en la playa recuperé el paracaídas. Lo he escondido debajo de una roca, por allí. —Señala con el mentón hacia el otro extremo de la playa—. No creo que los japoneses lo hayan visto. Están al otro lado de los montes.

Ha sido pura suerte, dice Easley, que él haya caído en tierra. La niebla era en ese momento tan espesa que no ha alcanzado a ver lo que tenía debajo segundos antes de pisar el suelo. No ha visto ningún otro paracaídas y ha perdido por completo el rastro del avión. Mientras habla, observa al chico temblar y se plantea —por primera vez— la intensidad del frío y la humedad a que se enfrentan. El muchacho tiene el rostro pálido, exangüe, y está tan encogido que se lo ve más bajo que antes. No se parece en nada al gallito jactancioso al que Easley conoció hace dos días.

—Deberíamos buscar a los otros —anuncia el chico.

—Tienes que secarte.

—Es necesario encontrar a mis amigos, maldita sea. Y eso es lo que vamos a hacer. —Se yergue un poco, echa la barbilla al frente—. Yo conozco a esos hombres. Vivo con ellos. Tú sólo nos acompañas.

—Si no te secas y dejas de temblar, mañana estarás muerto.

Observando al chico, Easley sale del aturdimiento en el que venía sumiéndose y consigue fijar la mente en algo. También concibe la idea de futuro por primera vez desde que ha aterrizado en la nieve.

—Soldado de primera clase de las fuerzas aéreas —se presenta el chico, declarando su rango—. Tú ni siquiera tendrías que estar aquí. Hasta que encontremos al teniente, soy yo quien está al mando.

—Tú mismo —responde Easley—. Pero ahora que se ha levantado otra vez la niebla, puede que nos convenga encender una fogata para que te seques. Así tendremos un sitio adonde traer a tus amigos, si es que queda alguno. —Advierte que el chico está predispuesto a atenerse a razones—. Puede que haya japoneses vigilando. Deberíamos ponernos a cubierto.

—Podrían oler el humo.

—Aquí, con una hipotermia, eres hombre muerto.

El chico se planta en jarras y contempla la niebla.

—Se me ha mojado el encendedor.

Easley se lleva la mano al bolsillo y busca su propio Zippo reluciente. Lo saca, lo abre y produce una nítida llama anaranjada.

En la playa hay poca madera arrastrada por el mar, y encontrar leña seca es imposible. Sabe muy bien que en todo el archipiélago de las Aleutianas no crece un solo árbol y la única leña disponible son los troncos y ramas raídos que las olas traen de costas lejanas. Los trozos mejores se encuentran allí donde la playa da paso a la juncia y el ballico, donde olas díscolas han llegado y retirado la tierra de debajo de la maraña de raíces. Bajo las repisas así formadas, se acumulan unos cuantos palos y troncos. Esa leña y la hierba marchita proporcionan yesca suficiente para encender una hoguera.

Localizan una quebrada poco más allá de la línea de marea. Pronto oscurecerá. El chico se queda de pie frente a Easley, al otro lado de la hoguera, desnudo de cintura para arriba, sosteniendo su gruesa guerrera forrada de lana por encima de las llamas.

Tiene el cuerpo blanco y fibroso. Es de estatura media, un poco más bajo que Easley. Aquí su constitución atlética no va a servirle de mucho, piensa Easley. La ausencia de grasa da poco pie al optimismo. Lleva un tatuaje reciente en el hombro: el ancla y el águila de la Marina estadounidense. La marca de un guerrero. Se le antoja ridícula en esa piel pálida y desvalida. Le confiere un aspecto aún más juvenil. El traje de vuelo empapado, su única verdadera protección, probablemente no llegará a secarse.

Easley lo observa tiritar cerca de las llamas. Se acerca a él, se quita su propia guerrera y se la coloca alrededor de los hombros. El chico se arrebuja en la prenda cálida y expresa su gratitud con un gesto de asentimiento. A continuación Easley se quita el pantalón de cuero y se lo ofrece, y se queda sólo con un pantalón de algodón, la camisa y la chaqueta.

El chico se quita el resto de la ropa mojada y se pone el pantalón de Easley. Después, con brazos trémulos, acerca los calzoncillos mojados al fuego.

—No suelo enseñar las joyas de la familia en la primera cita —explica—, aunque siempre lo intento.

La quebrada tiene una profundidad de menos de tres metros, pero basta para ocultar la luz de la fogata. Quizás el resplandor sí se vea directamente desde el mar o desde los montes situados a unos kilómetros de distancia. Las cosas podrían estar peor. Permanecen ilesos, el enemigo no parece haber detectado su presencia, y el chico se reanima por momentos. Sobrevivirán a la noche.

Cuando oscurece, la niebla se despeja y las estrellas brillan con desafiante intensidad. Las montañas, de un negro morado, se ciernen sobre ellos. Y el trazo fosforescente formado por la espuma de las olas es la única línea de demarcación entre la tierra y el mar en la oscuridad.

Easley toma conciencia gradualmente de que sólo están matando el tiempo. En la misión de bombardeo despegaron seis aviones. Sólo la Marina sabe cuáles no han vuelto. Quizás alguno de los otros artilleros haya visto estrellarse el avión de Easley en el mar helado. Está convencido de que ya no los buscan, o no lo buscan a él en concreto. Dan por supuesto que se han ahogado o han sido capturados. Todos aquellos que participan en estas misiones saben que no hay esperanza de rescate. En la isla de Adak, los compañeros del chico darán por desaparecidos en combate a él y sus compañeros, y esta noche levantarán una copa en su memoria. Dentro de unas semanas, sus padres recibirán una vaga carta endulzada a base de tópicos. Su hijo fue más allá del cumplimiento del deber, combatió con honor.

La esposa de Easley no recibirá esa clase de correspondencia.

Helen sabrá a estas alturas que él ha regresado a Alaska, pero ni siquiera ella imaginará que ha vuelto hasta las mismísimas Aleutianas. Easley evoca las manos elegantes de Helen, su sonrisa sesgada, su cabello suave en la nuca, pero sobrelleva aún la culpabilidad de haberla dejado atrás. La imagina antes de la guerra, antes de que todo cambiara, sentada junto al intenso fuego en casa de su padre, bañada por el calor y la luz.

Easley despierta con un dolor en las costillas. El chico, arrimado contra él, permanece dormido en el paracaídas. La repisa de raíces sigue sobre ellos; el mar no la ha invadido. Al apagarse el fuego anoche, cubrieron las brasas y luego buscaron refugio donde antes encontraron la leña en la línea de marea. Apenas había espacio para los dos. Pasando por alto el protocolo de montar guardia, sacaron el paracaídas de Easley, se envolvieron en él y no tardaron en dormirse.

Mueve la cabeza y escruta el blanco cegador. A unos diez metros ve un par de botas en la nieve recién acumulada, y poco después un delgado chorro amarillo. Contiene la respiración. El soldado, al acabar, se aleja pesadamente hacia la playa y contempla el mar. Pronto se reúnen con él otros cuatro soldados y, pateando el suelo, lanzan miradas a las laderas y los picos de los montes. No detectan el angosto escondrijo. Una exigua capa de nieve de cinco centímetros ha cubierto todas las huellas e indiscreciones anteriores. Los japoneses parecen cansados y aburridos. No ven nada.

Easley alarga el brazo y cierra la mano en torno a la boca y las mejillas del chico. Éste despierta sobresaltado, lo mira a los ojos y a continuación se vuelve lentamente hacia los soldados, que ahora encienden cigarrillos y se cambian de hombro los fusiles. Cuando los pierden de vista, Easley deja escapar un suspiro y vuelve a tenderse.

—Caramba. —El chico se frota los ojos—. Por lo visto va a salirte un artículo más interesante de lo que esperabas.

Un artículo. La palabra se le antoja un insulto. Al despegar el avión, el piloto anunció que llevaban un periodista a bordo. Corresponsal de guerra, nada menos. Ya venía siendo hora de que el mundo empezara a prestar atención.

Permanecen tumbados en silencio, aguzando el oído, alertas mientras el día adquiere fuerza y la nieve se funde en el borde de su guarida.

Easley viajó por primera vez al Territorio de Alaska hace casi un año, por encargo de *National Geographic Magazine*. Llegó a la isla de Atka, en la zona central del archipiélago de mil ochocientos kilómetros de longitud, y pasó allí dos semanas en primavera, recorriendo a pie los exuberantes montes verdes de un lugar que, al menos visto desde el aire, le recordó la isla hawaiana de Molokai. Antes de ese encargo, apenas conocía la existencia del archipiélago. Entrevistó a aldeanos tímidos pero hospitalarios y fue invitado a salir de pesca con ellos. Asistió a los oficios de la iglesia ortodoxa, se dejó envolver por el incienso y el esplendor. Quedó fascinado tanto por la historia natural como por la humana: por la gente, en la que se habían entretejido los rasgos rusos y autóctonos, y por su cultura. Sin proponérselo, se había topado con un mundo poco conocido y remoto.

Pero el 3 de junio de 1942, sólo tres días antes de la fecha en que tenía previsto volver a casa, los japoneses lanzaron un ataque desde portaaviones ligeros y bombardearon la base naval de Dutch Harbor y la base militar de Fort Mears, matando a cuarenta y tres hombres e incendiando barcos y edificios. Estos puestos avanzados en las islas de Unalaska y Amaknak, cerca del territorio continental de Alaska, eran las únicas defensas de Estados Unidos en el archipiélago aleutiano. El 7 de junio tuvo lugar la victoria de Estados Unidos en Midway. Ese mismo día, seis meses después del ataque a Pearl Harbor, los estadounidenses se enteraron de que el ejército japonés se había apoderado de las islas de Kiska y Attu, en el extremo más alejado de la cadena Aleutiana. Once días después la Marina estadounidense, en un breve comunicado a la prensa, quitó importancia al hecho. El encargo inicial de Easley, un artículo sobre historia natural, quedó relegado de inmediato. Cuando finalmente llegó a Dutch Harbor, el lugar todavía humeaba.

Uno de los cinco o seis periodistas activos en ese nuevo escenario bélico, Easley, obedientemente, recogía los partes oficiales y los transmitía a los ávidos directores de periódicos nacionales. Pero luego empezó a entrevistar a miembros de las fuerzas aéreas recién regresados de vuelos de reconocimiento. Tomó notas sobre lo que veían, sobre los rumores de cómo se atrincheraban los japoneses. Con sumo cuidado, tachaba sus propios textos, eliminando todo aquello que pudiera poner en peligro a las tropas, y aun así el censor militar trazaba gruesas rayas negras sobre la mayoría de los datos concretos. En el texto resultante se leía, por ejemplo: «▮▮▮▮▮ campamentos enemigos en ▮▮▮▮▮ reforzados al amparo de la niebla. ▮▮▮▮▮ buques de la Armada Imperial japonesa fueron avistados ▮▮▮▮▮ en el ▮▮▮▮▮ y ▮▮▮▮▮ intentando reabastacerse. Si bien se han perdido ▮▮▮▮▮ aviones y ▮▮▮▮▮ hombres a manos del agresor, las mayores amenazas para nuestras tropas son con diferencia el viento, la lluvia y el frío».

Pronto se dio orden de que todo el contingente de prensa abandonara Alaska, pese a que los congresistas reclamaban ahora noticias de este lejano rincón del territorio estadounidense, noticias distintas de las que emitía la Rosa de Tokio. Pero ahora el Departamento de la Guerra sometía a un intenso examen los partes procedentes de las islas Aleutianas, convertidos en asunto de seguridad nacional. A medida que el flujo de información procedente de Alaska se reducía a un goteo, la intervención de Estados Unidos en el norte de África y Guadalcanal sirvió para desviar la atención. Y las agencias oficiales de noticias seguían pregonando a bombo y platillo la victoria de Midway.

Alguien quería que esta batalla no se librara bajo las miradas de los curiosos. ¿Qué escondían en las Aleutianas? Si los japoneses establecían una base desde donde atacar el continente, la población civil de Alaska, Columbia Británica y el estado de Washington tenían derecho a saberlo y prepararse. Easley era uno de los pocos periodistas con un mínimo conocimiento de ese rincón del mundo. ¿Qué clase de periodista se achanta ante un deber como ése?

Al cabo de unos meses, desoyendo las advertencias de los directores de sus publicaciones, de amigos y de Helen, Easley y otro periodista regresaron furtivamente haciéndose pasar por marineros de un buque mercante. Sin llegar a las Aleutianas, estuvieron una semana indagando en la isla de Kodiak antes de que los mandos se enteraran. Tras un largo interrogatorio, los enviaron al sur, previamente advertidos de que podían acabar en prisión conforme a las disposiciones de la Ley de Espionaje. La siguiente vez Easley viajó solo, oculto pese a estar a la vista de todos. Regresó en avión una tercera vez, vistiendo el uniforme de teniente de las Reales Fuerzas Aéreas Canadienses: el uniforme que había pertenecido a su hermano. Falsificó los documentos en que solicitaba la condición de observador para futuras operaciones conjuntas en el teatro de operaciones aleutiano. Fue meticuloso, ensayó bien el papel y lo desempeñó con naturalidad.

Easley no tardó en reunir los datos básicos tal como los conocía la Marina. Hay unos dos mil soldados enemigos atrincherados en torno a la única aldea de la isla de Attu. A juzgar por los barracones, los vehículos y las carreteras que los japoneses construían en la isla vecina de Kiska, podía haber allí unos efectivos de hasta diez mil hombres. La posibilidad de que esas remotas islas fueran la brecha a través de la cual la guerra irrumpiese en Norteamérica era algo que la población civil no debía siquiera concebir, por poco que la Marina pudiera impedirlo. Contaban con que fuera posible contener el problema. El plan era debilitar al enemigo para después llevar a cabo un asalto anfibio. El bombardeo regular de sus baterías antiaéreas, hangares de hidroaviones, bases de submarinos y aeródromos mantenían a los japoneses ocupados en continuos remiendos. Si el tiempo lo permitía, se enviaban misiones de combate seis veces al día desde Adak, la base de operaciones avanzada contra posiciones enemigas.

En Adak conoció al piloto de un aparato que accedió a llevarle cuando le explicó que en Estados Unidos nadie sabía a qué se enfrentaban allí él y sus hombres. El teniente Sánchez era un hombre sagaz y seguro de sí mismo, de la edad de Easley, con una sonrisa pronta y contagiosa. Según dijo, la idea de que los periódicos no informaran acerca de su guerra era como una patada en los huevos. Al cabo de dos días Easley fue lanzado por la compuerta de su hidroavión, un Catalina, mientras el aparato se precipitaba desde el cielo turbulento.

Easley sale a rastras de debajo de la repisa y echa un atento vistazo alrededor. Se levanta tambaleante, se despereza, se toca las costillas doloridas. El chico sale también, y juntos examinan las huellas de botas japonesas en la nieve, maravillados por no haber sido descubiertos.

Pero la capa de nieve también desvía la atención de Easley de la necesidad inmediata de encontrar alimento, cobijo y un escondite seguro. Se plantea, en cambio, el Problema Mayor, el hecho de que no pueden eludir la humedad y el frío tan fácilmente como a esa patrulla enemiga.

Por ahora tienen al menos el sol. El resplandor los obliga a entornar los ojos. Para subir los ánimos, declara que, al ritmo actual de deshielo, la mayor parte de la nieve nueva se habrá fundido al llegar la noche.

El chico le enseña a guardar debidamente el paracaídas en su mochila. Easley observa sus movimientos expertos, la acción de la memoria muscular y la circunstancia de que eso le da cierta ilusión de control. Una vez terminada la tarea, se quedan los dos en jarras, contemplando el apretado fardo.

—Veamos qué más tenemos.

El chico se vacía los bolsillos encima de la lona. Saca una navaja, el encendedor mojado, una llave, un chicle y cuatro cigarrillos aplastados.

—¿Para qué es la llave?

—Es de la puerta de mi casa.

Easley se lleva las manos a sus propios bolsillos y extrae sólo el Zippo y una moneda de cinco centavos con la imagen del búfalo en el anverso. Después vuelve a rebuscarse en todos los bolsillos, pero no puede añadir nada más a sus provisiones. El chico coge la moneda entre el pulgar y el índice.

—Me la regaló una antigua novia para que me diera suerte —explica Easley, omitiendo el detalle de que dicha novia acabó siendo su mujer.

—¿Y qué? ¿Has tenido suerte?

El periodista siente una repentina subida de adrenalina que lo coge por sorpresa. Observa al chico por un momento y advierte el brillo en sus ojos: un pretendido desenfado. Al percibirlo, se abstiene de pegarle.

—Ya me parecía a mí. —El muchacho parte el chicle en dos, se echa un trozo a la boca y ofrece el otro a Easley—. No me pareces un hombre con suerte. Toma. —Le devuelve la moneda—. Puedes invitarme a una copa cuando salgamos de este montón de mierda helada.

Por insistencia del chico, destinan la mayor parte del día a la búsqueda de los otros miembros de la tripulación. Escozor en la nariz y las mejillas, palpitaciones en los dedos de manos y pies. Regresan a su quebrada famélicos, desanimados y desengañados —al menos por lo que a Easley se refiere— de la idea de que pudiera haber sobrevivido alguno más de quienes viajaban en el avión. Después se separan y rastrean la playa. Easley busca leña; el chico, algo de comer.

Si bien en esta ocasión Easley está mejor preparado, la nueva fogata también le da problemas. Le duelen las costillas cada vez que toma aire para soplar las ascuas. Le complace ver que, como mínimo, ha gastado menos combustible del encendedor.

El chico llega con la guerrera llena de gruesos mejillones azules y moluscos con la concha semiacaracolada, algunos irreconocibles de tan aplastados, rezumando en la tela. Con actitud triunfal, los deja caer en la hierba y a continuación regresa con andar vigoroso a la playa. Vuelve con una piedra plana, que coloca cerca de las brasas.

—Cómo podemos saber si esto es comestible o no, me pregunto.

Easley alza la mirada y coge un mejillón agrietado. Se muerde el interior del labio inferior para sangrar. Luego hunde un dedo en la pulpa viscosa del mejillón y se frota los jugos en la herida de la boca.

—¿Y eso para qué sirve?

Easley se pasa la lengua por la herida varias veces para que los jugos entren en la incisión.

—No sé si aquí hay marea roja o no. Si se adormece el labio, significa que las algas se han echado a perder. Entonces los moluscos son tóxicos. Si no, puedes comerlos sin peligro.

Espera unos minutos e incluso se pellizca el labio un par de veces para cerciorarse. Cuando por fin mueve la cabeza en un gesto de asentimiento, el chico se frota las palmas de las manos con satisfacción.

Colocan los mejillones en la piedra plana, ya caliente, y los observan abrirse por efecto del calor. El chico ofrece a Easley el primero, todavía humeante en su concha. Simultáneamente, extraen sendos bocados de carne y mastican, mirándose por encima de las llamas. El muchacho hace una mueca, pero enseguida coge otro.

Pasan casi una hora entera asando y comiendo. A Easley esta escena, esta sensación, le trae a la memoria un ya lejano viaje en velero entre las resguardadas islas del Golfo con su hermano,

Warren, el último de esos viajes en la temporada, el primero que les permitieron realizar solos. El barco era muy pequeño y no disponían de espacio para dormir los dos cómodamente, así que extendieron mantas en una playa a sotavento. Por ser el mayor, Easley era el responsable de todo en ese viaje: las cartas, la navegación, la comida. No es que Warren, a sus trece años, no fuera capaz de participar en esas tareas. Era ya un marino consumado, pero lo eximió de cualquier responsabilidad real precisamente porque intuía la merma de su propia primacía.

La hierba en torno a la fogata se seca y su ropa pierde parte de la humedad que los ha atormentado a lo largo del día. Después de cenar, el chico se pone en pie y va a beber al arroyo. Regresa limpiándose los labios con el dorso de la mano y mira a Easley.

—¿Dónde has aprendido eso de los mejillones?

—Con un indio.

—¿De dónde has dicho que eres?

—No creo haberlo dicho.

—Pues ahora estoy preguntándotelo.

—He vivido en Seattle los últimos años —explica Easley—. Antes vivía en Vancouver.

—En Canadá.

—Exacto.

—¿Y eso por qué?

—Soy de allí.

El chico asimila esta información en silencio, como si estuviese abstraído en cálculos aritméticos.

—Primer canadiense que conozco, me parece —comenta.

—Pues ahora compartes litera con uno.

—Habrías podido escribir y enviar tu artículo desde Adak. No tenías que estar en ese avión, ¿verdad?

—Ahora que lo dices, tampoco yo sé gran cosa sobre ti —observa Easley—. Cuéntame lo básico. Podemos ir añadiendo los detalles a medida que pasen las semanas y los meses.

—No va a pasar ni una puta semana.

Easley ve que el chiste no ha tenido éxito y lamenta sus palabras. El chico se tiende en el lado opuesto de la fogata y apoya la cabeza en la mano. Lo examina atentamente, calibrándolo.

—¿Qué edad has dicho que tienes?

—Treinta y ocho. ¿Y tú de qué parte de Texas eres?

—Eso que has detectado es el acento del oeste de Texas. Roan, Texas. Un pueblo tan grande que hay dos tabernas, y tan pequeño que conoces la talla de sujetador de todas las chicas.

Salta a la vista que no es la primera vez que esa frase sale de su boca.

El chico describe una tierra incultivable y pozos de petróleo que rinden poco o nada. Un padre al que no llegó a conocer, las continuas mudanzas de una casucha alquilada a otra. Amigos que hacían trampas jugando al billar, bautizos en una acequia, cerveza fría entrada de extranjis en un cine al aire libre en verano. Easley se representa un páramo seco y caluroso en el que la camisa se te queda rígida por el sudor.

El chico deseó en su día ser jugador de fútbol, pero descubrió que, por falta de envergadura, su corazón debía haber sido el doble de grande que el de cualquier otro. Llegó a la conclusión de que el suyo no lo era. En el instituto las cosas le fueron lo bastante bien para estudiar un semestre en la universidad antes de alistarse para ir a la guerra. Cuando salió de casa para ir al centro de instrucción, su madre ni siquiera lo acompañó a la puerta. Allí se quedó, cuenta él, encuadrada por la ventana grasienta, con el semblante inexpresivo, los brazos cruzados y tensos ante el pecho. Antes de que la camioneta se pusiera en marcha, recuerda claramente que las luces se apagaron y la casa quedó a oscuras.

Easley vuelve a sentirse al borde de ese espacio vacío que tan bien conoce, la brecha en la que uno se siente obligado a dar a conocer algún que otro retazo privado de su vida. Desea contar al chico que perdió a su hermano en la guerra. Y ahora, quizá, también a su mujer. El muchacho abre su corazón de manera intuitiva. Easley se pregunta por qué él no puede corresponderle.

El chico se incorpora y saca su tabaco aplastado. Lo coloca en el pliegue que forma su regazo y acerca al fuego un ancho tallo de hierba parduzca. El aire empieza a agitarse otra vez y las estrellas asoman entre las nubes. No hay ni rastro de la luna. Easley lo observa poner el tabaco dentro del flexible tallo y luego liarlo. Lo lame como si fuera papel de fumar e intenta fijarlo. Le queda razonablemente bien. Trenza las puntas y obtiene un patético cigarrillo. Sonríe. Aproxima la punta al fuego, da unas caladas y acto seguido exhala un chorro de humo con profunda satisfacción. Se lo ofrece a Easley, quien se llena gustosamente los pulmones de cálido humo. En su otra vida, prefiere la pipa de espuma de mar, pero ahora este lamentable pitillo le sabe a gloria. El chico lía otro, y se solazan allí tendidos, calientes y a gusto, escuchando el rumor de las olas. Es el primer momento de placer del que disfrutan desde que cayeron de las nubes.

Cuando la leña se consume, entierran las brasas y regresan a su escondrijo. Se envuelven en el paracaídas y procuran no pensar en cómo la arena absorbe el calor de sus huesos. Al menos están protegidos del viento. Después de muchas vueltas y cambios de postura, se acomodan y escuchan el ritmo de la marea menguante. Cuando Easley nota ya que lo vence el sueño, oye un sonido casi imperceptible, algo tenue y tranquilizador. El chico habla en susurros. Da gracias por haber eludido al enemigo, por los mejillones y la leña semiseca, por el don de un día más. Da gracias al buen Dios por la compañía de un tal John Easley.

La lluvia disipa la niebla y la claridad aumenta. Revela un mundo monocromo de distintos tonos de color humo. Esconden los paracaídas y parten en busca de comida, refugio, señales de otros hombres, el calor del movimiento. No encuentran más criaturas que gaviotas de alas glaucas patrullando por la playa con hastío. Easley observa las gotas de agua resbalar por sus plumas como abalorios perfectos, igual que si se deslizaran por el capó de un automóvil bien encerado. Las gaviotas parecen observarlo a su vez tal como las personas podrían contemplar a un reo de camino al patíbulo: con curiosidad, pero reacias a mirarlo a los ojos por respeto. Se pregunta qué sabor tendrían asadas en las brasas de un fuego hecho con leña recogida en la playa.

Tras recorrer varios kilómetros de costa, queda claro que la isla no parece muy dispuesta a ofrecer cobijo. Las playas se ciñen a la orilla de las calas y terminan en salientes rocosos. Por encima de la línea superior de marea se extienden ondulados campos cubiertos de ballico aplanado. Más allá, después de elevarse el terreno unos cincuenta metros, nieve. Ni un solo árbol o arbusto que merezca dicho nombre. Ninguna mata colmada de bayas estivales. Ninguna vaca u oveja pastando; ni siquiera ciervos, conejos o ardillas. Aquí las únicas posibles fuentes de proteínas son también visitantes: las aves del cielo y los peces del mar.

El chico, encabezando la marcha, se empeña en permanecer al frente, y su postura delata el esfuerzo. En cualquier momento podrían avistarlos a kilómetros de distancia, y entonces serían blanco de los francotiradores.

En la playa siguiente encuentran un pequeño promontorio formado por tres niveles de roca. Otean el horizonte en busca de barcos amigos y los montes en busca de enemigos; luego trepan con dificultad, agazapados, procurando que su perfil no se recorte contra el telón de fondo del mar. El chico sufre un ataque de tos y se ve obligado a sentarse para recobrar el aliento. Easley escruta la tierra vacía. No hay nada digno de comentario. Sólo aves ufanas bordeando la orilla. Más de nada, y nada más.

Cuando descienden, Easley rememora los momentos en el avión, el zumbido de los motores, su pánico mudo e impotente cuando el fuego antiaéreo traspasó la cabina y las alas. Recuerda las mejillas pálidas y la mirada aterrorizada del copiloto, y cómo éste comprobó metódicamente el paracaídas de Easley antes de lanzarlo por la compuerta.

El ritmo de las botas en la arena subraya el silencio impuesto entre ellos.

Al final el chico pregunta:

—¿Para qué queremos estas islas?

—Siento lo de tus amigos. Siento lo de Sánchez.

El muchacho se vuelve para mirarlo.

—Deberíamos caminar por la hierba siempre que sea posible. Aquí dejamos huellas.

Al final de la playa encuentran una quebrada, donde un riachuelo vierte sus aguas desde lo alto sobre un montón de piedras. La cascada cae justo ante la entrada de una cueva desde una altura de unos siete metros y hacia la mitad de su descenso se dispersa, formando una cortina de lluvia uniforme.

La cueva tiene unos diez o doce metros de profundidad, y quizá la mitad de anchura; la boca queda orientada en diagonal a la playa. El suelo rocoso asciende hasta confluir con el techo al fondo. Las paredes rezuman casi en toda su superficie. La parte trasera al menos no está salpicada por el agua. Como recién casados inspeccionando su primer chalet, exageran los aspectos positivos, pasando por alto el hecho de que no es más que un agujero en la pared de una quebrada.

—A esta distancia de la playa, la marea no será problema.

Easley se sienta en una roca.

El chico se limpia la nariz con una manga.

—¿Y si desviamos el arroyo?

Easley lo mira y ve en él una determinación que podría contagiarle rápidamente.

—¿Y si subimos a lo alto y construimos un pequeño dique? —prosigue el chico—. Con unas cuentas piedras y un poco de arena. Serán sólo unas horas de trabajo.

—Podríamos encender una hoguera, pero sólo de noche —comenta Easley, señalando la entrada de la cueva. Observa la pared opuesta de la quebrada y luego alza la vista hacia la lámina uniforme de cielo—. Con esta orientación, nadie verá la luz, salvo quizás un barco que pase. Estamos a muchos kilómetros de los japoneses; es imposible que huelan el humo.

El chico se rasca la cabeza.

—Yo diría que acabas de comprarte una cueva.

Para cuando Easley vuelve con los paracaídas, la luz no sostiene ya más colores que el gris. No ve al chico por ningún lado. La pequeña cascada que antes caía frente a la cueva se reduce ahora a un lento goteo. Dentro, muy al fondo, hay un lecho de hierba recién construido: una especie de nido enorme. El muchacho ha hecho maravillas durante su ausencia. Tenía ciertas reservas a la hora de separarse, aunque fuera sólo por unas horas, pero ahora ve que ha sido lo más sensato. Va al fondo de la cueva, se sienta en el nido y decide que éste cumplirá bien su función. Su gratitud por disponer de un espacio donde cobijarse, aunque sea así de tosco, se ve empañada por el temor a que pronto perezcan allí los dos, encogidos en esa caverna húmeda y fría, víctimas de la inanición.

Su casa, la primera donde han vivido Helen y él juntos, la encontró ella al ver un pequeño letrero escrito a mano en el cristal de una enorme ventana en voladizo. En Seattle había gran demanda de viviendas en alquiler desde que la Boeing trabajaba a pleno rendimiento, produciendo a marchas forzadas cazas y bombarderos para llenar los cielos de Europa y el Pacífico. Helen llevaba una semana buscando.

Era la planta baja de una casa victoriana pequeña y austera situada en Aden Street. El dueño vestía traje y sombrero oscuros, a juego con su propio talante sombrío. Su anciana madre había fallecido recientemente y no estaba preparado para separarse de sus pertenencias. Lo había trasladado todo al piso de arriba, dejando el espacio inferior para los inquilinos. Dijo que quería gente buena y de fiar para ocupar el hogar de su infancia. Si todo iba bien, les ofrecería la primera opción de compra después de la guerra. Cuando llegó el momento de la entrega de llaves, el hombre tuvo una breve vacilación, en apariencia espontánea y emotiva. Helen le tocó el hombro, como haría con un amigo afligido. Le dijo que no se preocupara, que había tomado la decisión correcta. Easley vio que el ánimo del hombre se transformaba por completo.

Esa primera noche en la casa hicieron el amor en el suelo del salón. Él supo entonces que quería a Helen más que a su propia vida. En ese momento imaginó que la alegría y el placer que le proporcionaba el cuerpo de ella era más completo que el que ningún hombre había conocido jamás. Compuso y tomó una fotografía mental de ella, bajo esa luz, en ese espacio y ese instante. Tuvo la presencia de ánimo necesaria para intuir que ése era para él un punto culminante. Fue un presentimiento. No cabía esperar que, pasada esa noche, su vida pudiera ser mejor. Para Easley, fue como si juntos hubieran descubierto, *inventado*, algo profundo y nuevo. Sacude la cabeza ante una idea tan ridícula. Deseó decírselo a Helen, pero se lo pensó mejor. A pesar de tener casi doce años menos que él, tal vez se habría reído a carcajadas de esas fantasías adolescentes.

¿Cómo es posible, se pregunta, que me haya alejado tanto de aquella noche?

El chico entra en la cueva con la guerrera repleta de mejillones, una sonrisa relajada en los labios, orgulloso de todo lo que ha conseguido.

—Veo que has estado ocupado —comenta Easley, lanzando una mirada hacia donde antes caía el caudal del arroyo—. Algún día serás una esposa perfecta para alguien.

El muchacho se acomoda la carga en un solo brazo para liberar la otra mano y le dirige un insulto levantando el dedo del corazón.

Esta noche no podrán encender fuego. Ni siquiera de esa luz grisácea queda ya mucho rato, y no hay tiempo para organizar una búsqueda de leña. El viento empieza a levantarse. Observan y aceptan todo esto sin pronunciar palabra. Ya han comenzado a desarrollar un vocabulario a base de miradas y gestos.

Escuchando el azote del viento en la costa, rompen las conchas de los mejillones y se los comen. Ninguno de los dos se sacia, porque ingieren sólo lo mínimo para matar el hambre. Esa carne cruda y gomosa ha empezado ya a repugnarles. En ese momento de desaliento, Easley debe buscar una manera de darse ánimos, a sí mismo y al chico.

Mañana, dice, cavaremos un hoyo para la fogata como es debido. Cocinarán en hogueras más pequeñas que calienten más y requieran menos leña. Las piedras retendrán el calor, parte del cual incluso llegará hasta su lecho al fondo de la cueva. Quizá deberían colgar hamacas. En esta cueva, se esconderán y observarán al enemigo hasta que sea posible hacer señales de socorro a los aviones en sus misiones de bombardeo, o unirse a la invasión que sin duda llegará. Los japoneses llevan aquí ya diez meses. ¿Cuánto tiempo más va a permitir Estados Unidos una afrenta así?

El chico mueve la cabeza en un gesto de asentimiento. Por ahora parece resignado a atenerse a razones al margen del rango y el procedimiento. Eso complace a Easley, porque deben coincidir en todas y cada una de sus decisiones. Deben estar de acuerdo. La paz entre ellos es su única protección.

Esa noche, en el nido, el chico se tapa hasta el mentón con el paracaídas.

—Amenaza tormenta —anuncia.

Easley escucha la furia del *williwaw*, el viento huracanado característico de las Aleutianas. Desciende a gran velocidad por las frías laderas de los montes hasta el mar. Una vez abajo, el viento se convierte en un alud, toda una estampida de sonido y sensaciones que arranca la humedad de los ojos, amilana y tira al suelo. Él también se arrebuja con la seda y se maravilla de su buena suerte por haber encontrado cobijo a tiempo. Mientras el viento se abre paso a embestidas por la tierra, sólo una ligera brisa acaricia sus mejillas.

—¿Qué es lo primero que quieres hacer cuando salgas de aquí? —pregunta el chico, que tiene la espalda contra la de Easley.

—¿Lo primero? —Deja escapar un suspiro—. Sentarme ante un filete y un pastel de chocolate. ¿Y tú?

—Una ducha. Unas chuletas. Emborracharme y dar un paseo en mi furgoneta con la calefacción a tope... No sabes lo mucho que me gustaría conducir un rato.

—¿Te espera alguien?

—Mi perra *Queenie*. Ya es vieja, pero me tumba igualmente. —Se vuelve boca arriba—. ¿Qué fue de aquella chica tuya tan afortunada?

Easley no siente ya la menor ira, ni hacia el chico por haberlo preguntado, ni hacia Helen, ni hacia sí mismo. Se plantea contárselo todo, pero el muchacho se le adelanta.

—Si no te apetece hablar de esas cosas, no lo hagas. No quiero entrometerme.

—Tranquilo, da igual.

Se oye un ruido atronador en la orilla, allí donde una ola descomunal se empala en el saliente. Guardan silencio por un instante, atentos a esa violencia.

—Creo que deberíamos imponer una regla —prosigue el chico—. No nos andemos con bobadas y contestemos a las preguntas sin rodeos. Nada de cuentos chinos ni secretos. Nada de idioteces. Tal como yo lo veo, nos lo debemos mutuamente. Bien podríamos ser los dos últimos hombres en la tierra. Concedámonos, pues, el honor de ser francos el uno con el otro.

—Me parece bien.

—¿Crees que volveremos algún día a casa?

—Puede que tardemos un tiempo. —Es lo más cerca a la verdad que puede llegar.

—Una parte de mí tiene planes para mañana —contesta el chico—. Ciertas ideas de cómo conseguir carne y leña. Mejorar las cosas hasta que vengan a buscarnos. Y otra parte de mí se siente como un fantasma. Como si estuviéramos ya rondando este lugar y no nos hubiéramos dado cuenta siquiera de que hemos muerto.

—Oye, los dos somos fuertes. Encontraremos comida más aceptable. El tiempo mejorará. Ya es primavera… Tú has puesto una regla. Ahora yo propongo otra: cada uno tendrá un solo intento para esto, para quejarse, una sola ocasión. El otro escucha, le dice que es un llorica, y luego nos ponemos otra vez manos a la obra. Ésta es tu oportunidad para gimotear, así que más vale que la aproveches.

La risa del chico acaba en tos, y después en silencio.

Al cabo de unas horas Easley despierta sobresaltado. El viento parece haber amainado por completo. No debe de faltar mucho para el amanecer. Más allá de la playa, por encima del estruendo y los silbidos de las olas, oye el borboteo de un motor fueraborda y el chapoteo del casco entre el oleaje. Se acoda y escudriña la oscuridad. Un potente haz de luz barre la playa. Ilumina la boca misma de la cueva, pero no se detiene. ¿Una lancha de rescate de un buque de la Marina estadounidense? Esa primera esperanza enseguida se desvanece. Una embarcación tan pequeña sólo podía proceder de la propia isla.

Poco después desaparecen la luz y los sonidos. El chico no se ha movido. Easley vuelve a tenderse junto a él.

2

Helen tiene la sensación de que se hunde, en su propia ropa, en la camilla, en el suelo. La razón le dice que no corre ningún peligro, ahí tendida en el dispensario, pero otra cosa muy distinta le dice la intuición. Es la sangre, claro está. La sangre que sale de la vena latido a latido en sintonía con el ritmo del corazón. Experimenta un abrumador *déjà vu*, un sentimiento de conexión, por saber que su misma vida está almacenándose y conservándose para que la aproveche otra persona, muy lejos de ahí. Primero se vierte en ese tubo de cristal; luego pasará a las venas de alguien que la necesite más. Se hunde, se derrama gota a gota hacia fuera y hacia abajo.

No se permite imaginar que en algún momento esa sangre penetrará directamente en el cuerpo de él. Tendría que estar gravemente herido para que eso ocurriera, y no está herido. No, la imagina entrando en el brazo del soldado que luchó para protegerlo, para protegernos a todos.

La enfermera tiene como mucho dieciocho años, siete menos que Helen. La cabeza de la chica eclipsa la luz del techo cuando se inclina, atenta a la efusión. Su aplomo le confiere cierta belleza. Si hubiera tenido una mejor orientación vocacional en el colegio, quizás ella también habría acabado siendo enfermera. Una profesión tan necesaria hoy día. Su función es cuidar a otros, eso sin duda, pero a la vez proporciona a una mujer auténtica independencia. Cuando Helen era niña, imaginaba muchos futuros posibles. Primero fue bailar con una compañía de ballet o tocar la viola con una orquesta. Después, ya con una visión más práctica, se vio como profesora de literatura o francés. Ahora, desde luego, se da cuenta de que su padre, sus hermanos y luego John fueron siempre su refugio y escudo. Ella misma aún no se había puesto nunca a prueba. Pero en este nuevo mundo en penumbra, un mundo de hombres desaparecidos, sabe que ha llegado el momento de su prueba.

¿Se siente mareada?, quiere saber la enfermera.

—Es la primera vez —contesta Helen—. La primera vez que vengo al dispensario, la primera vez que dono sangre. Pero estoy segura de que he estado ya antes en esta posición. Recuerdo que me hiciste esa misma pregunta.

—No es raro. Pierdes el conocimiento durante uno o dos segundos, pero como estás tumbada casi ni lo notas. Cuando te recuperas, lo último que recuerdas siempre parece muy importante.

—No, estoy segura de que…

—Ya hemos acabado. —La enfermera extrae la aguja y aprieta con el dedo índice—. Pero yo que tú me quedaría ahí tumbada un rato. Cuando se te pase el mareo, vete a comer algo. El mundo volverá a estar en su sitio después de un poco de azúcar y almidón.

Helen lanza una mirada por encima de la carta cuando él se sienta a horcajadas en un taburete ante la barra. Está de espaldas a ella. Para marcar el territorio, deja el sombrero en el asiento contiguo, pone del derecho la taza colocada sobre el platillo y, con un gesto, indica a la camarera que le sirva café. La súbita esperanza que siente al verlo la coge por sorpresa. Levanta la carta un poco más, se recuesta en el reservado, sin saber muy bien cómo actuar.

Tom Sorenson tiene un físico poco acorde con la profesión que ha elegido. Helen observa su mano carnosa rodear la taza con dedos toscos de mecánico. Siempre le ha costado imaginar que esos dedos puedan proporcionarle un medio de vida a fuerza de aporrear las teclas de una Smith-Corona. Su cuello es un tronco ancho plantado en unos hombros caídos de estibador. Una piel muy morena de campesino, totalmente fuera de temporada. Helen se pone en pie y se arregla la blusa antes de acercarse y apoyar la palma de la mano en su espalda.

—¡Helen! ¡Vaya por Dios! —La abraza con sincero afecto y luego, extendiendo los brazos, la sujeta ante sí. Mirándola de arriba abajo, añade—: Se te ve muy bien.

Últimamente a Helen le resulta difícil cuidar su aspecto. Y sin embargo hoy lleva el pelo rizado y bien peinado. El vivo carmín rojo contrasta con la piel empolvada.

—Tom…, no sé por dónde empezar.

—Antes que nada déjame que te acompañe a tu reservado.

Helen no lo conoce bien, pero el vínculo existente entre John y él les proporciona una familiaridad que va más allá de las contadas conversaciones que han mantenido, de las pocas fiestas a las que han asistido los dos. Es colega de John, alguien a quien su marido admira, un amigo con quien mantiene una rivalidad profesional. Anoche, cuando se encontró su firma en un artículo sobre el aeródromo McChord, en Tacoma, publicado en el *Post-Intelligencer,* supo que debía de haber vuelto a la ciudad. Fue directamente a su despacho al salir del dispensario. Él acababa de marcharse, la informó la recepcionista. Había salido a comer, pero frecuentaba siempre los mismos sitios.

Helen tiene ahora sentado ante sí, al otro lado de la mesa, a su mayor esperanza, hilvanando noticias entre bocados de sándwich de jamón. Lo expulsaron de Alaska junto con John en aquel segundo viaje, sólo que él tuvo el sentido común de no regresar. Acaba de volver de una visita de tres meses al Pacífico Sur, donde enviaba partes desde Hawái. La guerra, dice, es una institución a la que todos deberían empezar a acostumbrarse.

Helen lo escucha cortésmente, lanzando discretas miradas a su reloj de pulsera. Durante los últimos años ha trabajado en una tienda de ropa del centro con la idea de ahorrar dinero suficiente para pagar la entrada de una casa modesta. Ya llega tarde, y su compañera permanece atrapada, sin poder escaparse a comer hasta que ella vuelva. Interrumpir a un hombre mientras cuenta historias bélicas no es algo que uno deba hacer a la ligera, pero no puede perder esta oportunidad.

Extiende el brazo, planta la mano abierta en la mesa y pregunta:

—¿Y qué sabes de John?

Tom hunde los hombros. Se limpia los labios con la servilleta.

—Eso precisamente iba a preguntarte yo.

—No sé nada de él desde hace tres meses. —Helen retira la mano—. Se proponía volver a Alaska, y yo…

—¿Volver? Un par de compañeros hablaban de regresar allí. Pensé que lo decían sólo por decir.

——John sí volvió.

La noticia lo desconcierta. No consigue disimular su sorpresa.

—¿Sabes dónde podría estar? —pregunta Helen. Se sonroja de ira y vergüenza al revelar que no sabe dónde está su marido, que poco más o menos la ha abandonado.

—No hemos vuelto a hablar desde que nos echaron de allí en julio. —Tom mastica el último trozo de sándwich a la vez que, incómodo, reordena sus cubiertos. Mueve la cabeza en un gesto de respetuoso asombro—. El muy cabrón…

Helen reconoce el instinto masculino primario: la rivalidad. Incluso entre amigos, la preocupación por el otro ocupa un lejano segundo lugar. Él coge su taza, que, como ella ve, está vacía. A pesar de eso toma un sorbo de aire.

—Tom, perdona. Llego tardísimo al trabajo. Me ha encantado verte.

Tiende la mano hacia el bolso, pero él ya ha cogido la cuenta. Le da las gracias con un gesto y sale del reservado.

—He hablado con su jefe del *National Geographic*, con directores de periódicos de aquí en Seattle, con otros reporteros. He telefoneado a fotógrafos y agencias de noticias. He intentado todo lo que se me ha ocurrido. Ya no sé adónde acudir. —Se queda allí de pie con los brazos firmemente cruzados. De pronto se acuerda de darle una tarjeta visita—. Si pudieras hacer alguna averiguación, te estaría...

—Con mucho gusto. Te llamaré esta misma semana.

Helen le da un ligero abrazo y se vuelve para marcharse. Él se queda mirándola mientras ella pasa apresuradamente entre los felices comensales y sale al aire libre.

Llueve otra vez. Recorre la acera pegada a los edificios, refugiándose bajo toldos y aleros. Avanza tan deprisa como le permiten la estrecha falda y los zapatos. Había depositado demasiadas esperanzas en ese encuentro con Tom Sorenson. En silencio recita un padrenuestro y un avemaría, y luego reitera su manida plegaria por el regreso de su marido sano y salvo. Se interrumpe al ver a un hombre avanzar derecho hacia ella. Helen sigue adelante, sin desviarse, hasta que los dos se detienen uno frente al otro. Ella lo mira fijamente hasta que él le cede la parte cubierta de la acera y sale a la lluvia.

Ya terminada la jornada de trabajo, Helen dobla por el camino de acceso a su casa, flanqueado de azafranes de primavera blancos y narcisos cerrados. El césped presenta el aspecto desvaído propio del invierno, pero empieza a reverdecer ahora que los días se alargan. Contratará a un chico del barrio para que lo corte cuando llegue el momento, o se ocupará ella misma y hará caso omiso de cualquier mirada compasiva. La casa no es nada del otro mundo, pero es el primer sitio donde John y ella han vivido juntos.

Tras una discreta comprobación por encima del hombro —las casas de la otra acera están tranquilas, no hay nadie en la calle—, se acerca a la puerta, llave en mano y lista. Abre, entra y vuelve a echar el cerrojo, todo en menos de tres segundos. Es una maniobra precisa y bien coreografiada. Hace poco leyó en una revista que el momento de máxima vulnerabilidad para una mujer sola es cuando entra y sale de algún lugar, especialmente su casa. Ya en el interior, cuelga el abrigo y se quita los zapatos en silencio.

Dentro de tres días, el domingo, su padre vendrá a comer. Helen se pasa la semana entera esperando ilusionada esa visita, que se ha convertido en algo fundamental para su paz de espíritu. Nadie más ha cruzado esa puerta desde que John se marchó en enero.

El salón está compulsivamente limpio y bien ordenado. Las revistas apiladas, los libros en los estantes, nada de polvo. Lo único fuera de sitio es la pequeña edición de color verde de *Las desventuras del joven Werther*, que sigue en el suelo junto a la pared, allí donde ella la arrojó. La historia del amor imposible, desmedido y autodestructivo de un joven. Helen, tontamente, había esperado que el relato de Goethe acerca de alguien en una situación más penosa que la suya le ofreciera consuelo o alivio.

En el dormitorio se quita la ropa de trabajo y cuelga el suéter en el armario junto a las camisas planchadas de John. A diario resiste el impulso de ordenar el caos de los zapatos de él tirados por el suelo. John siempre los deja así.

Sobre la cama pende un crucifijo, el mismo que en otro tiempo, durante su niñez en Francia, colgaba sobre la cama de su madre. En la mesilla de noche, una enorme concha de abulón refleja la luz con su nácar. John la encontró en la playa en su primer viaje a las islas Aleutianas. Ahora contiene los pendientes y collares de Helen.

Fotos enmarcadas ocupan todo el tocador. La más grande es el retrato de su madre de joven. Una novia de la guerra llegada de Normandía, y sin embargo su tez tiene un color casi latino… Sus ojos son tan oscuros que la pupila parece desaparecer en el iris. Una sonrisa orgullosa y franca de puro marfil. Había cumplido diecinueve años hacía dos meses. Hay también una foto de Helen y sus hermanos el día de la confirmación de ella (parece una muñeca entre jóvenes luchadores), otra de John y su hermano en un partido de béisbol, y un retrato de ella y John el día de su boda. Pero su instantánea preferida de ellos dos, la que tiene más cerca de la cama, la tomó un transeúnte desconocido en la costa de la isla de Vancou-ver durante el primer viaje de Helen al norte, cuando John le «pre-sentó» Canadá. Están abrazados y miran en direcciones opuestas, sonriendo como si acabaran de contarse un chiste subido de tono. Cae en la cuenta de que no tiene ninguna buena foto de su padre, el único miembro de la familia todavía presente en su vida. Éste es un descuido que quiere rectificar desde hace tiempo.

Una segunda habitación, más pequeña, se convirtió en el des-pacho de John, pese a los planes de formar familia. Cuando él se marchó, ella revisó a fondo todas sus carpetas en busca de alguna pista sobre su posible paradero, aunque temía conocerlo ya. Ahora casi nunca abre esa puerta. El escritorio improvisado de John está prácticamente vacío, salvo por el bonito *bidarka* de juguete, la tra-dicional canoa aleutiana. Él lo había colocado en la repisa de la chimenea. Ella ya no resiste verlo.

Hubo un tiempo en que tenía la sensación de que sus hijos aún no nacidos estaban ya allí. No distinguía si eran niños o niñas, ni la forma de sus caras ni el color de su pelo; aun así, eran para ella una nítida presencia. A pesar de los intentos apasionados, y luego cada vez más resueltos, de momento no habían logrado traerlos al mun-do. Él decía que sólo necesitaban darse más tiempo. En retrospec-tiva, ahora se da cuenta de que la presión que ella imponía sin duda alimentó la atracción de él por el trabajo.

En tres años de matrimonio, John había dicho a Helen que la quería tal vez cinco o seis veces. En cada ocasión, el zumbido que sonaba en la cabeza de ella de pronto cesaba, y se sentía profunda-mente centrada y serena. Antes de su marcha, oír esas palabras le parecía más importante que cualquier otra cosa. Más importante que todo aquello que él se esforzaba tanto en proporcionar: una casa, compañía, seguridad, un futuro que pudieran construir y compartir. Así era como él le hablaba. Helen aún no había apren-dido a escucharlo.

Y entonces murió el hermano de John.

Después de conocerse la muerte de Warren, el silencio de John fue el sumidero que apareció en un rincón de sus vidas. Ella hizo lo posible por actuar como si aquello no estuviera allí, aquel dolor egocéntrico, autodestructivo. Esa situación acabó agrietando los cimientos, amenazando con derribarlo todo. El trabajo alejaba a John durante semanas enteras, y cuando regresaba, se mostraba distante. Permitió que su pesar los consumiera a los dos.

La noche que se fue soplaba el viento, la casa crujía como un decrépito buque en el mar. Estaban en el sofá, tapados con una vieja manta de lana, cuando él anunció que volvía a marcharse. Helen se sintió caer en el vacío. Contuvo el impulso de tender los brazos y aferrarse a él. No le quedaba más remedio, explicó él; era su obligación. Debía documentar la parte de la guerra que se había llevado a su hermano, la parte que parecía haberle caído de pronto en las manos. Si no había nadie para observar y dejar constancia, para plasmarlo en papel, sería como si no hubiera ocurrido. Los sacrificios realizados en nuestro interés debían darse a conocer para que pudieran ser recordados, declaró. Ella contestó que su familia ya había sacrificado más que suficiente. La obligación de él no era para con su hermano muerto, sino para con los vivos, para con ella y su vida juntos. En un intento desesperado de hacerlo entrar en razón, pronunció las palabras por las que todavía sigue pagando: «Si me dejas ahora, no te molestes en volver. Porque no me encontrarás aquí».

Él le cubrió los labios con un dedo.

La casa estaba fría. Aun así, le desabotonó la blusa. Deslizó las manos por su piel. Luego apartó bruscamente la manta. En la exigua luz de la lámpara, con el semblante severo e inamovible, se desabrochó a tientas el cinturón. Helen permaneció inmóvil sobre la espalda en el hueco del sofá cuando él se echó sobre ella. Eso no tenía nada que ver con concebir un hijo. Eso era para ellos. Y sin embargo John eludió su mirada pese a que ella fijó la vista en su cara. Helen sintió de nuevo el abandono, la pasión que él mantenía oculta en su interior. Luego se fueron a la cama y durmieron espalda con espalda. A la mañana siguiente él ya se había ido.

Las gotas de lluvia resbalan por el cristal, distorsionando los árboles y la casa de enfrente. A sus veinticinco años piensa, horrorizada, que sus días más felices han quedado atrás. John se complace en decir que las palabras tienen poca trascendencia, que son tan insignificantes como las noticias del día anterior. Y eso tratándose de un escritor. La acción, sostiene, es el único lenguaje apto para el amor.

Junto a la cama de ambos, Helen reza a Dios para sofocar su propia ira. Reza a la Virgen para vencer su desesperación. Reza a san Antonio, patrón de las cosas perdidas. Se sobresalta al sonar el teléfono.

Tom Sorenson se disculpa por adelantado. Dice que no ha averiguado gran cosa, aparte de confirmar que John buscaba discretamente encargos para cubrir la guerra en Alaska. Si lo consiguió o no, por lo visto nadie lo sabe. Si fuese aficionado a las apuestas, se jugaría cualquier cosa a que había logrado llegar a «la acción»: a Dutch Harbor o incluso a Adak. Lo ha verificado por partida doble, preguntando tanto a los directores de aquí, de Seattle, como a los de Los Ángeles y Nueva York. Nadie sabe nada de él. Añade que el Gobierno ha ordenado la evacuación de la población autóctona de todo el archipiélago Aleutiano, toda menos la que está retenida por el enemigo en la isla de Attu. Estadounidenses hechos prisioneros en territorio estadounidense. Una circunstancia que todos debemos conocer. A juzgar por su voz, parece cansado, agobiado. Tal vez porque se da cuenta de que no es posible seguir el rastro a John, o porque piensa que también él debería estar allí. Helen advierte en su breve silencio que busca unas palabras de aliento.

—Creo que pronto estaremos leyendo los artículos de John —dice Tom—. En primera plana, en la mitad superior.

Helen cuelga el auricular y entra en el comedor, la habitación de la casa que ahora dedica a la investigación. Ha desplegado las alas de la mesa para disponer de más espacio. Los recortes de los contados artículos que llegan desde Alaska —poco más que partes oficiales de la Marina— están dispuestos por orden cronológico. Coge el enorme atlas y lo deja caer abierto por la página doble que muestra ese territorio. Borrones a lápiz señalan el mapa que captó repetidamente la atención de John. Helen imagina sus manos en contacto con el papel, se representa sus palmas cuadradas, la cicatriz en los nudillos de la derecha.

Observando el mapa de esta recóndita colonia, piensa en lo mucho que se asemeja al perfil de un elefante. Alaska alarga la cabeza hacia los mares polares y el colmillo apunta hacia Siberia, al oeste. El colmillo de un mamut lanudo, más exactamente. Se pregunta qué parte del territorio controlan ya los japoneses y en qué lugar de ese colmillo podría estar John.

El archipiélago Aleutiano: catorce islas volcánicas grandes y cincuenta y cinco pequeñas, esparcidas a lo largo de casi dos mil kilómetros. En algún lugar de esas islas está John, vivo. En sus buenos días, Helen siente una fe que eclipsa toda duda. ¿Y en qué consiste la fe sino en creer con independencia de las pruebas, en aferrarse a una convicción que se sostiene por sí misma? Ante esto, sabe que John alzaría la vista al techo. La idea le arranca una sonrisa.

Si fuese un soldado, podrían hacerse indagaciones para averiguar el destino de su unidad. ¡Ella podría escribirle sin más! Y sabe que él se pondría en contacto si pudiera. Sin embargo, hay sólo silencio.

No sabe cómo va a encontrarlo. Sólo sabe que para conseguirlo debe ir allí.

La caricia del sol resulta tranquilizadora después de la lluvia ininterrumpida de la noche anterior. Helen luce un vestido estampado de flores, violeta y blanco, uno de los preferidos de John. La distingue del uniforme gris de esa menguante clase de hombres que de un modo u otro se las han arreglado para no ir a la guerra.

La tienda de ropa femenina Maxine ocupa dos amplias plantas en el centro mismo de la ciudad, entre la librería Sable y la farmacia Rexall. La supervisora de Helen, Penny, está tras el mostrador, realizando los pedidos de existencias para el verano. Tiene por costumbre hacerlo con mucha antelación por si acaso se agravan la escasez y los retrasos en las entregas.

Penny perdió a su marido en las islas Salomón. No tiene hijos para aliviar su dolor o alegrarle el futuro. Lo compensa con un exceso de diligencia en sus obligaciones y con la expectativa de que los demás estén a la altura. Helen se lo perdona.

Cuando entra en la tienda, Penny alza sus grandes ojos castaños, con los párpados hinchados a causa del insomnio.

—Qué madrugadora —comenta.

—Buenos días —saluda Helen—. Quería venir un poco antes para comunicarte que…, en fin, tengo que marcharme.

—¿Cómo? Si acabas de llegar.

—Yo… Es por John. Yo… —Helen ha preparado un discurso teniendo en cuenta cómo puede afectar su decisión a Penny, que recibió la noticia de la muerte de su marido el mismo día en que le dieron sepultura en el mar—. Aún no sé adónde voy a ir, pero tengo que ir —añade, temiendo dar la impresión de que se ha trastocado—. Tengo que intentar encontrarlo.

Penny fija la mirada en el mostrador.

—Seguiré a tu disposición durante una semana más o menos mientras le doy forma a esto. Espero que te baste para encontrar a otra chica.

—No será necesario. —Penny finge interés en el albarán de pedidos—. Tendré tu cheque preparado para el viernes. Puedes pasar a recogerlo o, si prefieres, puedo enviártelo por correo.

—No es mi intención dejarte en la estacada.

—La presencia de alguien que ya ha decidido marcharse es mala para la moral. Tú tómate el día libre y vuelve el viernes a por tu cheque.

—No te lo tomes así, Penny. Por favor. Al menos deséame suerte.

—No le pasará nada. Es periodista, no soldado.

Helen se mantiene firme y sigue con la mirada fija en Penny hasta que ésta se ve obligada a alzar la vista hacia ella.

—Te echaré de menos —dice. No era eso lo que se proponía, agravar la carga de Penny.

Circunda el mostrador, rodea con los brazos a su jefa y la estrecha hasta que ésta cede.

—Cuélgate el cartelón a los hombros y sal a la calle —dice Penny—. Voy a exprimirte como a un perro el resto de la semana.

Helen se da media vuelta y pasa entre los colgadores de ropa, cuyo inventario se conoce de memoria, entre las maniquís con las que tiene un trato más que familiar. Suena la campanilla cuando cruza la puerta con el cartelón de hombre anuncio y sale a la luz de la mañana. Lo despliega, lo reajusta un poco y retrocede un paso para juzgar el efecto.

Helen alza la vista en el instante en que un joven menudo dobla la esquina y, con un vigoroso movimiento de brazos, cobra velocidad. Esquiva a los transeúntes y los postes telegráficos mientras reduce la distancia entre ambos. Sin sombrero, con la chaqueta abierta ondeando a sus espaldas, lanza ojeadas escrutadoras a izquierda y derecha. Y de pronto lo reconoce: es el chico de quince años que fue su vecino cuando ella vivía en casa de sus padres. ¿De qué huye o hacia dónde corre? El muchacho advierte que Helen lo ha visto y aprieta el paso en dirección a ella.

—¿Jimmy?

—Tu padre… —Jadeante, da la noticia—. Le pasa algo. Se ha presentado en casa. No podía hablar. Y el brazo… No puede moverlo. Mis padres lo han llevado al hospital. —El chico la coge de la mano—. Vamos.

Helen se descalza, recoge los zapatos y echa a correr.

3

Durante todo el bombardeo, Easley observa las aves. Desde el interior de la cueva sólo ve la pared opuesta de la quebrada y un trozo de cielo nublado y gris. Contempla las gaviotas y las golondrinas virar a través de las ráfagas y volar entre las rocas. El martilleo del bombardeo estadounidense en su arremetida contra la isla es lejano, pero amenazador. Se oye el zumbido de avispa de los aviones en lo alto, la crepitación del fuego antiaéreo japonés, los sucesivos estampidos de los obuses hiriendo la tierra. Aun así, las aves parecen ajenas a todo eso. En medio de una serie de detonaciones especialmente atronadoras, ve a una gaviota erguida sobre una única pata arreglarse las plumas de debajo del ala.

Al chico le crece la barba en forma de pelusa irregular. En lugar de darle un aspecto mayor, pone aún más de relieve su juventud. El vello le sale en volutas de color rojizo, de un tono un poco más oscuro que el pelo de la cabeza. Tiene brechas entre las patillas, el bigote y la perilla. Easley se pregunta por primera vez cuál debe de ser su propia apariencia. No se ha visto en un espejo desde hace una semana.

Durante los bombardeos no hablan; permanecen en silencio, sentados en asientos confeccionados con piedras planas y almohadones de junco. No son del todo incómodos. Han hecho avances en la fortificación de la cueva. Los paracaídas se han transformado en hamacas. Han atado las cuerdas de los paracaídas a grandes peñascos y la seda cuelga a medio metro por encima del suelo húmedo; la tela sobrante, plegada, les sirve para retener el calor corporal. Cada noche retiran las piedras del fuego y las colocan debajo de las hamacas para aumentar la percepción del calor.

El propio hoyo de la fogata es motivo de orgullo. Han construido un cortavientos para aislar el calor y redirigirlo hacia el interior de la cueva. El murete es sólido, curvo y —dadas las circunstancias— merecería el respeto de un buen albañil. Utilizan el borde superior para asar marisco y secar botas y calcetines.

A lo lejos se oye una tercera serie de explosiones. Esta descarga tiene algo de definitivo. El sonido reverbera y se amplifica por efecto de las nubes bajas. Easley y el chico cruzan una mirada, y luego vuelven a contemplar las aves, que no manifiestan la menor señal de angustia.

Los dos han desarrollado un vivo interés en las aves. La primera que mataron era un cormorán agotado que tenía las alas extendidas para secárselas. La carne era grasa y sabía a mar, pero fue un gran avance respecto a los mejillones. Esa noche sus rostros embadurnados brillaron a la luz de la hoguera. Y hoy, antes del bombardeo, han tenido la inmensa suerte de matar a una perdiz blanca. El ave, semejante a un urogallo, cuyo plumaje de invierno empezaba a mudarse en el de verano, tenía la cabeza y el dorso ya marrones, las patas y la cola aún blancas. No ha hecho falta gran destreza para capturarla. La perdiz no realizó maniobras de evasión; sencillamente se quedó inmóvil con la esperanza de que los hombres no la hubieran visto. El chico le lanzó una piedra desde cerca, un certero tiro a la cabeza. Easley cobró la presa y la sostuvo en alto como un trofeo mientras el muchacho primero daba brincos y luego se revolcaba por la hierba, agitando las piernas en el aire como un loco. Easley fijó la mirada en los ojos todavía brillantes del ave. Le dio un beso en pleno pico.

La visibilidad es demasiado escasa para aventurarse a dirigir señales a los aviones una vez más. Han realizado ya tres intentos, apresurándose a sacar los paracaídas y a extenderlos sobre la hierba. Todo en vano. El riesgo de atraer la atención de una patrulla de infantería japonesa parece pesar más que la tenue esperanza de ser localizados desde el cielo. Esperan condiciones más propicias para pedir ayuda, conscientes de que quizá la ayuda nunca llegue.

Ahora que parece haber acabado la guerra por el día de hoy, el chico coge la perdiz blanca y empieza a desplumarla. Tira las plumas al hoyo de la fogata. Easley dirige una mirada a su provisión de leña: unos cuantos palos recogidos en la playa, ya secos, apilados cerca de la rodilla del chico y una cantidad mayor de leña a medio secar cuidadosamente amontonada al fondo de la cueva. Cada vez les cuesta más encontrar leña, y la consumen aún con mayor cautela. Easley decide ir a echar un vistazo por si las olas han arrastrado algo nuevo hasta la orilla. Coge la mochila del paracaídas y se la carga a los hombros.

—Voy a por tabaco y alcohol.

—No te olvides de la tarta.

Por encima de la cueva, ve kilómetros de costa. Como tiene por costumbre, recorre las nubes con la mirada en busca de aviones y el horizonte en busca de barcos. Después gira sobre los talones rápidamente: se ha olvidado de lanzar una ojeada a sus espaldas.

El aire más templado de los últimos días ha empujado la línea de la nieve hasta las estribaciones. A pesar de que las nubes ocultan las cumbres, alcanza a ver parcialmente las laderas. De pronto las moscas flotantes vuelven a cobrar forma: motas de polvo, borra y mosquitos. Se frota los ojos y mira de nuevo. Esta vez ve una mancha negra y alargada en la nieve. La observa hasta que la ve moverse. Eso no es un efecto óptico.

Ahora con el rostro pegado a la hierba, Easley espera varios minutos antes de levantar de nuevo la cabeza. Como una ameba bajo un microscopio, la mancha negra se divide lentamente en dos y ambas partes avanzan en tándem por la blancura. Se protege los ojos de la luz con la mano. Enseguida descarta que sean osos, cabras o cualquier animal cuadrúpedo de cierto tamaño, porque en esta isla no habita más especie que el pequeño zorro polar. Son hombres, avanzando en fila india, y a juzgar por su número, no pueden ser la tripulación superviviente de un hidroavión. Observa a los japoneses ascender por la pendiente poco a poco hasta desaparecer por fin entre las nubes.

El chico se toma la noticia como si fuera un acertijo. Deja a un lado el ave y fija la mirada en las piedras. Finalmente dice:

—¿Y no has venido a buscarme?

—No seas tonto.

—Quizá yo tenga mejor vista que tú.

—Oye, me he echado cuerpo a tierra. Intentaba pasar inadvertido. No quería delatar nuestra posición.

El muchacho se recuesta y cruza los brazos ante el pecho.

—¿Y si eran de los nuestros? Quizás han estado escondidos como nosotros y ahora se disponían a cruzar la isla.

—¿Para?

—¿Para?

—Sí, ¿para qué? ¿Para hacer qué? ¿Para buscar qué? ¿Para comer qué? Si siguieran vivos, sabrían tan bien como nosotros que los japoneses están en esa dirección. No estarían paseándose por la nieve, al descubierto en pleno día, a menos que hubieran enloquecido.

El chico enrojece.

—Esos hombres son mis compañeros. Tú no los conoces... Si hay gente rondando por ahí, seré yo quien decida si son japoneses o no. Aquí, por rango, soy yo el que tiene el mando.

—Rango. Qué idiotez... Eran japoneses, y sólo espero que no nos hayan visto antes mientras saltábamos como imbéciles.

El muchacho lo mira con determinación, dispuesto a obligarlo a apartar la vista. Finalmente se pone en pie y, airado, abandona la cueva.

Easley sale a la quebrada. Observa al chico trepar hasta la hierba y, una vez allí, tenderse boca abajo. Lo sigue. Juntos, escrutan los montes vacíos. Aunque no se ve al enemigo, sin duda está ahí, al otro lado de las cumbres.

—Cuando vuelas cerca del continente, te dices que en realidad no es para tanto, porque siempre encontrarás un lugar donde aterrizar si las cosas se complican —explica el chico—. Y en el Pacífico Sur si te derriban, puedes quedarte en el agua durante horas, a veces un día o dos, y conservar aún la esperanza de que alguien te salve. Pero aquí… Aquí en cuanto caes al mar no hay la menor esperanza. Es cuestión de minutos. Si tu avión se va a pique aquí, estás acabado.

En el canal de la Mancha quizá sean unos minutos más, piensa Easley.

Ocho grados. Ésa era la temperatura del agua registrada frente a Plymouth el día que cayó el avión de su hermano. Hoy, en las inmediaciones de Attu, la temperatura del agua es de cinco grados menos. ¿Sobrevivió Warren a la caída del avión? ¿Escapó del avión y quedó a flote en el agua? Easley lleva meses analizando e imaginando esas opciones, obsesivamente, martirizándose. Pero si no explica que una parte de sí mismo, su propia sangre, ya ha corrido esa suerte, ¿cómo va a saberlo el chico?

—Por lo visto —dice—, tú has sido la excepción. Esperemos que no hayas agotado tu suerte.

El muchacho lo mira con rostro inexpresivo y luego retrocede como un tejón para bajar por la pared de la quebrada.

Easley se pone boca arriba y contempla las nubes cada vez más bajas, evocando escenas de su vida anterior, una vida que ahora parece alejarse por momentos. Permanece tendido en la hierba hasta que le llega el olor del humo procedente de abajo. Lo asalta un repentino pánico y se da la vuelta para mirar. La niebla vuelve a descender y el viento sopla desde las montañas: el fuego no delatará su posición.

De pronto una impaciente voz de barítono:

—¡Baja de una vez y échame una mano o me comeré el maldito pájaro yo solo!

Al cabo de dos días Easley está a algo menos de un kilómetro de la cueva, playa abajo, cuando vuelve a ocurrir. Esta vez no cabe la menor duda. Está en cuclillas, al borde de la hierba, y tiene los pantalones bajados en torno a los tobillos. A estas alturas ya no se siente ridículo, ni siquiera cuando los chorlitos lo observan de soslayo a la vez que avanzan con aire diligente como hombres de negocios llegando tarde a una cita. El aire frío entre las piernas le recuerda lo vulnerable que es y lo poco preparado que está para sobrevivir en el mundo de esas aves.

Nada más ponerse en posición oye por encima de él el ruido de un avión. Un momento antes incluso se ha sentido satisfecho de sí mismo, satisfecho por haber encontrado leña en la playa, por haber eludido un día más la captura, por ser capaz finalmente de aliviar su atribulado organismo. Alarga el cuello y vuelve la cabeza para mirar. Como no le basta con eso, se da la vuelta brincando en cuclillas y escruta el cielo. Y allí, poco más allá del volcán, ve un hidroavión avanzar más o menos en dirección a él. Se sube los pantalones de un tirón y se echa cuerpo a tierra, todo en un único y desesperado movimiento. Se acuerda de las costillas. El avión pierde altitud y sobrevuela las estribaciones hacia la playa.

Easley se encoge lo máximo posible, intenta fundirse con la tierra. Contiene el aliento, como si de algún modo el piloto fuera a oírlo respirar. Lentamente se vuelve boca arriba para ver pasar el avión. Un único flotador enorme, dos puntos de color naranja rojizo en las alas. De pronto recuerda historias llegadas de las Filipinas el año anterior, de cómo los japoneses, según se contaba, daban palizas, mataban de hambre y liquidaban a bayonetazos y tiros a los prisioneros de guerra. Busca algún indicio de que lo hayan avistado:

un cambio de dirección, un ladeo de las alas. No advierte nada. Piensa en el chico, cazando perdices blancas por ahí. Teme que no haya encontrado a tiempo un lugar donde ponerse a cubierto.

El avión vuela a escasa altura sobre el Pacífico en dirección al este. Al cabo de un momento vira gradualmente hacia el sur. Mantiene el rumbo y se pierde de vista. Cuando el zumbido da paso al tumultuoso oleaje, Easley se arrodilla. Observa el horizonte vacío y, acto seguido, coge un puñado de juncos para limpiarse el culo helado.

De regreso en la cueva, deja caer una brazada de leña sobre el suelo de roca, alegrándose de ver al chico sano y salvo, aliviado por no tener que enfrentarse al futuro solo.

—Lo he oído antes de verlo —informa el muchacho—. He vuelto aquí corriendo antes de que el avión saliera de entre las nubes.

Esconderse en grietas, agacharse detrás de una roca, avanzar por las zonas bajas del terreno…; con esos métodos uno alberga la esperanza de evitar que lo detecten otros hombres que viajan a pie, pero la ventanilla de la cabina de un avión ofrece una perspectiva ilimitada, la posibilidad de dar la vuelta, trazar un círculo e iniciar la persecución.

Easley se inclina, saca de la mochila los trozos menores de leña y ordena la pila en función del tamaño y el grado de humedad. Se le ocurre pensar que quizá los japoneses saben que están ahí. Tal vez ya han hecho apuestas sobre cuánto tiempo sobrevivirán el chico y él. Se abstiene de comentarlo. Si algo tienen en abundancia es tiempo: tiempo para dar forma a una idea u opinión a partir de materia sólida, para pulir los contornos antes de presentarla. Esta cautela está en consonancia con su código de franqueza; contribuye a evitar posibles conflictos o malentendidos.

—Hoy he encontrado un tronco grande —dice Easley—. Tendremos que traerlo entre los dos, pero valdrá la pena el esfuerzo.

Para no quedarse corto, el chico alarga el brazo por detrás de una roca, saca una perdiz blanca recién cazada y la arroja a los pies de Easley. Ésta es aún mayor que la primera. A continuación se echa la mano a la espalda y coloca ante sí la mochila. Extrae un puñado de pequeños bulbos amarillos que parecen a medio germinar con la llegada de la primavera.

—Adelante —dice, ofreciéndole unos cuantos—. Saben a apio.

Easley prueba uno y coincide con él. Esta noche se darán un auténtico banquete.

—Lo mejor será quedarnos dentro de la cueva. Andarnos con ojo durante un rato —propone el periodista—. No encender el fuego hasta la noche.

El chico se limpia las manos en los pantalones. Luego, con no poco orgullo, coge la perdiz blanca y se acerca al hoyo de la fogata. Se dispone a desplumar el ave, pero se interrumpe y alza la vista.

—Quizás esta vez le toque descansar al joven cazador mientras el viejo limpia la perdiz. Es lo mínimo que puedes hacer teniendo en cuenta que es mi cumpleaños, maldita sea.

—¿Hoy?

—Eso creo. Y aquí me tienes, atrapado en un agujero contigo.

—Pues no se hable más. Yo me ocupo de la cena y entretanto tú me cuentas algo de esa vida tuya, tan breve y sin nada digno de mención.

El chico se retira a la hamaca. Una vez tendido en ella, se envuelve con la tela sobrante hasta que sólo su cara asoma del capullo.

Easley despluma y destripa el ave; después, cuando anochece, prepara y enciende la fogata.

A pesar de las mejoras, el hoyo de la hoguera, más que dar calor a la piel y los huesos, ofrece bienestar emocional. Easley espera a que resplandezcan las brasas. Las sombras se agitan y pugnan entre sí en la claridad meliflua mientras las paredes húmedas refractan y reflejan la luz de las llamas, como estrellas en una noche despejada. ¿Cuánto tiempo sobrevivirán cuando se acabe la leña? ¿Una semana? ¿Dos? Ya casi agotada la provisión de esta playa, tendrán que alejarse cada vez más. Ensarta los dos muslos en un palo y los acerca al fuego.

El chico permanece pensativo, sumido en un silencio impropio de él.

—Cuando yo tenía tu edad, estudiaba arte —dice Easley para iniciar la conversación—. Quería ser pintor. Bodegones. Historia natural. El nuevo Audubon.

—¿El nuevo qué?

—Es un artista. Pensaba que viajaría por todo el mundo y al final acabaría en una buhardilla de la ciudad, bebiendo y follando. Incluso me dejé una pequeña barba. —Easley dirige una mirada al chico y lo sorprende sonriendo—. Pero apenas pintaba. Eso fue una parte el problema.

—¿Cuál fue la otra?

La grasa del ave burbujea. Resbala por el espetón y chisporrotea sobre las brasas. El olor es embriagador. Llega a algo dentro de Easley que no está conectado ni con la mente ni con el alma, algo profundo e imperioso que sólo ahora empieza a conocer. Da la vuelta a los dos trozos para exponer al calor una nueva porción. La grasa le corre por la mano. Se la lame como si fuera salsa.

—La otra parte fue lo que me dijo mi profesor preferido. Un día vino y me dijo que tenía sólo talento suficiente para atormentarme durante el resto de mi vida, pero no tanto como para triunfar en el arte. Me dijo que estaba anticuado. Que me faltaba visión. No daba la menor señal de que algún día pudiera desarrollar un estilo propio. Me aconsejó que me dedicara a otra cosa. Aún no es tarde para que seas bueno en algo o incluso destaques, dijo. Pero para eso debía dejar la pintura.

—Vaya cabrón, el viejo. —El chico, impaciente, se relame.

—Ese profesor tenía entonces más o menos la edad que yo tengo ahora.

—En cualquier caso, no debió de gustarte oírlo.

—Así que me dediqué a escribir, o algo por el estilo.

—Pero ¿se te da bien?

Easley abarca la cueva con un gesto.

—Lo suficiente para pagar por todo esto…

—¿Qué escribes?

—Artículos sobre la fauna, la gente. ¿Has oído hablar de *National Geographic*?

—Sí, llega incluso a Texas. Buenas fotos.

El ave no está del todo lista. Easley clava el cuchillo en el pequeño muslo, y enseguida mana un jugo opaco. Lanza unos cuantos bulbos de apio silvestre a la hamaca.

—La ensalada —dice—. El segundo se servirá inmediatamente después.

—La universidad no era lo mío. —El chico abandona la hamaca y se acerca a la fogata—. Había allí demasiados ricos para mi gusto.

—¿Qué estudiaste?

—Historia, lengua y un poco de química. No tenía ni idea de lo que hacía.

Easley le entrega un muslo, aparta el otro para él y pone a asar las pechugas.

—El día que cumplí los veinte, salí con mis amigos y me emborracharon —cuenta Easley—. Me desperté en una casa desconocida, tirado en el suelo. No sabía cómo había llegado hasta allí. Acabé volviendo a casa a pie, sin zapatos ni cartera.

—En mi último cumpleaños yo estaba en un campamento de instrucción: no se lo dije a nadie —explica el chico—. Y en el cumpleaños anterior a ése discutí con mi madre. No me dejaba en paz. —Toma un bocado de carne y se le iluminan los ojos al paladear su sabor.

—No te dejaba en paz…

—Mi madre me arruinó la vida: no hay manera más sencilla de explicarlo —dice el chico—. Me la arruinó.

Easley hinca el diente a su trozo de ave y se plantea las opciones. Puede seguir el rastro y ver hasta dónde lo lleva, arriesgándose a aguar la fiesta, o puede cambiar delicadamente de tema.

—Todos hemos tenido padres —comenta.

—Eso no es verdad.

Easley aviva las brasas mientras las palabras flotan en el aire.

—Mi padre nos abandonó cuando yo tenía tres años —prosigue el chico—. Era hijo único. Ya no soportaba a mi madre y una noche se marchó sin más. Lo dejó todo. El dinero, la ropa, todo. No volvió nunca. En fin, mi madre no lo asimiló. Nunca me trató debidamente. O sea, como a un niño, como a un hijo. Siempre me mimó como si fuese otra cosa. Como si me necesitara demasiado. Quería que durmiera con ella todas las noches, que le hiciera compañía. Más adelante, cuando ya era un poco mayor y yo empezaba a necesitar mi intimidad, no lo soportó. Me quedé en mi habitación y me dejó en paz desde los doce hasta los quince años. Parte de ese tiempo tuvo un hombre. Al final él también se fue. Poco después mi madre empezó a llorar y a suplicar ante mi puerta.

Da otro bocado, y Easley hace lo posible por mantener la mirada fija en el fuego. El chico deja escapar un sonoro suspiro.

—La tenía encima a todas horas. Me hacía regalitos cuando no era mi cumpleaños ni de cerca. Nos acostábamos los dos en su cama todas las noches. Al principio sólo me abrazaba hasta que se dormía, pero al cabo de un tiempo empezó a animarse. Y una noche pasó lo que tenía que pasar. Incluso cambiaba las sábanas de mi antigua habitación de vez en cuando para dar la impresión de que yo dormía allí, por si alguien se fijaba. Yo intentaba ir tras las chicas del colegio, como hacían mis amigos, pero me sentía sucio. Como una especie de delincuente. —Pierde ímpetu y, fijando la mirada en las llamas, guarda silencio por un momento—. Nunca se lo había contado a nadie, pero he pensado que quizás ésta fuera mi última oportunidad. No te apetece oír todo esto, ¿verdad?

—Escucharé lo que quieras contarme.

—Nunca he tenido novia formal, una chica de mi edad que me quisiera y estuviera por mí. Esas experiencias tan corrientes me son ajenas. Mi madre me privó de todo eso. Me lo echó a perder.

—Por eso te alistaste.

—Para escapar de ella. —El chico toma un bocado de carne—. Si alguna vez salimos de aquí, tengo que ver cómo son esas cosas. He de probarlas.

Easley tenía pensado contarle más cosas de sí mismo, de su vida doméstica, que ahora le parece afortunada en comparación. Cómo había conocido a Helen y se había enamorado de ella. La sorpresa que supuso para él justo cuando empezaba a aceptar la idea de que —a la avanzada edad de treinta y dos años— quizás estaba destinado a vivir solo de por vida. Lo oportuno que fue todo. Si hubiese conocido a Helen un año antes o un año después, probablemente habría perdido la oportunidad. Y contarle lo feliz que había sido, hasta que intentaron tener hijos y no lo consiguieron. Después, al llegar la guerra, vio todo eso desde otra perspectiva. Y ahora el recuerdo de haberse marchado tal como lo hizo lo consume día y noche. Pero para hablar de ciertas cosas es vital elegir el momento idóneo, y éste no es el momento.

—¿Karl?

—Sí.

Easley chupa el tuétano de un huesecillo y luego lo tira al fuego.

—Avanzamos por la vida en el presente y vamos cambiando a lo largo del camino. El pasado es algo que hizo otra persona mucho tiempo atrás. Lo que ocurra mañana es problema de otro. Lo único real es el aquí y el ahora.

—¿Tú te crees todo eso?

—Suena bien, ¿no?

—Sí —coincide el chico—. Desde luego que sí.

El fuego queda reducido a un resplandor ambarino. Al otro lado del hoyo, la boca de la cueva bosteza hacia el cielo nocturno. El chico, ya dormido, tiene la respiración acompasada y poco profunda. Las piedras calentadas en la fogata, ahora bajo las hamacas, se han enfriado hace rato. El frío avanza centímetro a centímetro, merodeando, sondeando los límites. Easley deja vagar el pensamiento: por su cabeza pasan la triste historia de Karl, los japoneses apostados en las inmediaciones, enormes pilas de leña seca como la yesca, y por último la cabina del viejo balandro de su padre.

Ése fue un verano anormalmente caluroso. Helen y él disfrutaron de un picnic juntos bajo el sol de agosto, contemplando pequeños veleros que sacaban el máximo provecho al exiguo viento en Bahía Inglesa. Daba la impresión de que ese día el mundo entero estaba en el mar, pero tenían la cabina para ellos dos solos.

Bebieron vino y, en broma, hablaron de dejarse ir a la deriva, más allá de la isla de Vancouver, y llegar a Hong Kong antes de un mes. Ella contestó con gestos de asentimiento a sus tumultuosas palabras, disfrutando del momento de indecisión. Easley se hallaba de pie en la escotilla, procurando permanecer atento al mar. Helen se levantó de su asiento en la cocina del barco y le desabotonó la camisa. Deslizó la mano por su vientre y su pecho; luego, cuando el barco puso la proa al viento, tiró de él hacia abajo.

John se ha permitido el lujo de recordar la presencia de Helen, el pasado desaparecido. Ha incumplido las recomendaciones del sermón que acaba de pronunciar; aun así, le proporciona consuelo. Escondido en la oscuridad y el frío de los confines del mundo, ¿son los recuerdos lo único que le queda?

El viento sopla desde las montañas y aúlla ante la boca de la cueva. La nariz, el mentón y las mejillas se le entumecen a medida que las brasas se debilitan y se extinguen.

4

Joe Connelly va de aquí para allá por su casa como un hombre decidido a causar una buena primera impresión. Vuelca la taza de Helen antes de que ella haya tomado más de tres sorbos de café.

—Papá, siéntate. Me estás poniendo nerviosa.

Joe finge ante ella, como fingió con los médicos. Se mueve con cuidado y determinación, prevé lo que tendrá que acarrear o levantar, utiliza la mano izquierda fluidamente con la esperanza de que los demás no presten atención a la derecha. En sus movimientos procura enmascarar cualquier señal de debilidad.

Estuvo internado en el hospital dos días. Helen se sentía impotente viéndolo allí sentado en la cama con una expresión de confusión en la mirada, incapaz de articular palabras o cerrar el puño derecho. Y sin embargo antes de terminar el primer día conseguía ya formar frases inteligibles. Al día siguiente —con visible esfuerzo— podía levantar el brazo derecho y tender una mano trémula, pero reconocía que persistía el entumecimiento. Los médicos se sorprendieron al ver que recuperaba el habla tan deprisa. Es imposible saber si el brazo seguirá el mismo camino. Pese a los avances de la medicina, dicen que la apoplejía sigue siendo un misterio. Puede sufrir otra mañana durante el desayuno, o llegar a cumplir cien años sin volver a padecer ninguna. No hay tratamiento, nada que hacer salvo esperar y ver.

Helen tomó la decisión de rescindir el contrato de alquiler nada más llegar al hospital. Contrató a unos alumnos del instituto para ayudarla a meter en cajas el contenido de la casa que John y ella habían compartido. Intentó en vano impedirles tomar el atajo a través de las flores cuando cargaban la camioneta. Se quedó a un lado, imaginando la expresión de su marido si regresaba y descubría que otra familia vivía en su hogar. Unas horas después, ya en casa de su padre, observó a éste quedarse apartado, desvalido, mientras los chicos llevaban las cajas y los muebles al sótano. Lo vio contener el impulso de intervenir, hacer su parte, cargar, arrastrar y apilar.

De entre todas las pertenencias acumuladas en su vida conyugal, subió únicamente una maleta por la tosca escalera de madera del sótano. Cerró la puerta y apagó la luz.

Arriba, el pasillo, la cocina, el salón...; todas las superficies parecen revestidas de la pátina de la historia. No es tanto que las paredes o la propia decoración sean especialmente antiguas o estén desgastadas, sino más bien la sensación de que todo parece de otra era: objetos de atrezo dejados ahí tras el primer acto de su vida. Sostiene la taza entre las dos manos.

—No me gusta el motivo, pero debo decir que me alegro de tenerte en casa.

—Papá...

Aturdida, tiene la impresión de que el tiempo se comprime. Su pensamiento salta hacia delante, hasta la siguiente apoplejía de su padre, temiendo que sea mortal, y retrocede a imágenes de él en su juventud, cuando ella creía que podía protegerla de todo mal. Luego salta al punto donde se encuentra ahora, obligada a escoger entre cuidar de su padre o partir en busca de su marido. Y otro salto adelante: si el abuelo de sus hijos fallece antes de que éstos lleguen al mundo, ¿cómo se lo describirá?

—Estás haciéndome un favor —dice Helen—: me ahorras la soledad. Tú descansa. Ya preparo yo la cena. ¿Hay algo en la nevera?

—¿Cocinar tú? Incluso con una mano atada a la espalda, soy mucho mejor cocinero de lo que tú serás jamás. No olvides quién te enseñó lo poco que sabes.

Vuelve a levantarse y desaparece en la cocina.

Ya antes de la apoplejía, la artritis había ralentizado sus movimientos. A pesar de eso dedicaba su tiempo a tareas menores de carpintería, mantenimiento y restauración en la parroquia católica de Santa Brígida, sin aceptar ni un solo centavo por su trabajo. Helen había albergado la esperanza de que esa labor voluntaria le diera ocasión de conversar con otra gente y tener trato social, pero él optó por frecuentar la iglesia al principio de la semana cuando era difícil encontrar incluso a los sacerdotes. Sólo pedía que le dejaran trabajar a su ritmo, y ahora no ve ninguna razón por la que eso tenga que cambiar. Ya encontrará la forma de compensar las carencias de su miembro insubordinado.

Joe Connelly se había ganado a pulso la fama de trabajador desde la infancia. Según cuenta él mismo, ya a los doce años partía a hachazos gruesos bloques de madera de cedro desde el amanecer hasta la noche. A los trece, se graduó en corte de tablas con sierra. Cuando llegó el llamamiento de voluntarios para la Primera Guerra Mundial, se alistó de inmediato, como si fuera una oferta única y limitada. A los cuarenta, lo consideraron demasiado mayor para el servicio activo en combate y le proporcionaron instrucción en radiotelegrafía. En el viaje a Europa se destrozó la mano derecha a bordo del buque de transporte de tropas durante una tempestad en el Atlántico Norte. Pasó el resto de la guerra en un remoto puesto de comunicaciones de Normandía. Después del armisticio, volvió a casa con una esposa francesa, dos hijos y una historia inventada de cómo se había roto la mano golpeando en la mandíbula a un teutón.

Dos meses después de llegar la familia a Seattle, nació Helen. Joe encontró trabajo en el aserradero. El año en que su hija entró en el colegio, su mujer murió de cáncer. Helen siempre había pensado que las cosas habrían sido mucho más sencillas si también ella hubiese sido varón. Existían secretos y misterios femeninos que su padre eludió durante sus años de formación. Aprendió las realidades de la menstruación con la ayuda de un médico calvo con bifocales. Helen había pedido hora ella misma porque temía morir desangrada y la avergonzaba contarle a alguien dónde tenía la herida. Joe compensó estas deficiencias de innumerables maneras.

Sus hijos, ya mayores, se marcharon hace años, sin poder abstenerse de poner en tela de juicio la supremacía de su padre por más tiempo. Juntos, se fueron a la otra punta del país y, además de fundar sus propias familias, crearon una pequeña empresa de construcción en Nueva Jersey. El día que Joe tuvo la apoplejía, Helen telefoneó a su hermano mayor, Frank, que le prometió transmitir el mensaje a Patrick. Dijo que era un alivio poder confiar en que ella tenía el asunto «bajo control».

En la cocina, unas patatas y una cebolla se fríen ya en la sartén. Joe, de pie ante el fogón, las remueve con la mano ilesa; la derecha le cuelga a un lado como una plomada. Helen lo aparta con delicadeza. En un papel encerado hay un par de chuletas, probablemente toda la ración de carne de Joe para dos semanas.

—¿Cómo te las has arreglado para cortar las patatas y la cebolla?

—Las he partido por la mitad —contesta él— y he inmovilizado media patata bajo una segunda tabla. Corto, desplazo la patata, y vuelvo a cortar.

—Eso augura un accidente.

Joe se apoya contra el fregadero.

—Puedes quedarte aquí todo el tiempo que quieras. Ésta es tu casa, y más ahora que John se ha ido.

—Cuidado con lo que deseas.

Una vez doradas las patatas, Helen añade la carne a la sartén. Al cabo de un rato él pregunta:

—¿Tienes algún plan? Aparte de andar rondándome.

Ella se vuelve para mirarlo a los ojos.

—Serás el primero en saberlo.

Joe dirige la vista hacia el reloj de pie.

—Está a punto de empezar *La sombra*. ¿Tú lo sigues?

—No, papá. Pero escúchalo tú.

Helen enciende la radio y luego lleva los platos a la mesa.

—Con tantas tonterías de por medio me he olvidado de preguntarte si tienes alguna noticia.

Se refiere a John, naturalmente.

—Nada de nada —contesta Helen—. Y ya sabes que se pondría en contacto conmigo si tuviera la posibilidad.

—Estamos en guerra, cariño. Puede que ahora mismo esté en las trincheras. Incomunicado. Intentando enviar un parte. Corren tiempos difíciles. Pero debes tener paciencia.

Helen esboza una sonrisa. Pregunta si todavía hay trincheras, lo que suscita una expresión ceñuda.

En la mesa observa a su padre mientras mira fijamente la comida y se plantea posibles planes de ataque. Helen se inclina y empieza a cortarle la carne en el plato. Él intenta apartarle la mano, pero ella insiste.

—Por favor, reza por él esta noche.

Joe asiente, pero el locutor anuncia ya el serial, captando su atención. Helen lo mira mientras él lidia con la comida y el tenedor, su mano derecha dormida en el regazo. Ella acaba de cenar, le da un beso en la frente y lo deja con su serial.

Arriba, junto a su cama, descubre un jarrón con narcisos en la mesilla de noche.

La oficina de reclutamiento del Cuerpo Auxiliar Femenino del Ejército bulle de energía recién encauzada. Las señas coinciden con las del folleto que lleva encima desde hace más de una semana. Mira las ventanas, ahora cubiertas de carteles en los que se ruega a las mujeres que aporten su grano de arena por el país. Recuerda los antiguos anuncios que hace sólo unos años colgaban en estos mismos escaparates, promocionando viajes al exótico Oriente y el soleado sur del Pacífico. Dentro, las mujeres trajinan con carpetas y sobres como si hicieran apuestas de última hora en el hipódromo. Una de ellas indica a Helen con una señal que se acerque a su mesa.

La mujer parece alegrarse de verla. Es como si la esperaran. Helen recuerda su cara de cuando iba a catequesis, hace ya media vida.

—Edith Brown —se presenta la mujer, y levantando el brazo a la altura del hombro, le ofrece la mano—. Y tú eres Helen… ¿Corrigan?

—Connelly…, o mejor dicho, lo era. Ahora soy Helen Easley.

—Toma asiento. Eres la tercera conocida mía que entra hoy aquí, ¿te lo puedes creer?

Helen se acuerda de su padre manipulando torpemente el billetero esta misma mañana antes de salir de camino a la consulta del médico: ahora tiene que sostenerlo en equilibrio sobre la muñeca del brazo derecho, rígido, mientras saca los billetes con la mano izquierda.

Apenas ha abierto la boca y ya se siente como una traidora.

Edith explica las oportunidades que aguardan a las mujeres en el Cuerpo Auxiliar Femenino del Ejército. Helen puede ser conductora, cocinera, administrativa, mensajera o trabajar en una cantina. La propia Edith viajará a Inglaterra en cuanto llegue su documentación. Elija lo que elija, Helen hará una verdadera aportación y recibirá un sueldo. Para empezar, debe recibir instrucción durante tres meses en Portland, Oregón.

¿Tres meses? Desde que tomó la decisión de marcharse, Helen siente a diario su trayectoria descendente, la intensa atracción de la gravedad. Debe de haber alguna vía más directa.

—¿Puedo elegir el destino?

—Pues claro. Como te he dicho, podrías ir al extranjero. Ahora mismo muchas chicas se marchan a Inglaterra.

—¿Y Alaska, por ejemplo?

Edith se queda desconcertada por un momento.

—No sé de ninguna chica que haya ido a Alaska. —De un empujón se aparta del escritorio—. Voy a ver si averiguo algo.

Las mujeres, con elegantes uniformes y pelo corto, van de aquí para allá en la oficina. Es un enjambre de determinación femenina.

Helen no puede por menos de preguntarse si alguna de ellas acabará recibiendo un balazo o hecha añicos por una bomba.

Edith regresa moviendo la cabeza en un gesto de negación.

—En todo caso, no te conviene ir allí. Por lo visto, ha habido un ataque o algo así. Ya han enviado a casa a la mayoría de las familias. Aquello no es apto para mujeres.

Helen coge el bolso y le tiende la mano. Promete pensárselo.

—Tómate el tiempo que necesites, pero que no sea demasiado, o te perderás la diversión.

Helen acompaña a su padre a pie a Santa Brígida, donde él está empeñado en pasar el día intentando concebir maneras de afianzar con una sola mano una barandilla suelta. Viéndolo tan deseoso de trabajar, y convencida de que él oculta algo más, se siente inquieta y vacila en su determinación por puro afecto. Lo observa desaparecer por la puerta de la rectoría; luego sigue calle abajo y coge el autobús que va al centro.

En la biblioteca, busca en los periódicos alguna mención de Alaska. El vacío que encuentra en la prensa no tarda en llenarlo ella misma con temores de un avance japonés, una campaña cada vez más amplia y cruenta. Se reprende por abandonarse a pensamientos tan indisciplinados y se concentra aún más. En los anuncios clasificados, se ve recompensada con tres ofertas firmes de trabajo que incluyen un pasaje al norte: una envasadora de salmón, una empresa de ingeniería, las oficinas de una mina.

Tras meses de investigación, una cosa queda clara: Alaska no es un lugar que ofrezca una amplia gama de empleos. Da la impresión de que casi todo el trabajo implica, aparte de luchar contra los elementos, la extracción de recursos de la tierra, el bosque y el mar. Elabora una lista de sus exiguas aptitudes: 1) archivar, 2) llevar la contabilidad, 3) llevar una tienda, 4) llevar una casa, 5) cocinar. Observa que hasta la fecha su vida laboral se ha caracterizado en gran medida por la acción de «llevar». ¿Debería mencionar su francés fluido, que aprendió en honor a su madre? En Alaska, eso no serviría para nada. Por desgracia, es mala mecanógrafa. Y a ella la taquigrafía le es tan ajena como los jeroglíficos o las runas.

Cuando la madre de Helen tenía veinticinco años, dominaba ya dos lenguas extranjeras, había estudiado música en el extranjero y llevaba los libros de cuentas de la lechería familiar. Había dado a luz a tres hijos, sobrevivido a una guerra y emigrado al Nuevo Mundo. En momentos como éste, Helen se siente eclipsada por el legado de su madre. Pero si la ausencia de John —si esta guerra— le ha enseñado algo, es que debemos reimaginar quiénes somos y qué somos capaces de hacer.

Helen aparta bruscamente los periódicos. ¿Qué quiere? Hace otra lista: 1) que John vuelva a casa sano y salvo y la oportunidad de crear una familia; 2) que su padre siga con vida y esté bien atendido; 3) el final de esta guerra horrenda. Se concentra en los puntos uno y dos a la vez que acepta que el tercero está en manos de Dios Todopoderoso.

En la cabina de teléfono del vestíbulo, extiende sus notas sobre la falda y apila monedas de veinticinco centavos por valor de cinco dólares. Una vez en Alaska, improvisará, buscará la manera de llegar a las islas. Todo lo cual implica que debe soltar una sarta de mentiras.

Tres veces le contestan que no contratan a mujeres, ni siquiera en puestos auxiliares. Un hombre ha llegado al punto de reírse. El capataz de la mina sugiere que su mejor opción, la más segura, es buscar una agencia de novias por correspondencia.

Helen, tendida en la cama de su infancia, contempla en el techo las formas rectangulares de los recuadros de la ventana proyectados por la luz de la farola. En el pasillo se oye la reverberación de los ronquidos de Joe. Se vuelve de lado, coge la almohada sobrante y se la coloca entre los muslos. John nunca ronca, a menos que le haya pegado al whisky.

Después de otros dos días de callejones sin salida e indecisión, coge un viejo folleto de la Compañía Marítima de Alaska, con sede aquí en Seattle. Si el Gobierno no ha requisado ya los busques de la naviera, sencillamente podría comprar un pasaje al norte para viajar a Juneau. ¿Qué necesidad tiene de fingir que va por razones de trabajo? Lo único que se requiere es dinero. Juneau está muy lejos de las Aleutianas, pero sería un primer paso. De momento se permite creer que su padre, como él afirma, puede arreglárselas igual que antes, que no necesita atención las veinticuatro horas del día. En realidad, no tiene ningún plan, más allá de la intención de acercarse a John. Su persistente silencio sólo puede significar que no está ya en la clandestinidad, sino que ha desaparecido. Nadie irá en su busca.

Debe anunciar sus planes a su padre. Debe vaciar la cuenta corriente. Sin duda él señalará las lagunas en sus teorías y proyectos, pero jamás le propondrá que se quede a cuidar de él. Sí le preocupará su seguridad, y a ese respecto tendrá una larga lista de temores. ¿Intentará prohibirle ir? Ella debe aceptar, rebatir y disipar los temores de su padre sin echarse atrás.

Helen pasa la tarde del viernes bajo el tibio sol de primavera, comprando ropa interior de invierno, guantes forrados y el abrigo de lana más grueso que encuentra. Reúne el equipo que, según imagina, necesitará, y sin embargo a cada prenda que tacha en su lista se siente cada vez menos preparada para marcharse. Ha viajado muy poco, y casi nunca sola. ¿Y ahora se atreve a pensar que está en condiciones de subirse a un barco e ir derecha al vacío que se tragó a su marido?

En la catedral de San Jaime, hace una genuflexión ente el sagrario; acto seguido enciende dos velas, una por John y otra por su padre. Pide perdón por lo que se siente impulsada a hacer, por dejar aquí a su padre. Suplica orientación y protección, y pide por adelantado la absolución por las mentiras y los engaños a los que sin duda tendrá que recurrir. Contempla los dos puntos de luz, rodeados por docenas de deseos que titilan a través de cristal rojo.

Veinte minutos más tarde entra en la biblioteca empujando con el hombro la pesada puerta de cristal. Pasa ante las bibliotecarias, quienes deben de pensar, imagina Helen, que es una solterona solitaria y excéntrica. Acercándose al soporte de periódicos, coge el *Post-Intelligencer* y el *Seattle Times* del día. Luego ocupa una mesa y deja las bolsas debajo.

Hojea rápidamente ambos diarios dos veces: la primera en busca de titulares y firmas; después, ahondando en cualquier artículo que pueda tener una mínima relación. Pese a ser un escenario bélico activo, ninguno de los dos periódicos da noticias sobre ese territorio. En la página cuatro del *Times*, ve una gran foto de un transporte de tropas ahora atracado en el puerto; dentro lleva encuadrado un retrato de Olivia de Havilland. Al pie de la columna aparece una foto de menor tamaño, ésta de cuatro mujeres que, según la leyenda, también subirán a bordo para entretener a la tropa. Capta la atención de Helen el ángulo derecho de la foto, un rostro que enseguida le suena de algo. Si la vista no la engaña, Ruth Simmons ha vuelto a la ciudad.

Se abrazan en la acera frente a los grandes almacenes Woolworth. El perfume de Ruth es exageradamente dulce. Ya dentro, piden batidos en el mostrador del bar. Mientras Ruth habla con entusiasmo de los prodigios de Nueva York, Helen calcula cuánto le habrá costado el conjunto que lleva: vestido verde de satén, estola de piel, casquete, medias de seda, unos preciosos zapatos de salón nuevos. Setenta y cinco dólares, como mínimo. Discretamente, se arregla su propio suéter y se alisa las arrugas de la falda.

Ambas mujeres fueron íntimas amigas en la infancia, hasta que Ruth acabó en compañía de otro grupo de gente. Mientras Helen obtenía unos cuantos papeles en las producciones del instituto, Ruth no demostraba el menor interés en el teatro o las representaciones del colegio. Y sin embargo, después de graduarse, se fue a Manhattan e inició una carrera en el mundo del espectáculo de la noche a la mañana.

Ahora Helen, en lugar de envidia —que se extinguió hace mucho tiempo—, descubre que siente por ella una mezcla de admiración y respeto. No esperaba volver a verla, salvo quizás en una revista o en pequeños papeles en el cine. Cada vez que enciende la radio, una parte de ella aguza el oído para distinguir en las obras radiofónicas la voz de Ruth, pero ésta se las arregló para acceder al mundo del teatro neoyorquino, y ahora trabaja para el Tío Sam: a bordo de buques de transporte de tropa, en pleno Pacífico, viaja hasta el mismísimo frente. Helen ve crecer sus esperanzas de improviso.

Los rasgos físicos de Ruth, tomados por separado, oscilan entre lo hermoso (ojos almendrados y pómulos prominentes) y lo corriente (dientes inferiores muy juntos y desiguales), y aun así siempre ha sido, en conjunto, algo más que la suma de sus partes. Su expresión transmite picardía, humor, placer. Si bien nunca interpretará papeles estelares, su atractivo es indiscutible. Ruth sorbe el final del batido. Saca una fina pitillera plateada y ofrece un cigarrillo a Helen, que ésta rechaza educadamente.

Dos jóvenes soldados de las fuerzas aéreas entran a trompicones. Ha empezado a llover y tienen los hombros oscurecidos por el agua. Al verlas, se detienen en seco, pero son incapaces de mirar a Ruth a los ojos. Echan una ojeada a Helen de pasada y a continuación se alejan avergonzados por uno de los pasillos como colegiales sorprendidos en una travesura.

—Dime que no andas enredada con gángsteres —dice Helen—, o que no te has marchado de Nueva York huyendo de la esposa de tu amante.

—Si algo de eso fuese cierto, te lo diría. No hay nada más emocionante. Pero la realidad es que yo tenía allí trabajo regularmente hasta que *herr* Hitler me aguó la fiesta.

Helen se alegra de ver que Ruth, a pesar de su éxito incipiente, sigue negándose a tomarse a sí misma en serio.

—¿Cuánto tiempo estarás aquí? —pregunta.

—Eh, no tan deprisa. ¿Y tú qué cuentas? ¿Tienes hombre?

Helen no se acuerda hasta ese momento de que anoche, antes de fregar los platos, se quitó la alianza nupcial. La colocó cuidadosamente en el pequeño cuenco situado en el alféizar de la ventana. Si bien siente el impulso de dar a conocer su asombrosa buena suerte por haber conocido a John Easley, no está preparada para contar las necesarias y mortificantes historias posteriores.

—De momento no —contesta. Opta por hablar de su trabajo en Maxine's, el éxito de sus hermanos en el este, la apoplejía de su padre.

Cuando llegue el momento oportuno, le contará que, después de una sucesión de encaprichamientos de colegiala y dos cortas relaciones, conoció por fin a John Easley y se enamoró de él. Al principio experimentó tal atracción física que le daba vueltas la cabeza. Le parecía un hombre amable, considerado, instintivamente franco a costa de lo que fuera. Con el tiempo se dio cuenta de que él llevaba dentro de sí una especie de paz derivada del hecho de conocer su propia alma. John la impulsó a creer que también para ella era posible una paz así. En una ocasión, mucho antes de conocerlo, Helen preguntó a su padre qué debía buscar en una pareja. «Tienes que dar con alguien mejor que tú —contestó él—. Desde luego yo lo conseguí.» Se tomó en serio este sabio consejo.

Ruth da una reflexiva calada a su cigarrillo y observa a los soldados, que lanzan ojeadas furtivas. Los mira fijamente hasta que se dan media vuelta y se marchan. Antes de salir, se llevan la mano a la gorra para saludar a la vez que Ruth despliega una sonrisa triunfal.

—Yo tampoco tengo un hombre. Tengo muchos.

Para Ruth, captar y retener la atención de los hombres parece una especie de juego. Para Helen, esa actitud es más bien como jugar con cerillas.

—Me gano el pan con las USO, la organización que monta los espectáculos para los soldados. —Se retira una pestaña del ojo cuidadosamente con un preciso meñique—. Vamos a Hawái para ofrecer una revista musical a la tropa. Somos ocho. Por supuesto, nos han prometido que Olivia de Havilland encabezará el reparto, pero lo creeré cuando lo vea. En cualquier caso, nos cuidan bien. A todas nos interesa mucho esto: imagínate la publicidad.

—Eso debe de ser...

—¿Todavía bailas? Oye, por cierto, tú tenías una voz magnífica... ¿Por qué no te apuntas?

—Para hacer ¿qué?

—Bueno, todavía no hemos empezado los ensayos. Sólo bailamos por unas pocas monedas. Los reclutas pueden ponerte la mano encima y dar unas cuantas vueltas por la pista durante un par de minutos. Pero no estás obligada a bailar con nadie si no quieres. —Advierte la sorpresa de Helen—. Es patriótico... Anímate, seguro que consigo meterte. Quedemos a las siete.

Ruth está en racha. Enciende otro cigarrillo y adopta el papel de un personaje de una comedia romántica en la que intervino recientemente, transformándose en una operadora telefónica entrometida... con un efecto desternillante. Helen no recuerda la última vez que se rió tanto. Su amiga parece darse cuenta y se esfuerza por seguir arrancándole carcajadas.

El Salón Sueco está enguirnaldado de Barras y Estrellas, serpentinas de papel crepé, carteles con anuncios de las USO. La luz es tenue, y la bruma formada por el humo del tabaco oscurece aún más los rostros. El lamento de una trompeta resuena en la pista de baile casi vacía. En lugar de orquesta, hay una chica que selecciona los discos sobre el estrado detrás de unos altavoces del tamaño de baúles. Apiñados junto a la puerta, soldados de infantería y miembros de las fuerzas aéreas, muy limpios, gorra en mano, contemplan el despliegue de anfitrionas dispuestas a lo largo de la pared de enfrente. Los hombres tienen que hacer acopio de valor para acercarse.

Helen observa a Ruth mientras deambula por la pista con un sargento. Es de la misma estatura que ella y tiene el cuello muy grueso, tanto que el mentón le desaparece en él cada vez que se mira los pies. Se mueve sin la menor gracia. Pero los dos cruzan sonrisas y se ríen a carcajadas, y Ruth agita el pelo como si no tuviera la menor preocupación en este mundo.

Sin saber muy bien qué ponerse para semejante acontecimiento, Helen se ha decantado por un recatado vestido de color azul marino y se ha recogido el pelo. Arrepentida de haber ido, se mantiene a una distancia prudencial, por detrás de otras varias mujeres. Helen pasó directamente de la vida con su padre y sus hermanos a la vida con John. Siempre se ha sentido al margen de las intrigas secretas de las mujeres, poco preparada para los cambios repentinos y el subtexto. Es como si la hubieran adoptado en un entorno ajeno al suyo propio y ahora éste le resultara extraño.

Unas diez o doce parejas van de aquí para allá por la pista con distintos grados de éxito. Después de aplazarlo tanto como se atreve, Helen se incorpora por fin. Baila durante más de una hora con distintos hombres, incluidos algunos que vuelven a por más. Un soldado raso de aspecto anodino, más o menos de su edad, sabe bien lo que hace a todas luces. Bailan dos piezas consecutivas, un *jitterbug* y un *western swing*. La guía con la mirada, con el cuerpo, creando la impresión de que cada paso ha sido idea de ella desde el principio.

Unos cuantos se toman libertades, en particular aquellos que apestan a loción para después del afeitado o han sido instigados por sus amigos. Un apretón en la cadera, el roce accidental en un pecho. Las acompañantes, rectas matronas cristianas, se pasean por la pista. Un toque en el hombro y una advertencia con el dedo pone fin a la mayoría de las picardías. A unos cuantos hombres los obligan a salir del salón. Y de pronto, al cabo de un rato, cuando Helen ya pensaba que el soldado raso se había ido, reaparece y le coge la mano.

La guía en pasos que ella desconocía y sin embargo es capaz de seguirlo. En algún momento del baile deja de pensar por completo. Se mueven con tal fluidez que otros se detienen a mirarlos. Cuando la pieza acaba, él la sostiene con un brazo a baja altura y la mira a los ojos. Empieza a sonar un lento vals, y abandonan la pista.

—¡Oye, ha sido increíble! —El soldado se enjuga la frente con un pañuelo—. Ya sé que en principio no debo preguntarlo, pero…

—Mi marido es corresponsal de guerra.

El soldado dirige un gesto de asentimiento al suelo. Da medio paso atrás y se hunde las manos en los bolsillos.

—Lo siento. ¿Y dónde está?

—En el territorio de Alaska. El ejército repele allí una invasión.

Él entorna los ojos con expresión de perplejidad.

—Primera noticia. —Sonríe—. Probablemente deberíamos dejar que esos cabrones asiáticos lo ocupen y luego sentarnos a ver cómo se congelan.

Es obvio que no sabe nada. Nada en absoluto. Y no es el único. El ejército ha decidido encubrir la guerra más cercana. Y ahora aquí está ella, bailando con desconocidos. Tiene la sensación de estar enloqueciendo. Se cruza de brazos y planta los pies en el suelo. Lo mira con expresión severa hasta que él retrocede.

Con una sensación de alivio, se mete en la bañera, deseosa de desprenderse de todo rastro del anhelante sudor y del olor a brillantina de los soldados. El calor del agua penetra en su piel y le relaja los músculos. Se inclina al frente para masajearse un pie. Abajo, el murmullo de la radio se ve interrumpido de vez en cuando por la risa de su padre, que ella adora. En especial esa risa que oye ahora, la que él intenta contener con la boca cerrada. La que preferiría compartir si tuviera a alguien a su lado.

Al final, la velada ha tenido su compensación: ha confirmado el hecho insólito de que las más diversas mujeres son acompañadas hasta el borde del campo de batalla. Mujeres como Ruth. No hace falta una solitaria travesía en barco hasta Juneau y andar luego a tientas en la oscuridad de mentira en mentira. Dejará que el ejército la lleve hasta John. ¿Cómo va su padre a poner reparos a un acto tan patriótico? Helen siente el asomo de una sonrisa.

5

Los últimos dos días han sido tan distintos entre sí como si no fueran de la misma estación. Uno de cielos despejados, viento intenso y bombardeos aéreos; otro con nubes bajas y quietud. Las aves mostraron una inexplicable indiferencia durante el ataque, dedicándose a sus rutinas habituales; ahora en cambio se las ve de capa caída, desmotivadas, deambulando por la hierba. Incluso el mar está en calma. Easley jamás había visto un lugar de tan extrema variabilidad.

La caza ha dado poco de sí. Es como si entre la población de aves hubiese corrido la voz de que hay allí dos individuos con hábitos criminales. Easley no duda que eso se debe en parte a sus toscas técnicas de caza. Mientras que la combinación de una distracción por parte del ave y un lanzamiento certero con una piedra daba a veces resultado con la perdiz blanca, un animal en extremo simple, mucho más difícil resultaba capturar a cualquiera de las aves numerosas y astutas de la orilla y el mar.

Juntos, como lanzadores de béisbol, han intentado abatir a pedradas a las gaviotas y los frailecillos. Dada su infancia en Estados Unidos, el chico tiene más puntería. Easley se crió jugando al hockey, un deporte sin correlación evidente con la caza, a menos que la presa fuese un ratón oscuro correteando por una charca helada. Como mucho, los dos conseguían realizar uno o dos lanzamientos antes de que las aves alzaran el vuelo en bandada y se retiraran a otra parte de la playa. Los mejillones y las algas han vuelto a formar parte del menú. Prescinden de la pantomima de preparar y compartir las comidas. Sencillamente consumen lo que encuentran, allí donde lo encuentran.

Después de dos semanas allí escondidos, Easley nota ya que el pantalón le cuelga de la cadera, sucio, endurecido a causa de la sal del sudor y el mar. Se le ha encogido el trasero. Le sorprende el ritmo al que se consume. La pérdida de peso es también visible en el chico: la cara descarnada, el cuello y los muslos menguantes. Él tenía mucho menos que perder. Y así las cosas, aunque con serias dudas, deciden echarse las mochilas al hombro en la débil luz de la mañana.

—¿Listo? —El chico se yergue más que de costumbre. Quiere hacer creer a Easley que está preparado para la aventura.

Se quedan inmóviles por un momento, observando el exiguo agujero que les ha servido de hogar. El periodista se lleva una mano al bolsillo en busca de unas llaves, por el instinto de cerrarlo todo de algún modo antes de irse. Para disimular el embarazoso desliz, se rasca la entrepierna. Se adentran en la niebla.

Easley deja que el chico encabece la marcha por las pendientes yermas. Cruzan un río frío y poco profundo y siguen hacia los montes lejanos: una frontera que aún tienen que cruzar. El camino lleva al lugar donde aterrizaron y, según creen, a la aldea situada a quizás unos veinte kilómetros. Como la niebla reduce notablemente la visibilidad, Easley aguza el oído. Después de filtrar los sonidos familiares —el susurro de sus propias botas entre los tallos muertos de ballico, los reclamos de las aves en la orilla—, se convence de que están totalmente solos.

Su plan es aprovechar la cobertura que les proporciona la niebla para aproximarse a la aldea y el campamento. Desde que los japoneses ocuparon la pequeña aldea, se han dedicado a construir un sistema de túneles y un embarcadero. El chico explica que eso lo confirmaron ya hace meses las fotos aéreas de los vuelos de reconocimiento. Todo el mundo da por supuesto que el enemigo ha eliminado a los aldeanos. Si se disipa la niebla, se limitarán a observar y esperar la llegada de la noche. Si no, regresarán a la seguridad de la cueva.

No tardan en encontrar zonas cubiertas por la nieve. Como sus huellas permanecerían allí durante días, las eluden a toda costa.

Al cabo de una hora de caminata, encuentran un poste podrido hincado profundamente entre unas matas de apio silvestre. Grisáceo por la exposición a los elementos y salpicado de liquen anaranjado, sobresale más de un metro del suelo donde ha sido clavado con alguna finalidad desconocida. Buscan en vano a través de la bruma cada vez más tenue otras señales parecidas. Regresan para examinar el hito solitario.

—¿Crees que lo habrán plantado aquí los indios? —pregunta el chico por fin.

—No lo sé.

—Quizá deberíamos llevárnoslo y quemarlo. Dudo mucho que a los aleutianos les importe.

—Los aleutas —corrige Easley—. También se hacen llamar unangas. No esquimales, ni indios. Estas islas por las que estás luchando les pertenecen. Como mínimo deberías conocer su nombre.

—Yo lucho por los Estados Unidos de América —replica el chico.

Siguen adelante, dejando el poste intacto.

Al mediodía no hay el menor indicio de que la niebla vaya a desaparecer. Llevan casi tres horas de viaje sorteando islotes de nieve, temblando de hambre. El terreno indiferenciado les produce la sensación de que apenas avanzan. De pronto el chico se detiene, atrae a Easley hacia él de un tirón y le susurra algo al oído.

—Por lo que sabemos, esto podría estar infestado de japoneses. Podría haber toda una horda ahí delante. —El chico señala con el dedo, pero el gesto es inútil: la visibilidad se reduce a menos de cien metros.

—Propongo que bajemos ya a por mejillones —contesta Easley—. Si no se despeja en menos de una hora, rastrearemos la orilla en busca de leña.

El chico hace un gesto de indiferencia.

Mientras descienden por la pendiente, Easley vuelve a asombrarse de la aparente proximidad entre invierno y primavera. A sólo unos metros de las acumulaciones de nieve se advierte un asomo de ávido verdor. El chico se agacha, arranca un bulbo de apio silvestre y se lo lleva a la boca. Easley se dispone a imitarlo, pero mete el pie en un hoyo musgoso y se le hunde la pierna hasta la rodilla. No ha pisado una mina terrestre, ni una bomba trampa. Como ambos bandos aprendieron en la Primera Guerra Mundial, unos pies mojados y fríos que nunca se secan pueden abatir finalmente a un hombre.

A través de la niebla ya menos densa avistan una colonia de mejillones adheridos a las rocas en el límite de la marea. Prefiriendo dejar el menor rastro posible en la playa abierta, Easley se ofrece voluntario para ir a buscarlos. Se quita las botas y avanza descalzo por la arena. Cuando llega una ola gélida, el frío le penetra hasta los huesos. Sus pies, pálidos y un poco azulados, le parecen más desnudos y tristes que nunca. Arranca los mejillones de las rocas y se los mete en los bolsillos. Justo cuando cree que ya no puede soportar el dolor, oye mar adentro un profundo jadeo y luego un chapoteo. Más allá del rompiente, se mece entre las olas la cabeza marrón de un león marino de Steller.

Retirándose a cierta altura por encima de la playa, comen en silencio. Tal vez sea por efecto de la luz, o tal vez sea la sensación de mareo, pero hoy Easley, al ver la carne fría y húmeda dentro de las conchas brillantes, evoca un hotel de la bahía de San Francisco. Helen y él ocupaban una mesa junto a la ventana en un restaurante con vistas de la puesta de sol. La llama afilada y estable de una vela colocada entre ellos se reflejaba en los ojos de ella, que había viajado allí con él, clandestinamente, poco después de conocerse. Fue la primera de varias lunas de miel oficiosas. Helen pidió almejas y ostras, cavilando sobre sus supuestos efectos «afrodisíacos». A cada bocado seguía un trago de vino. A la mañana siguiente Easley, al salir de la ducha, la encontró bailando sola en la habitación y supo que estaba viendo a su esposa. Tenía que habérselo pedido en ese mismo momento, pero no encontró el valor ni las palabras, sino sólo el miedo a ahuyentarla.

La visibilidad aumenta cuando empieza a llover. Easley y el chico se ponen en pie y siguen adelante.

Empapados y temblorosos, se acercan a la cresta de una montaña desde donde se ve el puerto. A lo lejos avistan la aldea aleuta con su iglesia blanca de cúpula bulbiforme y sencillas casas de madera agrupadas en la costa. Veintitantas como mucho. Hilos de humo se elevan de las chimeneas. En los campos situados más allá de la aldea se hayan situadas las tiendas de campaña japonesas, junto con camiones y emplazamientos de artillería. Hay un barco anclado en el puerto, pero ningún hombre a la vista. Agachados, otean durante un rato en busca de señales de movimiento. A Easley se le ocurre que, después de diez meses de ocupación, nadie ha estado tan cerca del enemigo.

—Son listos, estos cabrones —comenta el chico, y se le condensa el aliento—. Ahí bien pegados al fuego.

—Vámonos. Con este tiempo no saldrán. Deberíamos volver al trote y reducir el tiempo a la mitad. Encender un fuego y…

No puede concluir la frase porque no tienen comida que guisar, ni nada que hacer.

La lluvia da paso a la niebla y un viento frío y húmedo. El calor corporal es su única defensa contra la intemperie. Mientras avanzan cansinamente, Easley ya no puede pasar por alto la molestia que siente en la boca. Lleva tres días seguidos despertándose con dolor de muelas. Sin embargo hoy ha adquirido una nueva intensidad.

Observa el pesado avance de las piernas del chico, extenuado, como alguien esforzándose por caminar corriente arriba.

Con los dedos rígidos y trémulos, Easley reúne el resto de combustible. Quedan nueve trozos de leña en su oscura cueva, más el extremo del enorme tronco que encontraron la semana pasada. Con suerte, el fuego bastará para salvarlos. El chico se limpia las manos pálidas en el pantalón húmedo; luego apila un puñado de preciada hierba seca. Easley acciona el encendedor y, durante un instante de nerviosismo, libera la llama hasta que la yesca prende. El chico se yergue y observa; le tiemblan los brazos y las piernas como si tuviera el baile de San Vito. el periodista acerca al fuego las palmas arrugadas de sus propias manos.

Al cabo de veinte minutos, el hoyo emana calor. Al cabo de una hora, se han quitado las camisas y las agitan como toreros sobre el humo y las llamas. Más tarde, cuelgan los pantalones justo encima del fuego para que el aire caliente entre por las perneras y salga por la cintura. Los calcetines y los calzoncillos penden de los espetones utilizados para asar. Las botas se vuelven blancas por efecto de la sal acumulada. Ambos se exponen al calor hasta que les desaparece la carne de gallina; luego vuelven a ponerse la ropa, todavía húmeda, pero humeante.

Echan el resto de la leña sobre las brasas, descuelgan las hamacas y se tienden en el nido construido por el chico el día de su llegada. Para conservar el calor corporal, se envuelven con la seda hasta que parecen la momia de unos gemelos siameses. Famélico y agotado, el muchacho se agita en sueños; entretanto, Easley siente que el dolor en la boca es cada vez más intenso.

El poco calor y esperanza restantes se desvanecen con las brasas. El reportero de guerra se da la vuelta, se acomoda, vuelve a darse la vuelta. Desea un desenlace rápido, sea cual sea.

El chico despierta en plena noche: la disentería bulle en sus entrañas. Se disculpa a su educada manera sureña, se desenvuelve y abandona a rastras el nido. La oscuridad es absoluta. Easley lo oye tropezar mientras busca a tientas el camino hacia el exterior. No ha llegado aún muy lejos cuando se ve obligado a bajarse el pantalón y acuclillarse.

Easley se lleva una mano a la cara, notablemente hinchada, y se palpa. El dolor parte del lado derecho de la mandíbula y asciende hacia el ojo.

El chico regresa, se disculpa un poco más y vuelven a taparse los dos con la seda.

Easley evoca sus últimas imágenes de Helen. Intenta trazar el mapa de su cuerpo, cada lunar y cada curva. Los detalles empiezan ya a desvanecerse. Ella ahora es sólo un cúmulo de sensaciones: el aroma de la coronilla de su cabeza, el sabor del sudor en su piel, su muslo extendido sobre la cintura de él. Pero el dolor en la mandíbula ahuyenta todo recuerdo. Aun así, siente que ella lo besa en la mejilla, transmitiendo la curación a través de los labios.

Helen le coloca una almohada detrás de la cabeza, le acerca a la boca un trozo de tarta de calabaza con el tenedor, se asegura de que cada bocado contenga una pizca de nata. Cuando caen migas en el vientre de él, ella se inclina y las lame…

Helen le rodea los hombros con los brazos, en mitad del lago. La sonrisa forzada no consigue ocultar su miedo. Él repite palabras tiernas y alentadoras para tranquilizarla. Pronto hacen pie y él se dirige a la orilla brincando, quemado por el sol, goteando. Extiende una toalla mientras ella, resplandeciente, sale del agua. Incluso ahora él nota el frescor de su piel al envolverla con la toalla…

Helen se apoya en él en el banco del parque, fuera del haz de la solitaria farola. El aturdimiento ha ido aumentando a lo largo del día, después de comunicarle la noticia esta mañana un afligido compañero de su hermano especialmente unido a él. Trenza el sinfín de emociones en una gruesa espiral de rabia. Su mujer le coge la mano y se la acuna en el regazo. Lejos de su madre, de su padre, de la habitación que compartieron en su día Warren y él, el dolor se apodera de sus entrañas y la tensión lo obliga a doblarse por la cintura. Ella le frota la espalda y espera, pero las lágrimas no llegan…

En la tenue luz del amanecer, el viento arrastra el aguanieve al interior de la cueva. Easley lo ve adherirse a los costados del hoyo de la fogata casi apagada y luego fundirse en la piedra. El chico, sentado junto a las brasas con las rodillas encogidas bajo el mentón, contempla la mañana gris. Cuando ve que Easley ha despertado, le ofrece una amplia sonrisa.

—En la vida he visto a cabrones feos, pero a ninguno tanto como tú. —El chico entrecierra los ojos—. ¿Te duele mucho?

Easley, al incorporarse, nota palpitaciones en la cabeza. Se le saltan las lágrimas a causa del dolor en la boca.

—No sé de qué hablas.

—Mejor será echarle un vistazo. Salgamos a la luz.

El periodista se sienta en una roca y abre la boca menos de dos centímetros. El chico mira dentro con la frente arrugada y una expresión alerta en los ojos brillantes. Apoya las manos frías en la mandíbula, lo obliga a abrir la boca y se la inclina hacia el cielo.

—La tienes hinchada y roja. Las muelas me parecen todas iguales.

—La que está casi al fondo.

El chico introduce los dedos en la boca. Toquetea varias muelas antes de encontrar la culpable. En ese momento Easley gime.

—Cariada, probablemente. —El muchacho se sienta y se limpia la baba del reportero en la pechera de su propia guerrera.

No tiene sentido entrar en explicaciones. No disponen de fármacos. Ni de equipo médico, salvo por la navaja y el Zippo. Ni siquiera de un miserable cepillo de dientes.

—Hay que hacer algo con esto —comenta el chico por fin.

—¿Hacer algo? ¿Qué demonios quieres decir?

—¡No lo sé! —Cruza los brazos en actitud defensiva—. Hay que sacarla. Más de uno se ha muerto por una tontería así.

—¿Y cómo te propones sacármela?

El chico no contesta.

—Necesitamos fuego aquí dentro o tendremos problemas mayores que una jodida muela. Necesitamos comer —aduce Easley. Luego, tras reflexionar, añade—: Puede que tengas razón. Puede que haya llegado el momento de plantearnos nuestras opciones.

—¿Opciones?

—No tenemos por qué morir aquí.

El chico se inclina y acerca el rostro a Easley.

—No vamos a rendirnos, si te refieres a eso. ¿Tienes idea de lo que hacen los japoneses con los prisioneros? Nos pegarán un tiro después de torturarnos para sonsacarnos secretos. Nadie se enterará. Todo el mundo nos da ya por muertos. —Retrocede y da un puntapié a una piedra—. El problema contigo es que estás fuera de tu elemento. Has venido aquí con la idea de conseguir tu artículo y salir a toda prisa. No estás… comprometido.

—¿Que no estoy comprometido? —El rostro hinchado y ridículo de Easley mina su indignación—. Los canadienses, los australianos, los neozelandeses combatían mientras vosotros, cabronazos, os quedabais de brazos cruzados.

—Puede ser. Pero ¿qué tiene que ver eso contigo? Tú no has venido aquí para combatir. No haces más que tomar notas.

Easley se plantea ilustrar a ese criajo sobre los acontecimientos mundiales anteriores al ataque a Pearl Harbor. Piensa en hablarle de la sangre ya derramada y que sigue corriendo en Europa. Se pregunta si debe decirle algo que nunca ha dicho a nadie en este mundo: que en 1939, él se presentó en la oficina de reclutamiento del Regimiento de Columbia Británica (los Fusileros del Duque de Connaught), y lo rechazaron por una úlcera no diagnosticada y lo que consideraron una arritmia. Quizá debería contarle que, pese a sus protestas, su propio hermano fue aceptado de inmediato en las Reales Fuerzas Aéreas canadienses, para acabar engullido por el mar. Pero al final opta por reírse a carcajadas ante lo absurdo de todo esto.

La discusión resulta vigorizante. Remueve algo vital. Lo lleva a olvidar, por un momento, el oscuro declive de la situación. Por él, el chico ya puede despotricar todo lo que quiera, decir lo que tenga que decir y hablar hasta quemar toda la ira.

—¿Sabes qué? Yo estoy preparado para el combate —declara el chico—. No actúes como si tú tomases todas las decisiones y supieras lo que más nos conviene desde el principio. Deja la guerra a los guerreros.

El soldado de primera clase de las fuerzas aéreas Karl Bitburg parece un niño vestido con la ropa de su padre. Un disfraz colgado de un cuerpo pequeño. Un sucio saco de ángulos: codos, hombros, rodillas.

—Digamos que velo por ti —dice Easley—. Me he acostumbrado a tu compañía.

—¿Ah, sí? —El chico hunde los puños en los bolsillos—. Te lo he contado todo sobre mí. Lo que quiero saber es quién demonios eres tú.

¿Cuánto tiempo se tarda en morir de hambre o de frío? Easley supone que los dos actúan conjuntamente para precipitar el fin. Llevan aquí dieciséis días, y se pregunta si les queda la mitad de ese tiempo. Y eso si pueden seguir eludiendo la detección. Si pueden seguir unidos.

Se levanta con dificultad y siente que el suelo se balancea bajo sus pies. Se queda en cuclillas hasta que recupera el equilibrio. El chico lo observa con interés, pero no hace ademán de ofrecerle ayuda.

Easley regresa al nido. Se envuelve con el paracaídas y escucha el ruido de la lluvia a la que ha dado paso el aguanieve.

El dolor despierta a Easley unas horas después. Pasa ya de mediodía y el viento arrastra grava frente a la boca de la cueva. Se da la vuelta. Poco a poco ve al chico cobrar forma, sentado abajo. Karl se vuelve y lo mira por encima del hombro con expresión distante e indiferente. Luego fija otra vez la vista en las cenizas y el recuerdo del fuego. El reportero cierra los ojos de nuevo.

Es el dedo del chico hincado en su brazo lo que por fin lo arranca del sueño. Ya es noche cerrada y el resplandor trémulo de las llamas se refleja en el techo de la cueva.

—Vamos —dice, recortándose su silueta en la luz cobriza—. Espabila.

Easley desliza las piernas por el borde del nido para apoyar los pies en el suelo y contempla el fuego. Tiene la sensación de que le han clavado una estaca en la mandíbula. El estómago se le contrae de hambre. Acto seguido, parpadea en un gesto de incredulidad: ¿listones, una pequeña pila de carbón, un libro abierto sobre una roca? Contempla atónito el milagro y luego mira al chico, quien se acerca otra vez a la fogata.

—Si sigues los camiones, encuentras las herramientas... Es lo único que he conseguido antes de que empezaran a pulular por allí. —El muchacho se quita la guerrera y la coloca plegada en el suelo a modo de cojín—. Arrodíllate.

Easley obedece y mira las mejillas embadurnadas de carbón del chico. Ahora éste ya tiene una barba como es debido. Aún acabará pareciéndose a un hombre. Karl se aproxima, le agarra la cara hinchada y lo obliga a abrir la boca.

—Vuélvete hacia el fuego.

Easley así lo hace. El chico, acercando el rostro, observa el interior de su boca y finalmente acaba arrodillado junto a él. Una vez que el periodista se ha vuelto de cara al fuego, se lleva una mano al bolsillo trasero y saca unos alicates manchados de grasa. Easley cierra los ojos y abre la boca todo lo que puede. Karl sujeta la herramienta con sus manos ennegrecidas y dirige la punta de los alicates hacia la muela. Con un dedo sucio, aparta e inmoviliza la lengua y finalmente se centra en el problema.

—Estate quieto —ordena a la vez que se pone en pie—. No quiero oír gimoteos.

Atrapado como un pez en el anzuelo, Easley, a falta de otra cosa que hacer, deja caer los brazos flácidos a los lados. El chico atenaza la muela con los alicates y, con la otra mano, empuja hacia abajo el mentón del periodista.

—A la de tres —dice—. Uno...

De pronto tira con cuidadosa fuerza.

Easley lanza un alarido cuando la raíz se desprende y la muela se desplaza un milímetro. Las lágrimas le resbalan por las mejillas. El chico separa los pies para afianzarse mejor. Cierra bien los alicates en torno a la muela, agarra a Easley por el mentón y empieza a cantar:

So long, it's been good to know you
So long, it's been good to know you
So long, it's been good to know you
There's a mighty big war that's got to be won
And we'll get back together again.

A continuación tira, retuerce y canta, todo al mismo tiempo. La muela cede, el chico deja de sujetar a Easley, y éste se desploma como alcanzado por una bala y queda desmadejado en el suelo. Karl acerca la muela ensangrentada al fuego para verla mejor. El periodista, inmóvil, se palpa el orificio con la lengua mientras un hilo de sangre le corre por la cara y se propaga por las piedras relucientes.

Cuando por fin se incorpora, siente tal dolor que no puede abrir los ojos del todo. El chico, tan sonriente que se le forman hoyuelos, le muestra el trofeo sanguinolento. Easley tiende la mano y sostiene la muela en la palma. Echa un vistazo alrededor y ve los alicates, el carbón, los listones, el libro con caracteres japoneses, un lápiz amarillo, una gaviota muerta sin desplumar. Rebosante de admiración y gratitud, intenta hablar, pero se atraganta con la sangre y la saliva y tose en la cara sonriente del chico.

Karl se queda quieto por un momento. Se enjuga lentamente la mejilla, se mira los dedos y, desternillándose de risa, se deja caer de espaldas. Easley no tarda en imitarlo.

El alivio de la risa es abrumador. Es incapaz de mirar al muchacho sin romper a reír de nuevo. Después de explotar esta vena cómica tanto como da de sí, el chico se sienta, coge el ave y la manipula como si fuera un muñeco: le estira el ala en un saludo militar; le mueve las frías patas palmeadas en un cancán; acaba con un número de ventriloquía, abriendo y cerrando el pico mientras canta una canción de Woody Guthrie.

I got to the camp and I learnt how to fight
Fascists in daytime, mosquitoes at night
I got my orders to cross the blue sea
So I waved «goodbye» to the girls I could see...

Fuera, a la velada luz de la luna, se limpian la sangre, la saliva y el carbón de las manos y las mejillas. Easley se tiende y, hundiendo la mandíbula en el arroyo, se enjuaga el alveolo vacío con agua helada. Al final el chico lo ayuda a levantarse, y vuelven los dos a trompicones hacia el resplandor de la cueva, rodeándose los hombros con los brazos, como marinos borrachos a su regreso de una juerga.

6

En la cocina, Helen encuentra el hervidor frío, la silla de su padre metida bajo la mesa…, eso es raro en un madrugador de toda la vida. Se encoge de hombros y se sienta para elaborar una lista de preguntas que hacerle a Ruth, preguntas que se le ocurrieron anoche antes de dormirse. Luego decide preparar unas tortitas. Joe olerá la mantequilla en la sartén y bajará. Pone la cafetera. Pero mientras mezcla los ingredientes, se siente de pronto inexplicablemente sola. Apaga el fogón y sube por la escalera llamando a su padre, conteniendo el creciente pánico.

Al final del pasillo, un resquicio de luz gris separa la puerta del marco. Helen abre de un empujón y entra en el cuarto de su padre.

—¡Papá! —exclama, pero él apenas mueve los párpados.

Respira, de eso está segura. ¿Cómo es posible que no lo haya despertado con sus gritos? Le aparta la cadera y, sentándose junto a él, tira de sus hombros para levantarlo. La espalda y los brazos de su padre permanecen inertes y la cabeza le cae al frente. Ella lo sacude violentamente.

«Dios mío», se dice.

Su padre toma una bocanada de aire y la deja escapar en una larga espiración. Se obliga a abrir los párpados, pero el blanco de sus ojos presenta un color amarillento, como de grasa.

—¿Qué? —Es más una exhalación que una palabra.

—¿Qué te pasa? —pregunta ella—. ¿Estás mal? ¿Por qué no te despiertas?

Otro suspiro, y él se esfuerza en mantenerse erguido por sí solo. Hunde la cabeza en el pecho de ella. Helen lo sacude de nuevo, y de repente él se endereza, sobresaltado, y se lleva la mano izquierda a los labios y las mejillas sin afeitar. Consigue mirarla a los ojos.

—Estoy cansado. Déjame.

—Levántate. —Helen salta de la cama, le coge las rodillas y le tira de las piernas hacia un lado hasta ponerle los pies en contacto con el suelo—. Levántate y camina conmigo.

—¿Por qué lloras?

—Porque va a darme un ataque al corazón por tu culpa. —Coge el pantalón de la silla y se los lanza al regazo—. Vístete. Voy a llamar a un taxi.

—¿Adónde vas?

Helen lo observa mientras él se prepara a cámara lenta, intentando subirse el pantalón con una sola mano. Ella se impacienta. Coge la camisa y se la pone.

—Voy a llevarte al hospital.

Él insiste en que está cansado, sólo eso. No hace falta armar tanto revuelo. Pero ante la amenaza, se esfuerza en recuperarse, se sienta como si estuviera listo para el trabajo. Se desliza los dedos por el cabello ralo.

—Reza conmigo —dice ella—. Salve María, llena eres de gracia.

Lo obligará a seguirla, permanecerá atenta a cualquier señal de que arrastra las palabras o se las salta, de que olvida frases. Pero de pronto suena el teléfono.

—Cálmate, hija. A veces me siento cansado. Dentro de nada estaré bien.

Ella se levanta y se enjuga los ojos.

—Haz algo útil —dice él—. ¡Contesta el teléfono!

Helen sale de la habitación caminando de espaldas, se da media vuelta y baja por la escalera. Para cuando llega al último peldaño, se arrepiente de haberlo perdido de vista. Y el teléfono sigue sonando. Aguza el oído por si oye a su padre desplomarse en el piso de arriba, pero sólo oye el timbre persistente y resuelto.

Descuelga el auricular y la saluda la madre de John, Margaret. Su voz baja y considerada. Pero enseguida salta a la vista que no tiene ninguna noticia. Helen imagina que su suegra ha llamado a Aden Street y descubierto que la línea estaba cortada. Margaret le pregunta cómo le va, un preámbulo, como la joven sabe, para indagar si hay novedades sobre su hijo.

Tienen mucha prisa, explica Helen, no hay tiempo para hablar. Antes de colgar, cuenta brevemente que su padre tuvo una apoplejía, que ella ha dejado la casa de alquiler y ahora intenta mantenerlo consciente.

Helen ve en el rostro terso del médico indicios de que está perdiendo la paciencia. Ronda los cuarenta y cinco años y sin embargo sólo alguna que otra cana asoma entre la espesa mata de pelo cortada con toda precisión. Y esos impecables zapatos de piel de cocodrilo. Helen duda que se esfuerce demasiado en salvar vidas. Ante sus numerosas preguntas, él entrecierra los ojos y parpadea como si descifrara el inglés de un inmigrante. En su visión periférica, ve la cara de exasperación de su padre. Los dos hombres la compadecen.

—Admito que no sé leer una bola de cristal.

—Usted no lo ha visto esta mañana.

—Se lo diré en pocas palabras —contesta el médico—. No veo indicios de otra apoplejía. Es posible, pero dudoso. ¿Esta mañana ha tenido dificultades para despertarse? ¿Claramente?

—Muchas dificultades.

—Eso puede deberse a diversas causas. Después de una apoplejía a menudo se experimenta fatiga extrema. Y eso puede reaparecer de vez en cuando.

Joe se levanta, tiende la mano izquierda y da un torpe apretón al médico en la derecha. Le agradece su tiempo. Con esto, los dos hombres dan por concluida la conversación.

—Me muero de hambre —dice Joe—. Comamos.

Helen se pone el abrigo y coge el bolso.

—La incertidumbre siempre acompaña a toda apoplejía. —El médico quiere concluir con buena sintonía—. Deberíamos considerarnos afortunados. Su padre, para su edad, tiene por lo demás una salud excelente.

La tarde del día siguiente una tímida llamada a la puerta anuncia la llegada de Margaret Easley. Ayer la separaban de Helen trescientos cincuenta kilómetros y la frontera canadiense. Ahora la mujer deja su equipaje y su paraguas a un lado y se quita los guantes. Helen tiende los brazos y la invita a entrar.

Joe se pone en pie y se disculpa por no haberse preparado para su llegada. Margaret, a su vez, se disculpa por subirse al primer autobús rumbo al sur que ha salido de Vancouver esta mañana y presentarse sin previo aviso. Para evitar mayores incomodidades, anuncia que ha reservado una habitación en un hotel para pasar la noche. Con esa casa grande y vacía a su disposición, Joe no quiere ni oír hablar de semejante derroche. La suegra de helen agita la mano y sonríe educadamente.

—Me pareció que no os vendría mal otro par de manos —dice Margaret—. Estoy aquí para ayudaros en lo que pueda. No quiero causaros molestias.

Margaret y William Easley viven en uno de los barrios acomodados del lado oeste de Vancouver. Helen y John vivieron con ellos durante diez meses después de su boda mientras él buscaba un empleo fijo. El padre de John, ingeniero, está ahora en Ottawa, apartado «temporalmente» de su empresa, y de su vida, por el Ministerio de la Guerra canadiense. Margaret, como tantas mujeres en el mundo hoy día, se ha quedado sola.

Helen no necesita preguntar qué le pasa por la cabeza ahora a Joe. Siempre se ha visto a sí mismo un peldaño o dos por debajo de la «gente» de John en la escala social. El hecho de que sean protestantes no ayuda. Además, en su día estuvo la cuestión del coste de la boda, que Joe exigió pagar íntegramente. Sin saber muy bien qué hacer, se levanta y anuncia que va a preparar café. Se disculpa por no tener té, sabiendo que es lo que los Easley prefieren. Bebida ajena a su paladar. Para él, eso se ha convertido en una acusación contra los canadienses en general, personas a quienes considera «ni de aquí ni de allí... ni de los nuestros ni de los de ellos».

Margaret siempre ha tratado a Helen como a una hija y una amiga. Muestra vivo interés en sus planes y opiniones, pese a que a menudo ha quedado claro que ni los comprende ni está de acuerdo. Intenta compensar la ausencia de una madre o hermanas en la vida de Helen pasándole recetas de la familia y remedios caseros, la clase de experiencias y sabiduría acumuladas que no pudo transmitir a sus dos hijos. Hace regalos de carácter personal, regalos reservados normalmente para las hijas, incluida la alianza nupcial de su propia madre. Y cuando los años empezaron a pasar sin la llegada de nietos, se abstuvo de hacer indagaciones.

Margaret, mucho más que su marido, o incluso que John, lleva en el rostro el recuerdo vivo de su hijo menor: los labios carnosos, los ojos hundidos y de un azul acerado, sólo le falta la cómica expresión de despreocupación que era un rasgo exclusivo de Warren.

Warren siempre pareció tener el viento a favor. Prefiriendo ir de flor en flor, no llegó a casarse. Antes de la guerra, le cayó del cielo un empleo: representante de una empresa maderera en la sección de pasta de papel. Se enriquecía con la venta de bobinas de papel de periódico mientras John se empobrecía intentando plasmar sus artículos en ese tipo de papel. Y era un galanteador descarado, cualidad que, todo había que reconocerlo, se abstuvo de ejercitar con Helen. Carecía del sereno aplomo de John. En opinión de Helen, el atractivo físico salvó a Warren de la habitual acumulación de decepciones de la vida. Pero de pronto se le acabó la suerte mientras volaba sobre el canal de la Mancha, al servicio de todos nosotros.

Joe regresa, poniéndose la chaqueta, y anuncia que no queda café ni achicoria, ni gran cosa para ofrecer en un gesto de hospitalidad. Helen sabe que eso sólo es verdad a medias, pero lo deja marcharse igualmente. El hombre se escabulle por la puerta de atrás.

Helen explica con todo detalle el episodio y el pronóstico de su padre. Le sienta bien dar forma al relato, comunicárselo a alguien que se hace cargo de lo mucho que significa para ella el paciente. A alguien con interés en el desenlace. Margaret escucha con atención, intercalando alguna que otra pregunta y comprensivos gestos de asentimiento ante las inquietudes y frustraciones de su nuera, lo cual las conduce inevitablemente a John.

—Pude adivinar lo que pasó entre vosotros dos por lo poco que él contó —dice Margaret—. Pero preferiría oír tu versión.

Helen sigue sin acostumbrarse a la presencia de otra mujer en su familia, a compartir un espacio que siempre ha sido sólo de ella. Y sin embargo, entre todas las personas del mundo, su suegra es quien ocupa la mejor posición para ver la dinámica interna de su matrimonio. Margaret no pretendía, ni esperaba, hallarse en tal posición. Al principio Helen, sin proponérselo, se resistió a ello, pero ahora ha acabado reconociendo lo mucho que lo necesita.

—Le dije que ya no quería estar sola por más tiempo —explica Helen—. Lo obligué a elegir entre su trabajo y yo. Él tomó una decisión.

Cuenta sus últimos días juntos, el dolor y la confusión, que ella le dijo que si se marchaba, no se molestara en volver. Que él se fue sin más discusiones, sin precisar adónde iba exactamente, ni cuándo pensaba volver. Admite su pesar por el hecho de que ésas fueran las últimas palabras que dirigió a John, y el temor a que su propia propensión adolescente al melodrama haya activado algo que ya no puede detenerse.

—Vino a casa y se quedó unos días —cuenta Margaret—. Dijo que no lo comprendes. Le expliqué que nadie lo comprende. Él tiene su propio sentido del deber y se pregunta por qué nadie más lo entiende. Le contesté que lo entendemos de sobra, pero nuestra familia ya ha pagado su parte. Lo que todos queremos es tenerlo aquí en casa, sano y salvo.

—Estoy segura de que ha vuelto a Alaska.

—Sí, pero ¿adónde? —Margaret tiene la costumbre de tocarse el pelo cuando está nerviosa. El dolor y las preocupaciones de los últimos años han acelerado su encanecimiento—. A mí tampoco me ha escrito. Lo único que podemos hacer es esperar.

——Esperar… —Helen oye su propia desesperación—. Si han vuelto a descubrirlo, puede que lo hayan metido en la cárcel y no lo suelten hasta el final de la guerra, o más tarde. Y si es así, me necesitará. Si no lo han descubierto, debe de estar metido en otra clase de problema. No es un soldado. Si lo han capturado, o se ha perdido en algún sitio, nadie sabrá siquiera que ha desaparecido… Yo no puedo quedarme sentada esperando como tú.

Helen hunde el rostro en las manos, lamentando sus palabras. Ante ella tiene a una mujer desgarrada por la pérdida de su hijo menor, consternada por la aceleración del tiempo, temerosa ante la perspectiva de nuevos desenlaces.

—No me tomaré eso de manera personal, porque sospecho que no era tu intención.

—Perdona… —dice Helen—. Pero si no voy yo a buscarlo, nadie lo buscará. Esperar es lo único que no estoy dispuesta a hacer.

—Quedarte aquí, en lugar seguro, es lo que él querría que hicieras. ¿Qué crees que puedes conseguir exactamente?

—Encontrarlo. Traerlo a casa. O si me equivoco, averiguar qué le ha pasado.

Margaret fija la mirada en la alfombra y asiente. Se pone en pie y se dirige hacia la puerta. Vuelve con una pequeña maleta y la coloca en la mesita de centro entre las dos.

—Dejó unas cuantas cosas en casa. He intentado meterlo todo aquí. Tal vez le encuentres algún sentido.

Encima de todo está el chaquetón de lana de John. Debió de considerar que no abrigaba lo suficiente para el sitio adonde iba. A Helen la sorprende su propia reacción visceral al volver a estrecharlo entre sus brazos, sensación que enseguida se desvanece cuando percibe el olor del detergente usado por su madre. Debajo encuentra hojas de papel, unas mecanografiadas y otras escritas a mano, recortes de periódico y varios libros, uno sobre oceanografía, otro de historia natural y un tercero acerca de los viajes de Vitus Bering. Pronto reconoce las anotaciones abandonadas sobre la migración de las aves en el Pacífico, reunidas para el encargo inicial del *National Geographic*. Principalmente encuentra datos sobre los más diversos aspectos de las islas Aleutianas. Fotografías de nativos y sus tradicionales tocados de madera. Blancas iglesias ortodoxas. Hombres empujando embarcaciones de pesca hacia las olas.

—Su marcha no ha tenido nada que ver contigo, eso desde luego —afirma Margaret—. Cambió cuando perdimos a Warren. Creo que todos hemos cambiado desde entonces.

Helen aparta los papeles.

—En el treinta y nueve, John aconsejó a Warren que no se marchara —continúa Margaret—. Dijo que desde aquí podían hacerse aportaciones importantes. Después perdimos a Warren y de repente John consideró su deber informar sobre la guerra... Recuerdo la guerra anterior. Mi hermano cayó en la batalla del Somme. Pedí a Warren que no fuese a Inglaterra. Pedí a John que no fuese a Alaska. Dije a su padre que no fuese a Ottawa. Nadie me hace caso.

Se recuesta en la butaca preferida de Joe. Helen se inclina y empieza a pasar las hojas. Casi oye la voz de su marido.

Notas manuscritas: «Los aleutas hablan ruso e inglés, además de su propia lengua autóctona. La cultura tradicional aniquilada por los comerciantes de pieles rusos. La iglesia ortodoxa rusa es ahora un elemento central en sus vidas». Un texto marcado con un círculo en un artículo de una revista: «Hoy día los aleutas viven en casas modernas. Pescan y crían zorros por las pieles. Las pieles procedentes de las Aleutianas pueden encontrarse abrigando los hombros y los cuellos de los habitantes de Manhattan». Al cabo de media hora de estudio, ha examinado la pila entera y añade poco más a lo que ya sabe por sus propias investigaciones y por lo que John le contó sobre las islas. Salvo lo siguiente: «aleuta», que significa «comunidad», fue el nombre que les dieron los rusos. Ellos se hacen llamar «unangan», o «pueblo original».

—En eso eres como John —comenta Margaret por fin—. Esa capacidad de concentración.

Coge un recorte de periódico sobre la meteorología extrema de las Aleutianas titulado «El lugar donde nacen los vientos». Tras una mirada breve y atribulada, Margaret deja el recorte en la pila.

Tan pocas personas en un lugar tan lejano. Esto no es la defensa de Londres, ni siquiera de las orillas del estrecho de Puget. Recuerda algo que le contó Tom Sorensen. El año pasado, el Cuerpo de Ingenieros del Ejército de Estados Unidos abrió una carretera hasta Alaska atravesando las agrestes tierras de Columbia Británica y el Yukón. Dos mil setecientos kilómetros en menos de siete meses. ¿De verdad habrían malgastado efectivos humanos y material si no hubiesen temido una invasión?

—¿Recibe Joe las atenciones que necesita? —Margaret tiende la mano hacia su bolso—. No tenemos muchos contactos aquí, pero sí sé el nombre de un cardiólogo. Podría pedirle a un amigo que le telefonee. Dicen que es el mejor.

Helen alza la vista. Se impide abalanzarse sobre la oportunidad. Joe cruzará la puerta de un momento a otro. Ya se imagina la mandíbula de su padre tensarse ante la mera insinuación de disfrutar de un privilegio especial gracias a que Helen se haya casado con un miembro de las clases acomodadas. Esto exigirá cierta diplomacia, simulación, la mayor delicadeza.

—Sé que mi presencia aquí incomoda a tu padre —dice Margaret—. No me quedaré mucho tiempo. Pero el médico… Tu padre no tiene por qué saberlo. Y no te preocupes por el coste.

Entre las anotaciones y carpetas de John, Helen no ha encontrado ninguna pista, pero sí ha descubierto una cosa. Ha pasado por alto quizá la mayor fuente de información sobre la guerra en las Aleutianas.

A la mañana siguiente, Helen telefonea al Departamento de Asuntos Indios. El funcionario que le atiende al otro lado de la línea no está muy dispuesto a facilitar detalles sobre la población autóctona del territorio, y menos aún sobre la del archipiélago Aleutiano. Cuando ella dice que intenta localizar a un pariente —la primera de lo que, como sabe, será una larga lista de mentiras—, percibe una ligera mejora en el tono; aun así, no averigua nada valioso.

A continuación investiga en el listín telefónico y descubre la existencia de una única iglesia ortodoxa rusa de Seattle, llamada San Nicolás Taumaturgo. Taumaturgo: el que obra milagros. Ese nombre la anima. La secretaria le dice que el sacerdote estará fuera hasta el fin de semana, pero le explica que suele visitar a una familia aleuta en el hospital. No sabe cómo se llaman, ni cuál es el hospital, pero cree que siguen en la ciudad. Después de ocho llamadas telefónicas y la ayuda de tres voluntarias de los hospitales, Helen por fin los localiza.

Una enfermera de mediana edad la acompaña con determinación y precisión por pasillos mal iluminados. Ha asignado un par de minutos a esta tarea y no hay tiempo que perder. De vez en cuando echa un vistazo por encima del hombro para confirmar que Helen la sigue. Helen se siente casi embargada por la emoción ante la idea de que podría estar más cerca de averiguar algo sobre John de lo que ha estado en cualquier otro momento. Permite que la esperanza le llene el pecho y se propague por sus brazos y piernas. Después de dos ascensores y un desorientador recorrido por tortuosos pasillos, se detienen ante una puerta abierta.

—Aquí los tiene —anuncia la enfermera—. Estaré en el puesto de este mismo pasillo por si alguien me necesita.

Dentro, Helen descubre a un niño de siete u ocho años y a un hombre próximo a los cuarenta, ambos de cabello y ojos oscuros. Si se hubiese cruzado con ellos por la calle, posiblemente no habría adivinado que eran nativos. El hombre ofrece un aspecto débil y ceniciento; el niño, en cambio, presenta buen color. Están sentados a una mesa junto a una ventana, en cuyo alféizar hay una pequeña cruz rusa de tres travesaños. Ante sí tienen un tablero de *cribbage* y unos naipes esparcidos. Se los ve mortificados, como si no supieran cómo actuar en presencia de la autoridad.

En las islas Aleutianas vivían quizás unas cuatrocientas personas. Para el encargo del *National Geographic*, John visitó dos de esas islas, Unalaska y Atka. Las probabilidades son escasas, pero ¿podría ser que esa familia lo hubiera visto o incluso supiera algo de él, o tuviera alguna idea de su paradero?

—Soy Helen Easley. —Sonríe y, dando un paso al frente, tiende la mano.

—Hola. —El hombre le estrecha la mano, pero no se levanta. El silencio se prolonga hasta violentarlos.

—Espero no molestarlos. Tengo unas cuantas preguntas que hacerles, y confiaba en que pudieran ayudarme.

—La enfermera nos avisó de que vendría. ¿Qué quiere saber? —El hombre habla con un dejo suave y entrecortado que Helen no ha oído antes.

—Busco información sobre las islas Aleutianas, sobre lo que viene pasando allí desde que empezó la guerra.

—Vaya. —El hombre mueve la cabeza en un lento gesto de asentimiento—. Es usted la primera que se interesa.

Se vuelve hacia el niño y habla en su lengua. Recoge los naipes. Después de un arranque de tos, se presenta como Ilya Hopikoff; su hijo se llama Jesse, por Jesse James.

—Imagino que allí las cosas han sido difíciles. —A Helen no se le ocurre otra cosa que decir.

Ilya alza la vista con una expresión vacía en la mirada. Helen, como no le han ofrecido asiento, considera que sentarse sería atrevimiento por su parte.

—Los japoneses ocuparon Attu y Kiska —explica el hombre—. Eso fue en junio. A finales de julio, Estados Unidos ocupó el resto.

—No sé si lo entiendo.

—¡El ejército nos rodeó! —interviene el niño. Habla inglés con más seguridad y mejor elocución que su padre—. Nos obligaron a subir a un barco enorme. No nos dejaron llevarnos nuestras cosas.

—Una bolsa por cabeza —corrige Ilya. Con una seña, indica a su hijo que continúe.

—Nos metieron a todos en el barco sin decirnos adónde íbamos. Luego prendieron fuego a la aldea. La quemaron delante de nosotros para que lo viéramos. Dijeron que, como no querían que los japoneses se instalaran allí y usaran nuestras casas, preferían quemarlas. Dijeron que podíamos llevarnos nuestras barcas de pesca, y las amarramos todas juntas. En cuanto salimos de la bahía, ordenaron «¡Cuerpo a tierra!» y ametrallaron nuestras barcas. Las hicieron trizas. Se rieron como si fuera una broma.

Jesse empieza a construir una casa de naipes donde antes estaban jugando. Ilya habla en su idioma durante largo rato y luego deja que su hijo traduzca sus palabras.

Los habitantes de Attu, calcula que cuarenta y dos en total, han muerto o son prisioneros de los japoneses. Los aleutas de las otras islas han sido trasladados a «campos temporales de desplazados» habilitados por las autoridades en el sureste de Alaska, un lugar plagado de insectos picadores, pumas y osos, animales cuya existencia conocían por los libros, pero nunca habían visto. Allí, los árboles tapan el cielo, te acorralan, te impiden ver lo que se acerca o percibir la dirección del viento. Jesse admite su miedo al bosque, porque los árboles son algo extraño para él. Obligan a su pueblo a vivir en una vieja fábrica envasadora de salmón cercana a Sitka, en edificios ruinosos que aún apestan a tripas de pescado. Las autoridades les proporcionan alimentos comprados en tiendas. Los capacitados para el trabajo buscan empleo en las conserveras, o en el aserradero como barrenderos. A unos cuantos los han contratado para aserrar los grandes troncos. Pero no se les permite pescar ni cazar por su cuenta. Otros toman las decisiones por ellos sin su consentimiento. La gente, de tan hacinada, empieza a enfermar.

—Sabemos que nos pusieron a todos juntos para salvarnos de los japoneses —dice Ilya a modo de recapitulación—. Pero nos quitaron los rifles. Nos trataron como a traidores. Nos llevaron a un sitio que no conocemos y nos dejaron bajo la lluvia.

Jesse explica que su madre murió de tuberculosis en el campamento el invierno pasado. Cuando su padre y él enfermaron, el médico temió que aquello se convirtiera en una epidemia. Los mandaron a Seattle, pero resultó ser una simple pulmonía. Aquí están mucho mejor y se encuentran ya bien. Sigue habiendo demasiados árboles, pero al menos disponen de un poco de espacio abierto donde pasear y respirar.

La casa de naipes alcanza ya una altura de tres pisos. Cuando Jesse tiene la mano en alto para iniciar el siguiente nivel, le entra la tos. Retrocede y se tapa la boca para evitar el desastre.

Helen guarda silencio, sin saber cómo reaccionar ante una historia que a la mayoría de los estadounidenses les costaría creer. Pero tiene la convicción de que comprende algo básico acerca del vínculo entre el hombre y el niño: qué significa haber perdido a una madre, lo difícil que es para un padre cuidar de un hijo sin madre.

—¿Había oído hablar de los campamentos? —pregunta Ilya.

Helen niega con la cabeza. Ha leído todo lo que ha encontrado sobre la guerra en Alaska. La invasión japonesa se menciona sólo muy de pasada; la información sobre la concentración de efectivos estadounidenses es escasa. No ha encontrado la menor alusión a la suerte que ha corrido la población aleuta. Por lo que a la prensa se refiere, es como si las islas estuvieran deshabitadas.

—Aquí la gente no sabe nada de nosotros —dice Ilya—. He renunciado a intentar explicarlo. ¿Tiene algo que ver con la iglesia?

Helen mueve la cabeza en un gesto de negación.

La enfermera abre la puerta, echa un vistazo y sonríe a Jesse.

—¿Necesitan algo?

Ilya niega con la cabeza.

—¿Y qué tal unas galletas? —Dirige a Helen una mirada escrutadora, preguntándose a todas luces cuál es su relación con los aleutas—. Les traeré una cuantas. Si alguna vez reciben visita y quieren galletas o leche, sólo tienen que decírmelo. Enseguida vuelvo. —Sonríe a Jesse y cierra la puerta al salir.

—¿Y bien? ¿Qué más quiere saber? —pregunta Ilya.

—Es sobre mi marido —dice Helen por fin—. Ha desaparecido. Creo que volvió a las Aleutianas, y yo tenía la esperanza de que quizás ustedes lo hubieran visto.

En el momento mismo en que las palabras salen de su boca, toma conciencia, avergonzada, de hasta qué punto eso no es más que un tiro al aire. Procura recuperar el optimismo que sentía antes de entrar en esa habitación.

—Un hombre blanco, alto. Muy delgado… —Se le acelera el pulso—. ¿De qué isla son ustedes?

—De Atka. El verano pasado vinieron un par de hombres y estuvieron curioseando —explica Jesse—. Hablaron con unos cuantos ancianos.

Ilya interviene en su propio idioma y después su hijo continúa.

—El hombre alto intentó explicar a los ancianos que no eran cristianos. Les dijo que veneraban imágenes. Ese hombre no sabía nada. Le pidieron que no volviera nunca más.

—Un chupacirios —declara Ilya, recreándose en la palabra—. ¿Ése es su marido?

Helen niega con la cabeza. A eso se reduce ahora su vida: a recorrer pasillos de hospital cribando pistas entre enfermos que tienen sus propios problemas. Ve ahora claramente que su búsqueda ni siquiera ha empezado. Si quiere conseguir algo, debe aprender a contener sus expectativas, mantener sus emociones bajo control aún más.

—John Easley. Es periodista. Preparaba un artículo sobre las Aleutianas. Estaba pasando una temporada allí para entrevistar a todo aquel que se prestara a hablar con él. Ahora intenta escribir sobre la guerra.

Ilya mueve la cabeza en un gesto de negación. Eso no le suena de nada, pero añade que pasó gran parte de la primavera pescando con su hijo y sus hermanos.

—Si la guerra es lo que le interesa, debe de estar en Adak —explica Ilya—. La Marina instaló allí una base aérea de la noche a la mañana. Yo no la he visto, pero, por lo que cuentan, es impresionante.

La puerta se abre de par en par y aparece la enfermera con una caja de galletas y una sonrisa. La corriente de aire que provoca arrasa la casa de naipes, y Jesse, dándose una palmada en la rodilla, exclama:

—¡Mierda!

—¿Cómo has dicho? —La sonrisa se desvanece en los labios de la enfermera—. ¿Eso es vocabulario propio de un niño? Voy a traer jabón para lavarte esa boca.

Deja la caja de galletas en la mesa, y una se sale.

Ilya, sin prestar atención ni a la enfermera ceñuda ni a su hijo, alarga el brazo y recupera la galleta de jengibre solitaria. Viendo que no le hacen caso, la enfermera gira sobre los talones y se marcha.

Ilya ofrece la caja a Helen y luego coge una pluma estilográfica. Da la vuelta a la hoja de tanteo del cribbage* y anota algo con sumo cuidado y precisión. Después la desliza sobre la mesa.

ILYA HOPIKOFF

ISLA DE ATKA

TERRITORIO DE ALASKA, ESTADOS UNIDOS

—Eso volverá a ser así cuando derrotemos a los japoneses —dice.

Habla a su hijo en su lengua, y Jesse traduce para Helen:

—Cuando encuentre a su marido, dígale que envíe ese artículo.

Helen le ofrece a cambio su tarjeta.

Jesse se acerca a ella y repasa el texto vacilante de su padre. Se aproxima un poco más y le rodea el hombro con el brazo como si la conociera de toda la vida. Después coge la pluma, añade «y Jesse» al lado del nombre de su padre, y admira su enmienda.

A la mañana siguiente Helen se reúne con Margaret para desayunar en su hotel del centro. Sólo disponen de poco más de una hora hasta que ella tenga que coger el autocar de regreso a Vancouver. Después de acomodarse y pedir unas tostadas, Margaret tiene un anuncio que hacer. Lleva varios días reprimiendo el impulso, pero ahora se siente obligada a decir lo que le ronda por la cabeza.

La conmueve sinceramente ver lo convencida que está Helen de que es posible encontrar a John. También ella tiene la certeza de que sigue vivo. Pero conoce bien a su hijo y sabe que no hay nada que su nuera pueda hacer allí en las Aleutianas que él no pueda hacer por sí mismo. Si va, sólo conseguirá ponerse en peligro. John

---

* Juego de naipes (*N. de los T.*)

la necesitará cuando regrese. Y Margaret, como madre, no puede marcharse sin recordar a Helen una circunstancia que ella misma ya debe de conocer sobradamente, una circunstancia que ahora queda fuera de toda duda: pase lo que pase, Joe nunca pedirá ayuda.

Helen le da las gracias por tomarse la molestia de realizar tan largo viaje, por compartir sus inquietudes y temores, por concertar la cita con el médico, por asumir el riesgo de expresar sus opiniones. No siente el menor deseo de poner en tela de juicio sus palabras ni hacer una acalorada defensa de sus planes. No conseguiría que Margaret lo entendiera. Pero sí siente respeto y afecto por la madre de su marido. Además de cierta lástima.

7

Al oír el inconfundible zumbido de un PBY Catalina, salen precipitadamente de la cueva. El hidroavión estadounidense vuela en solitario, a gran altitud, y el piloto lanza largas y atentas miradas a través del claro entre las nubes. Desde la quebrada, Easley y el chico ahuecan las manos en torno a los ojos a modo de prismáticos. Tienen el pelo pegado al cuero cabelludo y una pátina untuosa les cubre el rostro y el cuello. Sus trajes de vuelo presentan un color oscuro a causa del sudor, el hollín y la sangre. El resto de su indumentaria, en otro tiempo de un color semejante al de la tierra, parece ahora integrada en ella. Si alguien los viese, piensa Easley, los tomaría sin duda por locos condenados al ostracismo en los confines del mundo.

El avión desaparece al cabo de un momento. Sólo permanece el eco, que enseguida se desvanece ahogado por el sonido del viento y el oleaje.

No llueve desde hace dos días. Las nubes están a gran altura, y el viento, después de soplar tan intensamente que era casi insoportable, ahora ya se puede tolerar. Easley cae en la cuenta de que, desde su llegada a Attu, nunca se había sentido tan seco.

Se palpa con la lengua el hueco entre las muelas. Han pasado cuatro días desde la extracción. El agujero, cubierto de sangre coagulada, ya no le duele, pero tiene aún la zona sensible y le cuesta mantenerla limpia. Después de comer, se pasa por el agujero la punta de la lengua y luego va al arroyo a enjuagarse con agua. El chico se lo examina a diario. No parece infectado.

—Voy a dar un paseo —anuncia Easley.

—Tú ve por el camino de arriba y yo iré por el de abajo. Ya verás cómo llego a Galveston antes que tú.

Easley se da media vuelta y se encamina hacia el sur por la playa, alejándose de la cueva. El chico se marcha solo en dirección norte.

En cuanto a la norma de no salir los días de buena visibilidad, la infringen más que la cumplen. Corren riesgos que no habrían concebido siquiera tres semanas atrás. Por entonces a Easley se le revolvía el estómago cada vez que tenía que elegir entre dos opciones. Ahora esas decisiones a vida o muerte son rutinarias. La muerte misma no es ya una idea abstracta. Es una acompañante no deseada y paciente.

De vez en cuando se separan para ir en direcciones opuestas. Si bien esto tiene una finalidad práctica —como buscar madera inexistente en la playa, cazar aves y coger mejillones—, también les proporciona un rato de soledad. Pese a que ambos contemplan la misma tierra yerma y el mismo mar, disfrutan así de un espacio para la reflexión sin la intromisión o la complicidad del otro. Es entonces cuando Easley da rienda suelta a su añoranza por Helen y al dolor por la pérdida de su hermano, pesares de los que por lo demás ni siquiera habla. En su última salida por separado, consiguieron después, a su regreso, mantener una conversación de una hora por lo menos. Pero en este momento lo asaltan sentimientos encontrados en cuanto a la sensatez de las expediciones en solitario. De pronto se siente incapaz de afrontar la soledad. Coge una piedra, se da la vuelta y la lanza hacia Karl. En cuanto capta su atención, le indica que se acerque.

Desde la noche de la extracción de la muela, han llevado a cabo otras dos incursiones en la aldea ocupada. Los soldados encargados de los cañones antiaéreos pasan horas y horas mirando las nubes y oteando el puerto y el mar. Esperan que los problemas vengan de lejos, en forma de bombardeo aéreo o de obús disparado desde la cubierta de un buque de guerra. La última patrulla a pie que vio Easley pasó hace tres días. Por cómo cantaban y se empujaban unos a otros, los soldados parecían más interesados en hacer ejercicio que en sacar de su escondrijo a posibles prisioneros de guerra. Aun así, se asombró de la osadía del chico, que se acercaba a un edificio sin más amparo que la niebla o la noche y escrutaba por las ventanas. Fue así como Karl encontró los alicates, el libro y —lo más vital— el carbón. Hablan de la posibilidad de regresar a la aldea esta noche.

La carbonera se encuentra en un viejo cobertizo para embarcaciones cerca del muelle. Desde ahí los japoneses trasladan el carbón en carretilla por estrechas pasarelas de madera hasta los edificios y tiendas de campaña. Están tan convencidos de que tienen la isla para ellos solos que ni se plantean guardar sus pertenencias bajo llave. Dentro se ven dos palas, un martillo y latas vacías. Esta vez descubren una única bota en un estante situado encima del carbón, tan pequeña que parece de mujer o de niño. Una vez dentro del oscuro cobertizo, Easley cae en la cuenta de que es la primera vez que está dentro de un edificio desde que salió del hangar en Adak. El chico monta guardia fuera, agazapado detrás de una carretilla cerca de la puerta.

Easley mete trozos de carbón en la mochila. Éstos producen un ruido hueco, como de cerámica, al perderse de vista dentro de la lona. Llena la mochila hasta los topes y se la entrega al chico, que agarra al reportero por la muñeca.

Fuera, en la pasarela de tablones, se oyen unos pasos presurosos. ¿Va ese hombre a alertar a los otros? A Easley le palpita el corazón con tal fuerza que empieza a preguntarse si acaso los latidos se perciben también en el exterior del cobertizo. De repente, cuando las pisadas ya se alejan, el hombre comienza a cantar, una cancioncilla japonesa que pronto se desvanece en el viento.

El chico le suelta la muñeca y susurra:

—Joder, joder, joder.

Easley cabecea. Coge la otra mochila, aún vacía, y la llena también.

De regreso en la cueva, se calientan junto al fuego y celebran su asombroso éxito. Se maravillan de lo cerca que han estado del soldado japonés, que no tenía la menor noción de su presencia. Karl imita la canción del soldado. Está convencido de que la arrogancia del enemigo será al final su perdición, por no hablar ya del consabido hecho de que apenas ven nada con esos ojos oblicuos suyos.

El carbón ha durado tres noches. Hay combustible suficiente quizá para una cuarta noche, no más. Esperarán a que se levante la niebla antes de arriesgarse a volver a la aldea. Una vez cerca de su objetivo, aguardarán a que oscurezca. Easley se pregunta: ¿y si los japoneses han advertido sus hurtos y apostan guardias en el cobertizo? ¿Y si ese alijo junto al muelle se ha agotado y no lo reponen? Hace tiempo que han limpiado su playa de madera, ramas y palitos.

El periodista da un salto para apartarse del embate de las olas y examina la espuma en busca de cualquier cosa que parezca comestible. Transcurrida una hora y media sin recompensa, ve por fin algo que se balancea entre el oleaje a cierta distancia de la playa. Sea lo que sea, está rodeado de algas y se queja con un insistente tintineo mientras las olas acometen y retroceden. Aprieta el paso.

Es una botella, y se mece en un nido de algas. Cristal transparente, con corcho, coronado éste por un casquete metálico. Contiene poco más o menos un tercio de líquido turbio. La limpia de arena y la alza hacia el cielo. Cuando cierra la mano en torno al tapón, se nota los dedos trémulos. Ese acto tan corriente, descorchar una botella, le provoca un inesperado temblor de alivio. Se acerca la botella a la nariz e inhala. Sin reconocer claramente el sutil aroma, se la lleva a los labios para probar el contenido. Un sabor intenso, en absoluto rancio. Un sorprendente sabor a menta. De pronto siente el golpe de calor. Deja escapar una exclamación de satisfacción. El casquete, en el contorno, tiene unas letras en cirílico. No lleva ninguna otra marca identificatoria. Vodka. Vodka ruso.

En el camino de regreso a la cueva, imagina al pescador siberiano comiendo en su barco, contemplando el premio que ha estado reservándose desde antes de zarpar esa mañana. Se representa al pescador sentado en la borda en el momento en que ha tendido la mano hacia la botella, sus dedos untuosos a causa del queso y el aceite del pescado ahumado. Ha debido de proferir una maldición al resbalársele la botella, al verla caer al agua y volver a asomar lentamente a la superficie bajo el círculo de gaviotas. Quizás incluso la ha visto alejarse flotando en la estela espumosa de su embarcación.

La recompensa será para ellos esta noche. Easley la compartirá con el chico al calor del fuego. Cuando el vodka se acabe, utilizarán la botella para el agua y así no tendrán que salir al arroyo cada vez que quieran beber. Eso les facilitará un poco la vida. Con la cueva, y con el carbón, han ganado un poco de tiempo. El viento ha amainado, y ya no parece tan frío. Por un momento pueden dar gracias por lo que tienen, tomar conciencia de que han eludido la captura durante casi un mes, creer en la posibilidad de supervivencia. Easley piensa en todo esto mientras rodea el saliente y se encamina por la quebrada hacia la cueva.

No es una fractura menor; el hueso parece haberse roto por completo. A la más ligera presión en el empeine, asoma un bulto en lo que debería ser la espinilla lisa. Sobresale una punta de hueso, enrojecida la piel en el centro y blanca alrededor. El chico gime cuando Easley le toca la zona y se cubre los ojos para ocultar las lágrimas. También tiene heridas sangrantes en las manos y las rodillas. Explica que ha vuelto a rastras a la cueva en medio de una vibrante bruma de dolor. El periodista se quita la guerrera y la coloca bajo la cabeza del muchacho. Luego lo ayuda a estirarse, se asegura de que la pierna rota queda a mayor altura que el corazón, procura ponerlo en la posición más cómoda posible. Karl se disculpa una y otra vez.

Desde hacía días llegaban frailecillos a bandadas. Algunos incluso habían empezado a anidar en las grietas de una pared rocosa cercana. Aunque probablemente aún era pronto —e imposible de saber desde el suelo—, el chico se había preguntado si acaso alguno de esos nidos contendría ya huevos.

Se había acercado a los acantilados del extremo más lejano de la playa, donde anidaba una colonia cada vez más numerosa. La mayoría de los nidos estaban a demasiada altura, inalcanzables, a excepción de uno situado en una pequeña cornisa a unos diez metros del suelo. El chico trepó hasta allí para echar un vistazo. Al acercarse, las aves armaron un revuelo espantoso. Eso le indicó que iba por buen camino. Cuando por fin llegó al nido, estaba vacío. Pero desde allí había visto un segundo nido, todavía más arriba. Se planteó tratar de continuar el ascenso, pero descartó la idea y decidió bajar. De pronto, a causa de un inicial resbalón, perdió el aplomo y quedó tembloroso. Se había detenido e intentado hacer acopio de valor. Buscó a tientas el camino de bajada —los dedos en las grietas, bien arrimado a la pared—, pero no encontró apoyo para la bota. Se quedó allí colgando, suspendido durante lo que se le antojó una eternidad. Contemplando el lugar donde estaba, lo que lo había llevado hasta allí, hasta esa difícil situación. Y las aves seguían quejándose y acosándolo. Llegó a la conclusión de que su mejor opción era elegir el momento y el lugar del aterrizaje. Finalmente se soltó. El hueso se le partió por el impacto, y un estallido de luz le traspasó el cerebro.

El continuo goteo del agua parece amplificado.

El primer impulso de Easley es darle un coscorrón en la cabeza. ¿Cómo ha podido ser tan tonto? Pero el chico ha perdido el color a causa de la conmoción. Lo levanta en brazos. Rodea con cuidado el oscuro hoyo de la fogata y finalmente lo deposita en el nido. Lo tapa con los paracaídas y, delicadamente, le pone la pierna en alto. Le desata el cordón de la bota, pero no se la quita. Ayudará a mantener el calor corporal. Una vez más, desliza los dedos por la espinilla donde la punta del hueso astillado amenaza con perforar la piel. A continuación baja la pernera del pantalón para no tener que verlo.

—Voy a encender el fuego —anuncia—. Luego iré a buscar algo para entablillarte.

—Nos matarán a los dos si te entregas.

—¿Entregarme? ¿Quién demonios ha dicho que voy a entregarme?

—Quédate al menos un rato aquí conmigo. Háblame.

Easley observa al chico. Las ojeras oscuras en las cuencas, la piel pálida y grasienta.

—Déjame encender el fuego.

En el fondo del hoyo, Easley apila un poco de carbón, hierba seca y palitos. Acerca el encendedor. Después de accionar la rueda tres veces, sigue sin aparecer la llama. A la cuarta va la vencida. La hierba prende, y añade más hojas a modo de yesca sobre el calor y la luz. El fuego recorre los tallos y se despliega bajo los palitos hasta que por fin el carbón se enciende. De momento pasan por alto el hecho de que posiblemente el encendedor ha funcionado por última vez. Easley dispone más carbón en torno al pequeño resplandor, hasta que la lumbre aguanta por sí sola. Es entonces cuando se acuerda del vodka. Saca la botella del bolsillo y se acerca apresuradamente al chico.

—Mira lo que he encontrado. No es whisky, pero igualmente te ayudará a sentirte mejor.

Descorcha la botella y se la tiende a Karl, quien primero se limpia la boca con el dorso de la mano. Después de un sorbo vacilante, la ladea en el aire.

—En cuanto estés cómodo y hayas entrado en calor, iré a buscar algo para entablillarte. Luego te arreglaré esa pierna y...

—Siéntate conmigo.

Easley se sienta.

—Estoy cansado. Sólo quiero dormir, pero tengo mucho frío. Y miedo.

—Karl.

—Nunca he sido muy buen cristiano. —El chico tiene los ojos inyectados en sangre y le brillan—. Ya me entiendes, no soy muy creyente. Si Dios no creyera en mí, no se lo echaría en cara.

Se frota los ojos con los nudillos ante la mirada de Easley, avergonzado de su propia inutilidad.

—No estás solo —dice el periodista.

Señala el alcohol. El chico lo apura y le tiende la botella vacía.

De pronto Easley ve dos cosas con total claridad: Karl todavía está cayendo, y él hará lo que sea necesario para detener su caída. También sabe que la suya no es una abnegación sentimental o desinteresada: es instinto de conservación. Es también su propia pierna la que está rota e inservible, y su propia alma la que se siente atónita y tambaleante.

—Aún quedan unas horas de luz —comenta—. Primero iré a buscar algo con qué entablillarte y arreglarte esa condenada pierna. Luego iré a agenciarme el plato del día. —Así es como llaman últimamente a los mejillones.

Easley corre por la playa en la luz crepuscular, aguzando la vista para ver a lo lejos. Es la ausencia de cosas tan elementales como ésa —un trozo de madera largo y recto— el motivo por el que aborrece tan profundamente este lugar. Corriendo y corriendo, deja atrás el sitio donde ha encontrado la botella de vodka. El día está ya demasiado avanzado para arriesgarse al viaje de ida y vuelta a la aldea. Cuando alcanza la pared rocosa al final de la playa, siente que se le empañan los ojos por la pesadumbre de fallarle al chico. Y de pronto se acuerda del poste.

Trota a ritmo regular. Llega en el momento en que el sol poniente destella a través de una rendija entre las nubes e ilumina el cielo. Como la playa está orientada hacia el este, no ve el sol, sino sólo su extraordinario efecto en el día que ya queda atrás. Tiñe las sombras de tonalidades cobrizas y rosadas, tan asombrosas que lo obligan a detenerse. Imagina que esa luz le llena los pulmones. Absorbe toda esa belleza y esa claridad para el chico. Si es necesario, se la llevará a la cueva y la exhalará en él.

En su día dieron por supuesto que el poste solitario marcaba una tumba o algún lugar de culto pagano. Coincidieron en que debían respetarlo. Ahora Easley se hinca de rodillas y lo sujeta con las dos manos. Es casi tan grueso como el tobillo del chico. Lo agarra por la base y tira con toda su alma. El poste se desprende de la tierra, y el periodista cae de espaldas sobre unas matas de apio silvestre. Se apresura a levantarse, inspecciona la madera y descubre que está podrida. Para poner a prueba su solidez, tira de ella contra la rodilla doblada: la madera se desmenuza en porciones inservibles.

Suelta el poste y se lleva las manos a la cara. Furioso, da vueltas, tambaleándose, y se golpea un dedo del pie con una pila de piedras. Maldice al cielo rojizo y mira a lo lejos para ver si alguien lo ha oído. Se aparta del poste roto, la pila de piedras, el apio amargo. Vuelve a trompicones hacia la cueva.

La brecha entre las nubes se ensancha, y por ella asoman las estrellas. Es la única iluminación de que dispone en su avance. En parte a tientas y en parte de memoria, desciende por la quebrada y entre las rocas, tal como se movería en plena noche por la casa de su infancia, o por la casa de Aden Street. Dentro de la cueva sólo queda un mínimo resplandor en torno a las cenizas y las brasas. Llama al chico por su nombre, pero no oye respuesta. Sin luz, se acerca hasta el nido palpando las paredes. Se sobresalta al rozar con la mano el hombro de Karl.

—Eh, muchacho. —Easley se pone en cuclillas.

La oscuridad es total. Vuelve a tocarle el hombro, pero no obtiene respuesta.

—No he encontrado nada para entablillarte, pero traeré algo por la mañana.

Al chico la cabeza le cuelga al frente.

—Karl.

Easley acerca el oído a su nariz para comprobar si respira. Le toca el cuello. Frío… y quieto, sin pulso.

—Karl.

Alarga el brazo hacia la mano del chico y retira los dedos pegajosos. Se los lleva a la nariz, luego a la lengua.

—Pedazo de…

Localiza la muñeca y el corte abierto en la piel. Deja escapar un sonoro gemido. Busca el otro brazo y encuentra una herida idéntica. Introduce la mano bajo la guerrera del chico y la camisa. Ahí encuentra más quietud.

Easley estrecha entre sus brazos la cabeza y los hombros de Karl. Lo mece y llora la pérdida de un amigo al que nunca dejó acercarse lo suficiente para conocerlo. Llora por su incapacidad para encontrar algo con que entablillarlo a tiempo y por el error de dejarlo solo. Llora como nunca antes. Llora de miedo, no a la propia muerte, sino a la espera que ahora debe afrontar a solas.

Easley dobla las mugrientas prendas retiradas del cuerpo, que ha dejado sin más ropa que el calzoncillo sucio. La luz difusa del mediodía penetra por la boca de la cueva hasta la piel fría y cérea. Un asomo de jade allí donde antes la sangre corría por las venas. En conjunto, crea un efecto marmóreo. Levanta la cabeza para apartar la mirada de la tarea que tiene por delante y observar las aves que trazan círculos en la bruma. La leve niebla suaviza todas las líneas y contornos.

Por fin la espera del cambio de marea ha terminado. La adrenalina ha dado paso al agotamiento nervioso y crispado que sólo puede aliviarse con una buena comida y varios días de sueño.

El pantalón, la camisa y la camiseta manchados de sangre, bien plegados y apilados como para guardarlos en un cajón. Los calcetines colocados en el contorno del hoyo de la fogata, las botas junto al carbón. Pronto tendré que ponérmelas, piensa Easley, a fin de no enloquecer sólo de verlas. Debe considerarlas suyas.

Dice al chico que lo echará de menos, que dará buen uso a sus pertenencias. Un día, jura, viajará a Texas. Le pide que lo perdone si puede. Que interceda por él ante los poderes celestiales, si es que Helen tiene razón y realmente existe un cielo.

«No vengas a rondarme, amigo mío. Déjame en relativa paz.»

Recorre con la mirada los montes, el cielo y el mar. Como no ve enemigo alguno, acarrea su carga hasta la playa. Deja el cuerpo de Karl sobre un lecho de ballico aplanado. Se quita las botas, los calcetines y el pantalón y vuelve a coger al chico en brazos.

Las olas le tiran de las piernas y el agua está tan fría que casi quema. La corriente los arrastraría a los dos mar adentro. Camina hasta que el agua le llega a la cintura, y ahí vuelve la espalda a una ola entrante. Cuando pasa, da un beso en la frente al chico y se vuelve de cara al mar. Deposita el cadáver en la espuma cuando la ola agotada pierde intensidad e inicia el reflujo. El cuerpo flota pesadamente hacia otra ola y, desmadejado, se eleva en la cresta la siguiente. Easley lo vela hasta que sus piernas piden clemencia y se ve obligado a regresar a la orilla.

Se seca y se viste, sin sucumbir ni por un instante al impulso de volverse a mirar. Sólo cuando se ha atado los cordones de las botas y se ha subido la cremallera de la guerrera, se permite lanzar una último vistazo.

Los chorlitos y los andarríos revolotean en el límite del rompiente, dirigiéndole ojeadas. Easley mira a corta distancia y a lo lejos, pero el chico ha desaparecido.

8

Helen despierta sobresaltada. Se ha dormido plácidamente en su cama después de la cena, arrullada por el sonido de la lluvia torrencial que azotaba los cristales de las ventanas y corría por los canalones. Sólo han pasado dos horas. Tiene los músculos entumecidos, la piel húmeda de sudor. Apoya los pies en el suelo, se levanta y recupera el sentido de la orientación.

Se detiene, inadvertida, en lo alto de la escalera, desde donde ve el salón. Pese a la hora tardía, la luz sigue encendida. Su padre está encorvado ante una pequeña mesa de juego, donde faltan los otros tres jugadores. Con la mano ilesa, echa los naipes con movimientos rítmicos y cuidadosos. Juega al solitario y tiene las cartas dispuestas entre una botella de ron y un vaso casi vacío. Ajeno a la presencia de Helen, observa las cartas ya colocadas boca arriba. Toma otro sorbo, y el hielo tintinea contra el cristal. Deja el ron nuevamente sobre el posavasos y apoya la frente en la mano.

Joe no bebe en exceso, pero sí con regularidad. Toma dos copas de ron antes de irse a dormir. Helen no cree que le haga daño y nunca lo ha visto borracho. Para él, es como el béisbol, los seriales de radio o la misa del domingo. Pequeños consuelos en un mundo que parece creado para privarlo de ellos.

Pone las cartas restantes boca arriba, de tres en tres.

Desde que Helen ha vuelto a instalarse en la casa, no ha pasado tanto tiempo con él como se proponía, como se había prometido hacer. En lugar de eso, ha estado engañándolo, diciéndole que salía a buscar trabajo cuando desde el principio estaba preparando su marcha. Y ahora siente un arrebato de ternura mientras observa a su protector allí abajo, con las fuerzas mermadas, mientras observa a su primer amor, su amigo más antiguo y verdadero. Tiende la mano hacia la barandilla y el viejo suelo de madera de abeto emite un leve crujido. Joe alza la vista y la ve ahí inmóvil. Se desliza los dedos entre el cabello ralo.

—¿Qué pasa, cariño?

Helen no sabe por dónde empezar.

—Baja —insta él, y mira alrededor en busca de otra silla. Ve una plegable apoyada contra la pared junto a la estantería. En su precipitación por ir a cogerla, casi tropieza.

Ella desciende por la escalera y contiene el impulso de ayudarlo mientras él, a sacudidas, despliega la silla para su hija. Da dos palmadas en el asiento. Ella se acomoda y coge el vaso de su padre.

—No te importa que tome un sorbo, ¿verdad?

—Te traeré un vaso.

Hace ademán de levantarse, pero Helen le tira de la manga.

—Me basta con probar el tuyo.

Joe dispersa y revuelve sobre la mesa las cartas del solitario, en vez de barajar el mazo; luego, con una mano, las reparte para jugar una partida al ocho loco con Helen. Ella echa dos dedos de ron sobre los cubitos de hielo. Un sorbo, y el alcohol le calienta el fondo de la garganta.

Una apoplejía, según le han explicado, se debe a una interrupción del flujo sanguíneo en el cerebro, o a lo contrario: una hemorragia en el cerebro. Una sequía o una inundación. No está claro si lo que ocurrió en la cabeza de su padre fue lo uno o lo otro. Si bien la recuperación del habla fue rápida, no ha sucedido lo mismo con el brazo. En la primera semana se produjeron lentos avances, pero ahora el proceso se ha estancado. Helen ha perdido la esperanza de que pueda volver a utilizar plenamente la mano derecha. Ha cogido sus siete cartas. Él desliza las suyas hasta el borde de la mesa, las levanta e intenta desplegarlas en abanico. Un tres de tréboles se le escapa y cae boca arriba. Deja las otras cartas de nuevo, recupera la que ha caído e intenta extenderlas todas en abanico de nuevo, a la vez que, como Helen advierte, aprieta los dientes para reprimir una sarta de maldiciones.

—¿Cómo va con la búsqueda de trabajo?

—Precisamente de eso quería hablarte. —Es el momento idóneo. No está dispuesta a seguir engañándolo.

—Muy bien —contesta él—. Pero antes he pensado que… En fin, me gustaría aclarar un poco las cosas.

Señala la pila de descarte. Ella debe continuar con la farsa de la partida.

—Cielo, ya sabes que no soy un hombre refinado. Pero he tenido una buena vida. Lamento muy pocas cosas, todas por haberme dejado disuadir de hacer lo que sé que debería haber hecho.

—Papá, tengo que decirte algo.

—Eso incluye a tus hermanos. No lamento la manera en que los crié. Tu madre opinaba que los trataba con demasiada severidad. Era severo, sí, pero justo. Tal vez me precipitaba a la hora de castigarlos o reprenderlos. Pero ahí los tienes: son hombres fuertes, con éxito. No me aprecian mucho, pero creo que ése es el precio que debo pagar.

»Me doy cuenta de lo mucho que sufres por no saber dónde está John —continúa—. Por no saber si está a salvo. También sé que quieres ir a buscarlo. Dudo que eso sea buena idea.

La mira a los ojos con esa expresión de rotundidad que ella teme desde su infancia.

—Pero nada de eso importa —prosigue Joe—. Si tú crees que necesitas ir, ve. Lo que yo necesito es asegurarme de que no te pasas la vida de puntillas en torno a mí, en espera de que la mía se acabe.

El hombre sentado frente a Helen todavía parece su padre, pero ahora ella se pregunta si la apoplejía le ha alterado también la razón.

—He estado escondiéndote cosas.

Joe se ríe.

—Dime algo que no sepa.

—He encontrado una manera de viajar al norte. Una manera segura, con el ejército, que me acercará a los sitios donde es probable que John esté. Y ahora haz el favor de escucharme antes de decir nada. —Helen alza la mano. Debe plantearlo con cuidado—. Tengo la oportunidad de unirme a una compañía de variedades. Ruth me ha recomendado. Con esto me ha devuelto todos los favores. Lo lleva una organización que se llama USO.

—USO...

United Service Organizations, explica ella, repitiendo de memoria lo que ha leído en el folleto que Ruth le dio. Grupos católicos y judíos, el Ejército de Salvación, unidos todos para reconfortar a las tropas con humor, canciones y baile. Entretenimiento. Un deber patriótico. Joe responde con un semblante inexpresivo con el que insinúa que está dándole justo la cuerda suficiente para que ella se ponga la lazada al cuello.

—Para subir la moral —añade ella para concluir—. Las chicas van a donde están acantonadas las tropas.

—Esa Ruth corre demasiados riesgos —declara Joe—. Me extraña que no se haya quedado ya preñada. O que no fume opio.

—¡Vaya un comentario tan poco cristiano!

—En mis tiempos el entretenimiento femenino que se ofrecía era muy distinto. Una tradición muy antigua.

—Gracias a Dios que tus tiempos han pasado. Y se trata de una organización muy respetada. ¿Lees los diarios? Ruth ya ha hecho una gira y se deshace en elogios.

Joe respira hondo y expulsa el aire teatralmente.

—No has visto mucho mundo, cielo, así que déjame que te dé una visión panorámica. Cientos, miles de hombres obligados a estar juntos, muy lejos de casa, sin mujeres cerca. De pronto aparecéis tú y tus amigas, os exhibís, los ponéis como locos. Es como colgar un filete crudo delante de una manada de lobos.

—El año pasado mandaron a Alaska a Bob Hope y Frances Langford —replica ella como para demostrar algo—. Los ensayos empiezan en Los Ángeles. Después la mayoría de las chicas partirán rumbo a Hawái. Ruth, instalada en California, volará a los portaaviones.

Se aparta un bucle de la frente y mira a su padre a los ojos. Él toma un sorbo de ron y observa atentamente a su hija.

—Está previsto que un grupo vaya al norte. —Helen habla con comedimiento—. Me acercaré, pero estaré a salvo, rodeada de soldados de tierra y aire. Ellos nos protegerán. Hombres que quizá se hayan cruzado con John... Sé que algo le ha pasado, sé que me necesita. Ésta es mi única oportunidad.

—¿Crees que vas a localizarlo en un campo de batalla mientras intenta informar sobre la guerra? ¿Y si está en la cárcel? ¿Y si se ha escondido para evitar ir a la cárcel y no quiere que lo encuentren? ¿Eso te lo has planteado?

Helen se pone en pie y lo mira con rabia, resuelta a no llorar.

—Sí. Me lo he planteado, además de todo lo que arriesgo dejándote aquí solo.

Joe suaviza el semblante, tan confuso al parecer como cuando ella, de niña, tenía una rabieta. Cuanto más emotiva era la actuación de Helen, más desvalido se sentía él.

Se levanta, entra en la cocina y vuelve con una caja de maicena. Se sienta, abre la caja y echa un fajo de billetes sobre las cartas esparcidas.

—Ahí debe de haber ochocientos dólares, y tengo un poco más en el banco. —Empuja el dinero hacia ella—. Cógelo. Quizá lo necesites. Y yo me quedaré más tranquilo si te lo llevas.

Helen vuelve a sentarse.

—Tu madre... En esas últimas semanas antes de morir, no quería a ninguno de sus hijos cerca. No quería que la recordarais así. Debo admitir que una gran parte de mí tampoco quería verlo. Una parte de mí quería huir. Nunca se lo había dicho a nadie hasta ahora. Pero la verdad es que apenas resistía separarme de ella siquiera para ir a comer. Sabía con toda certeza dónde tenía que estar. Ni siquiera ella habría podido convencerme de lo contrario.

Helen acerca la silla y se sienta junto a él. Le coge la mano inútil.

—No tienes que admitir nada ante mí —dice él—, pero será mejor que lo admitas ante ti misma. No sabes en qué te estás metiendo. Si recuerdas eso de vez en cuando, te ahorrarás más de un problema.

Helen mueve la cabeza en un diligente gesto de asentimiento.

—Es posible que John esté muerto —dice su padre—. Conviene que sea yo quien te lo diga. También conviene que sepas que si es así, lo superarás.

El lunes siguiente, por la mañana, Helen despliega un plano dibujado por la madre de la familia de Los Ángeles que la ha alojado. Pronto queda claro que tendrá que caminar el último medio kilómetro después de apearse del autobús, bajo el intenso sol, por un barrio de pequeñas casas de una sola planta, calles sin asfaltar salpicadas de basura, entre tambaleantes postes del tendido eléctrico y alguna que otra palmera. Un perro trota por la acera con determinación, con un objetivo. Helen se guarda el plano en el bolsillo y lo sigue.

Cuando contó a Ruth lo de John y su intención de encontrarlo, su amiga estuvo a la altura de las circunstancias. Dedicó la mayor parte de una semana a repasar su anterior espectáculo al servicio de las USO ante Helen, desglosándolo en los distintos números y piezas. Ella hizo cuanto pudo para imitar los pasos de baile que le enseñaba, su manera de cantar, sus movimientos en el escenario. Ruth le ofreció críticas prácticas, pronunció palabras de aliento cuando convenía y le exigió mayor esfuerzo cuando era necesario. Examinó los pasos de Helen desde todos los ángulos. Naturalmente, cada espectáculo era único. Su finalidad era que Helen llegara a sus propios ensayos con la mayor «presencia escénica» posible.

Helen rescató de la memoria las clases de ballet de la infancia: la altura inasequible de la barra, su padre sentado pacientemente cerca de la puerta del estudio junto con las madres de las otras niñas, hojeando una revista de pesca. Ya de niña sospechaba que carecía de talento innato, de gracia natural. Sin embargo, bajo la tutela de Ruth, se entregó a su nuevo papel sin reservas. Los progresos fueron irregulares, pero los hubo. De repente se encontró a bordo de un tren con destino a California.

Para cuando Helen llega al gimnasio del instituto, está sudando. Este sábado por la mañana el sitio parece abandonado. Al fondo del gimnasio hay montado un escenario, y la única iluminación procede de detrás de los bastidores. Se descalza, no tanto por una decisión consciente de no dañar el suelo de madera como por una respuesta condicionada inculcada en sus tiempos de estudiante. Se detiene nada más rebasar la línea de lanzamientos libres, donde le llega un olor a humo. Oye un chasquido y a continuación el sonido metálico de algo que cae y rueda por el suelo.

—Maldito pedazo de…

Un hombre sale de detrás del telón medio descorrido con una pipa en la boca y una cuerda en la mano cuyo extremo opuesto se pierde de vista entre las vigas. Viste americana de espiga, pantalón de color crema y relucientes zapatos negros. Corre el telón tirando de la cuerda. La luz ilumina al hombre y su humo desde arriba, con lo que parece un personaje de una obra teatral. En ese momento Helen capta su atención.

—Esto estaba ya estropeado mucho antes de que usted o yo llegáramos —dice alzando la vista hacia los focos—. Que me aspen si no consigo desplazarlo.

Helen se acerca al escenario y se queda inmóvil, sin saber qué hacer. El hombre suelta la cuerda, se limpia las manos y se atusa el cabello negro ondulado. Con la boquilla de la pipa sujeta entre los resplandecientes dientes blancos, baja por la escalera situada en el ángulo del escenario y le tiende la mano. Helen se cambia los zapatos de mano para dejar libre la derecha.

—Soy Stephen Brooks.

—Yo Helen Easley.

—Mucho gusto. Estamos muy lejos de Broadway, ¿no?

—Bueno, la verdad…

—Y esto es el Carnegie Hall comparado con los sitios donde vamos a actuar.

El hombre echa un vistazo alrededor, y Helen se siente obligada a imitarlo.

—¿Llego demasiado pronto?

Él consulta su reloj.

—Justo a tiempo. Son las demás las que se retrasan. Venga. Echemos un vistazo a ese piano.

Helen lo sigue al escenario y lo ayuda a retirar la lona que cubre el maltrecho piano vertical. Stephen echa hacia atrás el taburete y se hace crujir los nudillos. Toca unas cuantas escalas y después acomete «Daisy Bell (Bicycle Built for Two)». Tras la primera estrofa, que canta solo, Stephen se vuelve hacia Helen, levanta la cabeza, enarca las cejas y asiente cuando llega el momento del coro.

Ella nota el rubor en las mejillas. Cabecea y se encoge de hombros, como si no conociera la letra. Él continúa solo hasta que ella se incorpora con actitud vacilante. A media canción, Stephen baja la voz gradualmente y al final la deja seguir sola. Incialmente, ella canta con voz trémula, pero va cobrando ímpetu. Él aprieta los labios en un gesto de aprobación.

Cuatro mujeres entran parsimoniosamente en el gimnasio. Ocupan el escenario como si fuera de su familia desde hacía generaciones. Se quitan los jerséis y dejan los bolsos sobre el piano. Ninguna de ellas se ha molestado en descalzarse.

Stephen hace girar el taburete y se presenta. Cada una de las mujeres da su nombre, su lugar de procedencia y su currículum artístico. Judith, «residente» en Hollywood, lleva un peinado a lo Ingrid Bergman, cayéndole el cabello en grandes rizos castaños en torno a las mejillas y los hombros. El efecto desmerece a causa de unos labios finos y un ojo vago. Ha interpretado tres papeles en películas de las que Helen nunca ha oído hablar, pero destaca por su aplomo y su sonrisa irresistible. Ya ha trabajado antes con Stephen. Sarah, además de una actitud un tanto solemne, tiene las cejas depiladas y el pelo teñido a lo Marlene Dietrich. Aún no ha conseguido encauzar su carrera operística en San Francisco. Jane, una chica menuda, fumadora empedernida, ha cantado en el coro acompañando a Peggy Lee y Woody Herman. Alberga la esperanza de encontrar alivio a su corazón afligido aprovechando esta ocasión para alejarse de Los Ángeles. Gladys parece la más complacida de estar aquí. Una desgarbada actriz teatral de Chicago, viste con exagerada elegancia —falda de lino rosa y chaqueta a juego— y salta a la vista que acaba de hacerse la manicura. Quizás ha pensado que esto era una audición.

Pese a haber llegado todas juntas, no parece que se conozcan, y sin embargo se comportan como colegas, igual que si se hubieran ganado a pulso el derecho a estar aquí. Cuando Helen ve que se acerca su turno, pronuncia una callada oración preventiva para pedir perdón.

He aquí la realidad. Así es como abandona a su padre y emprende la búsqueda de su marido en una auténtica guerra en el Pacífico Norte. Entre coristas y con una sarta de mentiras. Pero ¿cuántos adolescentes han abandonado el bar de su pueblo, incitados por la cerveza de barril y el whisky, jurándose lealtad y clamando venganza por lo ocurrido el 7 de diciembre? En la oficina de reclutamiento se les permite mentir sobre su edad, hasta se los induce a ello. Adolescentes, militares, el propio Roosevelt…, a medida que avanza la guerra, ¿quién no ha deformado la verdad?

Helen se presenta y enumera sus logros inventados. Es originaria de Seattle, dice, pero trabajó en una compañía de teatro establecida en Vancouver, recientemente en una producción de *On Your Toes*, el musical menos conocido de Rodgers y Hart, que ella se esforzó en estudiar en la biblioteca, un espectáculo del que seguramente pocos han oído hablar, pese a la fama de los compositores. Helen ruega a Dios que los demás no hayan visto la obra. Ha elegido Vancouver para eludir toda posibilidad de encontrarse con alguien que conozca el mundillo teatral de Seattle. Vancouver, tiene la certeza, está fuera del alcance de la experiencia de cualquiera. Su mayor temor es que puedan pedirle detalles —Dios no lo quiera—, una canción o un par de frases. Le responden con parpadeos e inexpresivos gestos de asentimiento.

Stephen les da la enhorabuena por su patriotismo y su valor. La oportunidad de entretener a las tropas es un honor, una experiencia que contarán a sus nietos. Afirma que, a diferencia de los fascistas, quienes creen que los soldados deben concentrarse exclusivamente en la aniquilación del enemigo, el Gobierno de Estados Unidos quiere que sus hombres disfruten de un merecido respiro de vez en cuando. La ocasión de reír un poco o ver un asomo de muslo níveo los empuja a la victoria, les recuerda aquello por lo que combaten.

Eso trae a la memoria de Helen la advertencia de su padre. Disimula su reacción ante esta descripción de su cometido, diciéndose que Stephen sencillamente exagera para mayor efecto.

Las cosas avanzan deprisa, dice él, la gente se halla bajo presión. Con más giras por doquier, hay menos de todo para repartir, en especial tiempo. Dispondrán de diez días —diez largas jornadas de trabajo— para montar el espectáculo. Tendrán que esforzarse más que nunca. Crearán una revista musical con alguna estrella aún por designar en torno a la que girarán las actuaciones. Probablemente no sabrán quién es hasta que estén a punto de hacer la maleta. Sin duda será una estrella fácilmente reconocible, pero basta decir que esta vez no habrá nadie de la talla de Bob Hope. Canciones, números de baile, algún que otro *sketch*, chistes y humor de principio a fin. Sus vestidos los confeccionarán voluntarias, que mañana les tomarán las medidas. Stephen se encargará de la coreografía y tocará el piano. Dirigirá la producción y organizará la gira.

Es un hombre de anchas espaldas y complexión atlética, salvo por las piernas arqueadas. Tiene los labios carnosos y rojos. Es apuesto. Sin embargo, a los diez minutos de conocerlo, Helen empieza a sospechar por qué no está en el frente sirviendo a su país de una manera más convencional, por qué es posiblemente una elección segura para acompañar a cinco mujeres de base en base, viviendo y trabajando cerca de ellas.

No se trata de nada manifiesto. Es por cómo las mira, o más bien por cómo no las mira. Es un hombre poco interesado en las mujeres. Baila con cada una de ellas por turno, y al final de este ejercicio, aún caben menos dudas.

Stephen toca el piano, y todas cantan *I'm Nobody's Baby*.

Each night and day I pray the Lord up above,
Please send me somebody to love…

A la segunda vez agrupa a las chicas según el tipo de voz y les arranca un poco de armonía. Helen sigue intuitivamente la manera de dirigir de Stephen, que fija la mirada en una chica, cabecea y le ajusta el tono con el movimiento de las cejas, juntándolas cuando quiere que baje la voz, enarcándolas para que la suba. La sonrisa, enseñando los dientes, significa que está complacido; los ojos cerrados indican lo contrario. Helen, con la misma naturalidad con que se deja guiar por Stephen, confía en su propia corazonada sobre él.

Unas voluntarias les traen el almuerzo, y comen apoyadas en el piano. Stephen aprovecha la ocasión para repasar el programa de trabajo. Inmediatamente después de los ensayos viajarán en avión al norte, harán escala durante una noche en Seattle y después irán al territorio de Alaska. Por razones de seguridad, no conocerán el itinerario hasta que estén en el aire. Stephen echa una ojeada alrededor. En cuanto comprueba que todas se han terminado sus sándwiches, reanuda el ensayo.

Al final de la jornada, Helen se pone el jersey mientras las demás ríen, intercambian chismorreos y alardean. Hablan de una cena para romper el hielo en el centro de la ciudad, lejos de ese sombrío espacio. Todas coinciden en que es buena idea. Por desgracia, Sarah, la admiradora de la Dietrich, tiene ya un compromiso. Helen sabe que debería ir, para causar buena impresión, pero le ha dicho a su padre que le telefoneará esta tarde a las siete. No desea darle más motivos de preocupación. Las otras, riendo y cantando, cruzan la cancha de baloncesto en dirección a la salida; Stephen y Helen se quedan tapando el piano.

—Al menos sé con quién puedo contar —comenta él. Una nube de polvo se eleva de la lona—. Seguro que las otras desearían ir a Hawái. Les tocó la pajita corta y acabaron aquí conmigo. Si la memoria no me engaña, usted pidió ir al norte.

Aún queda por verse si Stephen ya ha adivinado que ella tiene algo que esconder o simplemente está dándole conversación.

—Ya he estado en Hawái: un sitio sobrevalorado —explica Helen. Pretende dar una imagen de sofisticación, pero teme haber quedado como una niña mimada.

Antes de este viaje, no había ido más al sur de San Francisco ni más al norte de Vancouver. Le da vértigo ir inventándose una nueva vida sobre la marcha.

—Ya entiendo —contesta él, y se detiene a pensarlo—. No. De hecho, no lo entiendo. Pero supongo que tendrá usted sus propias razones.

Tiene la gentileza de no insistir. Luego le mantiene la puerta abierta y apaga las luces del gimnasio.

—He querido ir a Alaska desde… siempre —añade ella con poca convicción.

—Pues… —se busca las llaves en el bolsillo y cierra la puerta— a ver si podemos hacer realidad ese sueño.

A las siete y cuarto Helen está sentada a solas en el salón de sus anfitriones después de dar las buenas noches a Joe. Su padre nunca ha sido muy aficionado a hablar por teléfono. Ha sido incapaz de mantener una conversación y respondía a sus preguntas con poco más que monosílabos. Aun así, ha mostrad interés en su parte meteorológico de California, donde, según le habían dicho, hacía demasiado calor para esa época del año.

Helen descansa en la penumbra, sudorosa, escuchando un disco que suena de fondo. Si hace esta temperatura en primavera, ¿cómo soportan el verano? Se le va el pensamiento a la lluvia depuradora de Seattle, a sus prisas cuando buscaba ropa de suficiente abrigo para Alaska.

El primer invierno después de la boda, Helen admiró en secreto un abrigo rojo en el escaparate de los grandes almacenes Leahman. En ese momento John estaba entre dos encargos, y andaban escasos de dinero, así que ella únicamente miraba escaparates cuando iba sola. El abrigo era magnífico, de buen corte, con tres enormes botones. De una sencillez elegante. Se lo probó dos veces y de vez en cuando se paraba para admirarlo. Un día pasó por allí para ver si, milagrosamente, lo habían rebajado. Cuando vio que no estaba expuesto, sintió un extraño alivio. O bien había desaparecido y podía ya quitárselo de la cabeza, o bien estaba dentro, colgado en el perchero de prendas rebajadas. La dependienta la informó de que, en efecto, el último abrigo se había vendido. Helen se volvió para marcharse, pero la mujer la llamó. «¿Es usted Helen? —Sacó una caja con un lazo de debajo del mostrador—. La semana pasada vino por aquí un caballero…» ¿Había estado John observándola? ¿Se lo había preguntado a alguna de las chicas del trabajo? Media hora después, cuando Helen cruzó la puerta de su casa, John alzó la vista y aplaudió. «Ya era hora —dijo—. Me preguntaba cuándo caerías en mi trampa.»

Durante el día la asaltan los recuerdos a ráfagas, tanto cuando está en compañía de otra gente como cuando está sola. A veces no consigue evocar los detalles de la cara de John. Entonces aprieta los dientes con un sentimiento de culpabilidad. En otras ocasiones siente el vacío en el aire junto a ella, y los recuerdos se desatan con tal velocidad y calidez que casi se le corta la respiración. Cuando el sol se pone, nota aún más su ausencia.

Helen se queda mirando el teléfono aún por un momento y luego apaga la luz.

Después de diez días consecutivos agotadores, dejan a Helen frente a una puerta abierta inmensa, la más grande que ha visto en la vida. Dentro del hangar vacío, una voluntaria de las USO le entrega una caja, casi el doble de grande que su única maleta. Es idéntica a las cajas que dan a las otras chicas. Contienen artículos que, según les han dicho, escasearán o serán inasequibles allí a donde van: tabaco, maquillaje, medias, pañuelos de papel y de tela, mandarinas, chocolate, algodón, talco, jabón, champú, crema, agujas e hilo, muchas de las cosas que Helen tenía previsto cargar durante su escala en Seattle.

Stephen bate palmas e indica a todas que se acerquen. Quiere que dediquen un momento a valorar lo que él ha conseguido. Han trabajado con ahínco, dice, y él ha moldeado sus aptitudes individuales hasta darles una forma cohesionada y satisfactoria. Sostiene que una hora de ensayo por cada minuto en el escenario debería ser más que suficiente. En total han dispuesto de cien horas para crear y pulir su espectáculo. De principio a fin, la actuación dura poco más de noventa minutos. A su juicio, ahora están más que preparadas. Helen habría deseado creerlo.

Llega una cuadrilla de soldados de las fuerzas aéreas. Cogen las cajas y el equipaje, las cargan en un carro y lo sacan todo a la dura luz de la mañana. Helen sigue a Stephen y las otras chicas por el asfalto hacia el avión que los espera. Al pie de la escalerilla, siente el impulso de confirmar cuánto tiempo pasarán en Seattle. ¿Dispondrán de las veinticuatro horas que les han prometido? Ha habido un cambio, explica Stephen. Seattle queda fuera de la ruta. Harán escala en Portland, en la costa de Columbia Británica, añade señalando en dirección al noroeste. Un pequeño detalle que por lo visto había pasado por alto.

—Yo mismo acabo de enterarme —afirma al percibir la expresión de Helen.

Ella se representa a Joe preparándose para su llegada. Ha barrido y fregado el suelo, ha puesto flores recién cortadas en la mesa del comedor y en la habitación de Helen. Ha llenado la nevera para la única comida que tienen prevista juntos. Consulta el reloj cada vez con más frecuencia.

Este periodo de separación debía ser una especie de ensayo general, una prueba para ver qué tal se las arreglaba su padre solo antes de que ella partiera definitivamente hacia Alaska. Era el momento de evaluar cómo resolvía las tareas domésticas y su trabajo en la iglesia, el momento de volver a hablar con el nuevo médico y con la vecina, la señora Riley. El momento de despedirse de verdad.

Debe encontrar un teléfono nada más llegar a Oregón. Le dirá lo mucho que lo echa de menos, cuánto siente el repentino cambio de planes. Le recordará que pensará en él a diario, que cuenta con que sea cauto, sensato y paciente consigo mismo, al menos por ella, si no por él.

Cuando se sube al avión, Helen se dice que encontrará a su marido y volverá junto a su padre en poco más de seis semanas. Ha tomado la decisión correcta para su familia. Volverá a reunirlos.

9

Surca el cielo una escuadra de B-24 y P-38 en misión de combate. Curiosamente después no se oyen las explosiones de las bombas. Por el contrario, los aviones estadounidenses sobrevuelan la isla y dan media vuelta, como si los pilotos hubieran cambiado repentinamente de idea. Easley se siente reconfortado por el zumbido de los motores, por las siluetas de fabricación humana que se deslizan por el aire sobre la tierra y el mar. Pero cuando se han ido, tiene aún más clara conciencia de su aislamiento. Se dice que no es el único. Debe de haber otros en su misma situación, ocultos del enemigo en toda Europa, en el norte de África, en China, quizás incluso aquí en las Aleutianas. Al principio la idea le levanta el ánimo, pero pronto lo lleva a evocar imágenes de personas escondiéndose juntas, a pares e incluso en grupo. Pero como él sabe ahora, esa forma de esconderse no guarda apenas relación con la suya. Los otros no están solos.

Se quita las placas de identificación del chico del cuello, donde las lleva colgadas desde hace cuatro días. Las sostiene en la palma de la mano y lee en voz alta:

KARL A BITBURG

12870763 T 41 A

ANGELA BITBURG

BORDEN ST 242

ROAN TEXAS P

Adivina que la «A» que hay cerca del orificio se refiere al grupo sanguíneo; supone que la «P» al final significa «protestante». Easley no tiene la menor duda de que la llave que lleva en el bolsillo abre la puerta del número 242 de Borden Street. No ha separado las dos placas para dejar una en la boca del chico, como oyó una vez que debía hacerse. Ni ha enterrado el cadáver. A este respecto, no se arrepiente. No quería que los japoneses lo encontraran y, más importante aún, no quería que el chico pasara a formar parte de la isla.

Ha dedicado los últimos cuatro días al libro que Karl liberó junto con el lápiz, los alicates, el carbón y la leña. No se pregunta ya qué información podrían contener sus páginas. Lo puso apaisado y dejó de ver los finos trazos de las extrañas palabras para aprovechar el espacio en blanco entre las líneas. Se ha pasado los días en el interior de la cueva transcribiendo sus recuerdos de Karl. Impresiones, conversaciones, las veces en que le hizo reír. Tiene la esperanza de que, consignando todo esto y trasladándolo al futuro, recordará al chico de la manera más plena posible, y confía en que, recordándolo, lo honrará. La historia de Karl se convertirá en parte de la historia de Warren, parte de la de Helen y de la suya propia; luego se entrelazará y fundirá con la narración de esta guerra desconocida y en expansión. Ha completado casi treinta páginas de este homenaje y ahora tiene hambre. Easley vuelve a colgarse las placas del cuello. Tintinean al acomodarse contra su piel.

Por la noche se pone toda la ropa. La de Karl debajo, porque es más pequeña, y encima su propio pantalón y su camisa. A falta de carbón, esto ha mejorado las cosas. Ahora, a la luz del día, se quita la guerrera y sale de la cueva.

La niebla se ha disipado, y en el cielo bulle el confeti de las aves en descenso. Al oeste, donde las nubes se han abierto por encima del mar, el agua presenta un azul intenso y tentador. Éste es el momento más peligroso del día. Si el enemigo sobrevuela la isla o la recorre por tierra, sin duda lo verá. Fuera de la cueva no hay dónde esconderse. Su mente calcula el riesgo, pero su cuerpo no está dispuesto a privarse de la promesa de la luz, la oportunidad de movimiento, la esperanza de calor.

Lo reconforta el bullicio cacofónico de los patos, los gansos, las gaviotas y las golondrinas. Éstas y otras aves han empezado a llegar en cantidades inimaginables. Le recuerdan el encargo que lo llevó por primera vez a estas islas, una descripción que debía incluir la migración anual de aves desde el noroeste del Pacífico, California, el mar de Cortés. Travesías desde un paraíso cálido hasta el exilio húmedo. Ahora agradece la compañía, y la posibilidad de carne. Easley siente una mayor afinidad con el inaccesible albatros porque éste, como él mismo, es un viajero solitario en un mundo indiferente.

Ha comido una docena de mejillones crudos por la mañana, algas marinas al mediodía, pero ahora vuelve a tener hambre. Entre la creciente población de aves, no encuentra con facilidad perdices blancas. Ha salido de la cueva con grandes esperanzas de éxito, pero su desesperación va en aumento conforme avanza el día y el cielo vuelve a nublarse.

Lanza piedras a las gaviotas que se pasean por la playa. Sin embargo, en cuanto se prepara para el lanzamiento, ellas están ya prestas a irse: unas pocas zancadas, y alzan el vuelo. Alcanza a una en el vientre, pero la piedra rebota sin más. La gaviota deja escapar un estridente chillido, se agita como si intentara sacudirse el agua del lomo y sigue su camino. Easley se sienta a descansar. Esta noche, cuando llegue el momento de enfrentarse a los mejillones, intentará enmascarar el sabor del mar evocando el deslavazado recuerdo de un pollo bien frito.

Un ave rapaz desconocida vuela en círculo sobre una cuña de gansos. Grueso pico dorado, cuerpo negro, hombros y cola blancos. Es el águila más grande que Easley ha visto jamás. Quizá se ha desviado de su curso en el viaje desde Asia, víctima de vientos desfavorables. La ve escorarse pronunciadamente a la derecha y descender acto seguido en picado hacia las presas en formación. El guión de la bandada de gansos no la ve venir, y los otros mantienen el rumbo. El águila arremete contra uno de los últimos, y éste cae del cielo aleteando. Easley se pone en pie. El ganso pugna por recuperar el control, pero sólo consigue rodar sobre la ladera del monte cubierta de hierba. El águila se abate directamente hacia él. Desciende a tal velocidad que Easley cree que también ella va a estrellarse. De pronto, en el último segundo, se detiene y realiza un aterrizaje controlado. Easley se pone en marcha. La presa intenta aún volar con la única ala ilesa que le queda, pero ésta sólo le permite impulsarse en círculo sobre la hierba. El águila, sin pérdida de tiempo, se abalanza sobre el lomo del ganso con las garras extendidas. Cuando lo agarra, intenta despegar, pero la carga es excesiva. Easley aprieta el paso.

Desesperada por elevarse en el aire, el águila bate las alas con tal fuerza que se le desprenden unas cuantas plumas. Vuelve la cabeza y ve acercarse a Easley. En una desesperada maniobra levanta el ganso del suelo, a una altura de un metro y medio, pero al final deja caer la pesada carga. El águila se abate de nuevo y, jadeando, se planta sobre la presa.

Easley se aproxima. Lanza un puntapié. El águila despliega las alas para mostrarse aún más grande y amenazadora; le da un picotazo en la bota y él le asesta otro puntapié y la obliga a desprenderse del ganso. El ave rapaz se queja con tan estridentes graznidos que Easley tiene la certeza de que todos los soldados de la isla aparecerán con las bayonetas caladas. Vuelve a acercarse al ganso, lo coge por el cuello y se encamina hacia la playa a saltos.

El águila alza el vuelo y pasa rozando el cuero cabelludo de Easley. Afirmando los pies en la hierba, él blande el ganso como si de un saco de piedras se tratase, retando al águila a intentarlo de nuevo. Ésta traza dos círculos y vuelve a abatirse. El periodista lanza un golpe con el ganso en cuanto el ave rapaz se acerca. El águila, sorprendida, aletea y se da media vuelta. Regresa al lugar donde ha caído por primera vez la presa y busca algún indicio de comida. Viendo que no hay ningún bocado suelto, se queda ahí, mirando a Easley con furia mientras éste corre a zancadas hacia la playa. A unos cien metros, se cambia el ganso de mano. Se vuelve hacia el águila y hace una reverencia.

Un ganso canadiense aleutiano cuellicorto, más pequeño que la variedad común, pero mucho más grande que cualquiera de las aves que el chico o él han conseguido cazar anteriormente. El carbón se ha acabado hace tiempo, y no ve leña desde hace días. Tendrá que comérselo crudo. Las alas muertas se despliegan mientras carga con él cuesta abajo.

Easley se sienta y contempla el trofeo durante un rato. El pico entreabierto en muda protesta, ojos de hematita cubiertos de arena. Abre la navaja del chico.

La carne resplandece al quedar expuesta a la luz, cada músculo nítidamente definido. Entre los dientes es blanda y elástica, el sabor suave, delicado y no desagradable. Es una lástima no poder asarla, dejar la piel crujiente y dorada. Como se estropeará en cuestión de un día, el objetivo es consumir la mayor cantidad de carne posible. Easley tira las entrañas a la arena, y las gaviotas reaccionan en el acto. Después de devorar una pechuga y las patas, eructa, se toma un descanso, y arremete otra vez. Parte los huesos para extraer el tuétano. Siente la cabeza más despejada por momentos.

En todo ese tiempo, el águila lo sobrevuela en círculo, alerta. Easley difícilmente puede permitirse otro enemigo. De reojo permanece atento a ella.

Al final se pone en pie con las mejillas embadurnadas de sangre y grasa. Deja las plumas y los restos a las gaviotas. Se restriega las manos con arena húmeda y se echa agua fría del mar a la cara. Entonces lo vence el sopor.

Encuentra una franja verde cerca de la playa donde ya ha llegado la primavera. Se tumba y cruza las manos sobre el estómago lleno. Alrededor crecen poco a poco nuevos brotes de juncia hacia la luz, acunándolo. Se imagina tendido junto a Helen. Recuerda que ella solía cogerle la mano mientras se adormecía, la manera en que lo buscaba con los brazos y las piernas incluso dormida. No puede sentir ninguna de estas cosas. Easley se esfuerza en representarse sus ojos, en recordar el sonido de su voz. Descubre que es incapaz. Ahora, apartado de todo contacto humano, la memoria enseguida lo traiciona. Se sume en un profundo sueño.

Se pasea por calles vacías hasta que por fin llega al parque. Es un cálido día de verano, y debería haber gente alrededor, tráfico en las calles. Sin embargo sólo aves recorren las aceras, con prisa por llegar a algún otro sitio. Lo miran boquiabiertas y cuchichean entre sí. Easley pasa por campos deportivos y entre imponentes abetos de Douglas hasta que ve un único vehículo en el aparcamiento. Una vieja furgoneta Ford. ¿Podía ser de Karl? Parece que dentro hay gente. Mientras avanza hacia la cabina, circunda algunas aves cuchicheantes y pasa por encima de otras.

En la ventanilla lateral ve la cabeza calva y el hombro de un hombre. Cuando se acerca, el tipo se esconde entre las sombras. Cuando Easley llega a la furgoneta, escruta el interior y ve a una mujer encima del hombre. Lo tiene agarrado por el hombro, su mano encima de lo que parece un tatuaje emborronado. Pero no es Karl. Es Warren quien alarga la mano hacia los muslos y las caderas de ella, amasando la piel. La mujer tiene el pelo caído ante los ojos, pero al final sacude la cabeza y se lo echa hacia atrás, mostrando que es Helen.

Easley se incorpora y, parpadeante, mira el cielo. La cabeza le palpita al ritmo del corazón. El sol ha abandonado la isla y ahora ilumina el mar a través de nubes lejanas. Dos haces de luz dura, como en las antiguas pinturas religiosas. Prenden en una porción de océano con la promesa de algo mejor.

Mucho antes de conocer a Helen, cuando tenía veintidós años, llevó a casa a la otra única chica que había significado algo para él. Vio el problema con su hermano casi desde el principio. La manera en que Warren exhibía aquella sonrisa, contaba anécdotas sin venir a cuento, la hacía reír, reír y reír.

No era que su hermano se insinuara conscientemente a la chica. Sencillamente era un cautivador nato. Así y todo, verlo ante sus propias narices, con una chica que él mismo había elegido, desató algo horrendo dentro de él. Cuando se encaró a Warren, éste se limitó a reír ante tal absurdo. Declaró que podría conseguir una docena de chicas mejores si se lo proponía. Easley golpeó a su hermano de dieciocho años tan deprisa y con tal fuerza que no tuvo siquiera tiempo de levantar las manos. Lo derribó en el pasillo de la casa de sus padres y allí lo dejó, con un pómulo roto y una brecha bajo el ojo.

Easley no sólo pretendía poner en su sitio a su hermano menor. También quería hacerle daño. Quería lastimar en particular esa cara tan agraciada. Deseaba marcarlo. Años más tarde, cuando Warren conoció a Helen, se impuso la obligación de hacer como si no estuviera… hasta que su hermano mayor le dijo que abandonara esa actitud.

Otra vez de pie, Easley emprende la marcha con paso ambicioso. Debe seguir moviéndose. El movimiento significa supervivencia. Pronto se encuentra en el lugar donde está el poste podrido, la tablilla rota. Se detiene y examina el lugar una vez más. El único hito obra del hombre hallado fuera de la aldea. ¿Qué hace aquí?

El poste permanece hecho trozos en el suelo, allí donde lo tiró la última noche en la vida de Karl. Entre las matas de apio silvestre se ve aún la huella del cuerpo de Easley donde tropezó y cayó. Se observa una concavidad poco profunda a la izquierda del hito donde los hierbajos del año anterior son especialmente tupidos. ¿Una tumba? Si esto es el resultado del contenido de un ataúd descompuesto, ¿por qué están las piedras apiladas a seis o siete metros? ¿No entierran los aleutas a sus parientes en el camposanto ruso? Rodea la pila, mirando alternativamente las piedras y los hierbajos. Se arrodilla.

La pila no tiene más de medio metro de altura. A menos que alguien la buscara, probablemente pasaría inadvertida. No lleva ahí mucho tiempo. Después de retirar las piedras, cava con las manos. La tierra está blanda, removida quizá recientemente. Ha ahondado en el suelo apenas un par de palmos cuando se le engancha el dedo en algo metálico. Se lo chupa y escupe barro rojo en los agostados tallos de bellico.

Easley escarba alrededor de lo que parece una pequeña caja metálica envuelta en papel de plata. No lleva mucho tiempo bajo tierra. ¿Una lata de té? La sacude y oye dentro un ruido sordo. La vuelve del revés y la inspecciona desde todos los ángulos. La aferra contra su pecho y, con rostro inexpresivo, recorre la tierra y el mar con la mirada. Rellena el hoyo, apisona el suelo y luego vuelve a colocar las piedras tal como las ha encontrado.

En la boca de la cueva, donde aún hay luz útil, Easley retira el papel de plata con cuidado, como si fuera un delicado envoltorio navideño. Cuando sostiene la propia lata en alto, sonríe al advertir las conocidas letras rojas sobre un fondo verde y dorado, viendo confirmada su primera sospecha. «Nabob Pure Indian & Ceylon Tea, Kelly, Douglas, & Co. Limited Vancouver, B.C. 3 lbs net». La destapa, saca un trozo de franela roja y lo desenrolla: contiene la punta de un arpón de marfil. Exquisitamente labrado, con púas y alojamiento para el extremo del astil, es casi tan largo como su mano. En la lata, bajo la punta de arpón, hay una pequeña fotografía enmarcada de una joven nativa que viste un abrigo de lana oscuro y emprende un viaje. De pie tras la barandilla de un barco, agita su mano enguantada en dirección a quienquiera que sostiene la cámara. Su sonrisa es serena, pero su actitud insegura.

Examina la imagen durante largo rato. Finalmente limpia un poco de barro reciente del cristal con la parte menos ofensiva de su manga. Debajo del retrato encuentra un icono de la Virgen y el Niño adornado con pan de oro. Ruso, cabe suponer. A su lado, un fajo de billetes, bien sujeto con una gomita roja. Cuenta 373 dólares. Rodea el resto del contenido un bordado de hilo de vivo color blanco, rectangular, con ranúnculos y adelfillas. Resulta chocante ver su pureza en la cicatriz gris de la quebrada. Easley lo sostiene en sus manos frías y mugrientas como si fuera el suda-rio de Turín.

En el fondo de la lata descubre una hoja de papel plegada en medio de un resto de té negro en polvo. Saca el papel con una mano, se chupa el dedo índice libre y se lo seca en la pechera de la camisa. Lo introduce en la lata y luego se lo lleva a la punta de la lengua. Retiene ahí el sabor y empuja el polvo dulce contra el velo del pala-dar. Cierra los ojos y sonríe.

Una ráfaga de viento dobla la hoja sobre sí misma, y Easley la sacude para volver a desplegarla. Con elegante letra azul, reza:

10 de agosto, 1942
Amado mío:

Descubrirás que me he ido y que nuestras cosas están es-condidas, a salvo.

Llegaron a la aldea el 7 de junio y tememos que se nos lleven.

Te esperaré. Piensa en la promesa que me hiciste y re-cuerda: el viento no es un río.

Tuya para siempre,
Tatiana

Easley relee la nota, la pliega con cuidado y la deja otra vez en el fondo de la lata. ¿«El viento no es un río»? Vuelve a colocar el dinero, el bordado, el icono ruso y la punta de arpón de marfil. Después guarda a buen recaudo la lata en una repisa en alto al fondo de la cueva. Alisa y pliega el papel de plata para algún uso futuro imprevisible.

Se queda sentado con la fotografía en las manos, aguzando la vista en la luz residual para ver el rostro vulnerable de la chica. Nota que algo se mueve dentro de él.

SEGUNDA PARTE

10

Helen, encajonada entre Stephen y Judith, susurra una serie interminable de avemarías bajo el incesante gemido de los motores. Contra el mamparo de enfrente, Sarah y Jane, sujetas con los cinturones de seguridad a sus asientos y cruzadas de piernas, hojean incómodamente los últimos ejemplares de *Life* y *Look* con las manos enguantadas. Por encima de sus trajes de vuelo, visten anoraks nuevos con la cremallera subida hasta el cuello. Gladys, de Chicago, es quien más experiencia tiene con el frío; sentada al otro lado de Sarah, con la cabeza hacia atrás, duerme profundamente. El resto del espacio lo ocupa la carga: escritorios, archivadores y sillas, descomunales neumáticos negros, latas de zanahoria y remolacha. Es el tercer tramo del primer viaje en avión de Helen. Esta escena lúgubre, sin el menor encanto, no se parece en nada a la idea que ella tenía de los vuelos en avión.

Aterrizan a mil doscientos kilómetros al norte de Portland, en la Base de las Reales Fuerzas Aéreas Canadienses de Prince Rupert, Columbia Británica, un lugar que parece recién arrebatado a machetazos a un bosque por lo demás impenetrable. La nieve cubre aún las montañas, pero más allá del asfalto la hierba verdea con el anuncio de la primavera. Almuerzan en la hierba junto a la pista mientras el avión reposa. Comen bocadillos de ensalada de huevo bajo el sol con hojas de papel encerado en equilibrio sobre las rodillas mientras los hombres corren de aquí para allá como si se hubiera producido alguna emergencia repentina e invisible. Un miembro uniformado de la división femenina de las Reales Fuerzas Aéreas Canadienses las recibe con café, que les sirve en finos vasos de papel. Helen absorbe el calor con las manos. Cuando es hora de reanudar la marcha, se pone en pie y realiza una serie de saltos de tijera para estirar las piernas y la espalda. Las otras chicas la imitan, y pronto están todas brincando y agitando los brazos junto al avión.

En el último tramo del vuelo, entonan a voz en cuello todas las canciones del principio del espectáculo, haciéndose oír por encima del persistente la bemol de los motores; después se amontonan junto a la ventana y ven desaparecer el sol en un cielo violáceo y anaranjado.

Todas estas mujeres comparten un mismo sueño: dejar su impronta de algún modo en el mundo del espectáculo. Gladys considera esta actuación un empujón, una oportunidad de dejarse ver y valorar fuera de Chicago, una ocasión para una publicidad muy necesaria. Judith, con su experiencia en el cine, lo ve como un paso atrás, un espacio necesario para ejercitar sus aptitudes mientras espera oportunidades más dignas y el final de la guerra. Jane y Sarah agradecen el trabajo. Todas tienen a un ser querido de uniforme sirviendo a la patria y creen que así son útiles a la Causa, una parte más de la historia en gestación.

Ya muy entrada la noche, el avión se sacude al tocar tierra y recorre velozmente la pista, cerca de la ciudad de Anchorage. Aquí hace más frío que en Prince Rupert, pero la temperatura no está muy por debajo de cero. Helen nota en las mejillas el viento frío y húmedo cuando dejan el avión en la oscuridad para ir al autobús que las llevará al cuartel. Una fina capa de nieve de primavera cubre el suelo más allá del doble haz de los faros, salvo allí donde la tierra asoma en roderas idénticas y lodosas. Nadie habla. El rugido del avión ha dado paso primero a una reverberación en los oídos y ahora al premioso gemido del autobús.

El autobús se detiene por fin con una sacudida frente al último barracón Quonset de una hilera de edificaciones idénticas, semejantes a enormes barriles de hojalata volcados y medio enterrados en la tierra. Sobre una puerta indicada con el número diecisiete brilla una bombilla. El conductor apaga el motor, echa una mirada por encima del hombro y despliega una sonrisa de fascinación a sus insignes pasajeras.

—¡Ya hemos llegado! —anuncia.

Judith se ha dormido con la cabeza apoyada en el hombro de Jane. Ésta no tiene ninguna prisa en acabarse el cigarrillo. Gladys y Sarah mantienen una conversación privada en susurros mientras ésta última se ciñe un pañuelo a la cabeza. Alguien tiene que moverse. Helen se abre paso hasta la parte delantera del autobús, da las gracias al conductor y se apea en el barro, lo cual le recuerda que aún tiene las botas en la maleta. Ahora lleva uno de sus dos pares de zapatos buenos. Indiferente a eso por un momento, mira el cielo y advierte un asomo de aurora boreal, sobre la que ha leído muchas cosas, pero enseguida las nubes tapan la vista. Su alivio por haber llegado hasta allí pronto se ve empañado por la idea de que John podría estar en alguna endeble tienda de campaña, tiritando toda la noche.

Las otras chicas se bajan del autobús con expresiones adustas y el pelo sin vida, ciñéndose los anoraks al cuello. Stephen estrecha la mano al conductor, se apea, y la puerta se cierra a sus espaldas. Mira a Helen y esboza una sonrisa forzada.

—Chicas más débiles no habrían sobrevivido —comenta ella, recompensándolo por el esfuerzo.

Dentro del barracón Quonset, Helen descubre una amplia sala abierta con una docena de camastros de lona. Un cálido fuego de carbón resplandece en la estufa situada en el centro. Las chicas entran detrás de ella a trompicones. Incluso la más adusta de sus expresiones se diluye cuando descubren una rosa de papel en la almohada de cada uno de los camastros impecablemente hechos. En una mesa cercana a la estufa hay un vistoso frutero con naranjas y un pastel relleno blanco con el rótulo «BIENVENIDAS A ALASKA, EE.UU.»

escrito con glaseado rojo cereza. Acompaña al pastel una tarjeta hecha a mano, en posición de firmes, repleta de mensajes de bienvenida. Las chicas sonríen y musitan exclamaciones ante la tarjeta mientras Stephen corta el pastel. Helen está calentándose las piernas junto a la estufa cuando de pronto, fuera, unas voces prorrumpen en una canción.

Helen es la primera en dirigirse a la puerta. Las demás chicas se apretujan detrás de ella a la vez que las recibe un coro de más de una docena de hombres cantando y meciéndose en la oscuridad. Iluminando con linternas sus jóvenes caras, parecen niños en un número de Halloween. Sus voces se convierten en aliento condensado por encima de ellos mientras cantan *I'm in the Mood for Love*. Cuando acaba la canción, las chicas aplauden y vitorean. Los hombres les desean felices sueños y les preguntan si necesitan algo, lo que sea, para hacer más placentera su estancia. «Lo que sea», repiten.

—Gracias por venir —responde Judith en nombre de todas—. Mañana por la noche os daremos algo con qué soñar.

Esto arranca silbidos y gemidos de expectación. Los hombres se despiden y se alejan por el camino, cantando y empujándose unos a otros.

Sarah no tarda en declarar que ya es hora de dar el día por concluido y, sin más preámbulos, apaga las luces. Helen se desviste a oscuras y se acuesta en el camastro.

Ahora que por fin ha cesado el continuo movimiento, vuelven sus temores: el insoportable vacío que ha experimentado al sobrevolar esas tierras agrestes donde se veían tan pocas señales de civilización; la interminable extensión del Pacífico Norte; la certeza de que John debe de estar en un lugar aún más desolado.

En sus oraciones, incluye a la tripulación del avión que la ha llevado sana y salva hasta el norte, sus extenuadas compañeras y los hombres inexplicablemente amables y alegres que han hecho lo posible para que se sientan como en casa. Se pregunta si

John disfrutará de tan buena compañía como parecen ser estos hombres. En todo eso piensa mientras espera a que la venza el sueño.

A la mañana siguiente Helen lleva una bandeja de hojalata a un rincón de la cantina vacía y se sienta junto a Judith. Las chicas ocupan la primera de varias docenas de mesas alargadas con sus correspondientes bancos. El lugar está sorprendentemente limpio y ordenado teniendo en cuenta que poco antes ha acogido a centenares de hombres hambrientos. En la pared opuesta, un cartel de las USO muestra la cabeza sin cuerpo de Teresa Wright: con un micrófono fálico brillando frente a unos labios demasiado rojos, echa el pelo hacia atrás en una especie de éxtasis musical. Bajo el nombre «TERESA WRIGHT» se lee, en letras más pequeñas y modestas, «Y LAS SWINGETTES DE LAS USO».

Las USO se han olvidado de informar a los soldados de que la señorita Wright no actuará. Stephen no dio la noticia a las chicas hasta dos días antes de su marcha. Eso se recibió con una pataleta, en la que Sarah puso en tela de juicio la ética profesional de Stephen y las USO, y Judith se marchó airadamente en un gesto teatral. Stephen, impertérrito, se limitó a dar una calada a su pipa y declaró que las canciones que en principio debía cantar la señorita Wright tendrían que repartirse entre ellas, asignando las melodías más difíciles a Judith, que ya no estaba presente para protestar. El espectáculo debía continuar, de eso no cabía duda.

El café sabe amargo porque se ha dejado demasiado tiempo al fuego. Helen revuelve el picadillo de carne refrita con el tenedor, incapaz de descubrir los trozos más apetitosos. Busca refugio en las tostadas, que unta con mantequilla y moja en el café. Son las ocho y media de la mañana y el sol está ya alto en el cielo. Los hombres se han marchado hace rato a los aeródromos y los hangares para hacer frente a sus ocupaciones, que en general consisten en trasladar aviones, hombres y material procedentes de Estados Unidos a las islas Aleutianas. Existen muchas posibilidades de que John haya pasado por esta base de camino hacia el oeste, de que haya comido en esta misma cantina.

—Lo anunciarán hoy —asegura Stephen—. Sabrán que Teresa no está aquí mucho antes de que nos presentemos. Creedme. Se morirán de ganas de veros. Ya lo veréis.

—Ponte en su lugar —dice Gladys.

—Es como si pidieras un solomillo y te sirvieran un triste frankfurt —salta Judith—. ¿Tú te quedarías muy contento?

Jane, que acaba de poner fin a una relación con un médico casado, declara:

—Yo no diría que no a un joven frank. —Sonríe y aparta el vapor del café con un soplido.

—Haré como si eso no lo hubiera oído —dice Stephen—. Y procurad que nadie más por aquí oiga cosas así. Si alguno de ellos llega a tener la menor sospecha de que una de vosotras está en celo, los japoneses no serán nuestro único problema.

Judith intenta en vano disimular que está hurgándose los dientes para quitarse trozos de picadillo de carne.

—No puedes arrastrarnos hasta aquí y luego obligarnos a subir a un escenario cuando los chicos esperaban a una estrella —dice—. Sencillamente no es justo.

—¿Quién te ha prometido justicia? —Stephen cruza los brazos ante el pecho—. En este mundo no hay nada justo, y es nuestro trabajo ayudar a estos hombres a tomarse un descanso ante esa realidad una noche al año.

Las chicas cruzan miradas y luego se vuelven todas hacia Judith.

—¡Por el amor de Dios! ¡Esto no es la calle Cuarenta y dos! —Stephen guarda silencio por un momento y enseguida recobra la compostura—. Estos hombres os adorarán. Se quedarán maravillados.

—Yo hablo de comunicación... —dice Judith con voz más crispada.

Dentro de once horas estarán en el escenario. Helen siente que el nerviosismo le oprime la mente y el cuerpo. Si se hubiese preguntado hace un año dónde creía que estaría ahora, se habría imaginado empujando un cochecito por el parque de Green Lake con John, inhalando la delicada fragancia de los manzanos en flor, intentando concebir la manera de criar bien a un niño sin la ayuda ni los consejos de una madre. Pero es consciente de que en esta base todos deberían estar en otro sitio. ¿Cuántos millones de vidas se han desviado de su rumbo a causa de esta guerra? A diferencia del recuento de barcos, dólares o bajas, no hay estimaciones de las pérdidas personales, pérdidas calladas e invisibles. No existe indemnización para aquello que podría haber sido y no fue.

Helen se pone en pie con su bandeja y retrocede hacia la puerta. Tira la comida intacta a la basura y deja la bandeja en el mostrador. Un chico con un delantal blanco se acerca a recogerla y le pregunta si desea algo más. Es huesudo, de hombros caídos, con la nuez de Adán tan prominente como el mentón. Aparenta unos diecisiete años. Vuelto de costado, no debe de medir más de quince centímetros de ancho. Lo único que tiene a su favor son unos ojos verdes impresionantes.

—Estoy impaciente por ver el espectáculo —afirma—. Estamos encantados de teneros aquí.

—Teresa Wright no ha podido venir. Esta noche sólo actuaremos nosotras.

—Ya me enteré ayer. Los chicos de Prince Rupert nos avisaron de que no venía en el avión. En todo caso, yo en ningún momento me había creído que fuera a venir.

—¿No te importa?

—A mí ni siquiera me parece humana. Al menos vosotras parecéis auténticas.

Helen desea decirle que eso es lo más bonito que alguien le ha dicho en los últimos meses, que esas palabras le infunden ánimo. Sin embargo, contesta:

—Tienes unos ojos preciosos.

La sonrisa con que acompaña el comentario sorprende e incapacita al chico, lo transforma por completo. Aparta la mirada y retrocede unos pasos. Se desliza una mano por el pelo cortado a cepillo, emite un sonido que pretende ser una risa y desaparece en la cocina.

Antes de apagarse los aplausos, Helen huye a su barracón Quonset a través de la oscuridad, salpicándose de barro y aguanieve hasta los muslos. Se aleja tan deprisa como puede. Cierra la puerta al entrar y se detiene con el pulso tan acelerado como ella. En la estufa, las brasas aún resplandecen. Echa una paletada de carbón.

Se sienta con los brazos y las piernas cruzados, pensando en lo desastrosa que ha sido su actuación, en la vergüenza de haber dejado a los demás en la estacada la noche del estreno, en el peligro de que se descubra su impostura y las repercusiones que eso pueda tener en sus opciones de hallar a John.

Todo ha empezado en el escenario cuando Judith, confusa, le ha lanzado una mirada de reojo al final de su tercer número. En ese momento las otras chicas iniciaban una estrofa de *Don't Sit Under the Apple Tree,* y Helen ha perdido el pie. En realidad, ha sido una nimiedad. Gladys ha intentado ayudarla dirigiéndole una sonrisa amplia y alentadora. A los hombres parecía traerles sin cuidado. Vitoreaban con desenfreno cada vez que una de ellas se daba la vuelta, cambiaba de postura o —que Dios los perdonara— se inclinaba. Pero Helen ya tenía la garganta cerrada a causa del nerviosismo. Ese primer error ha crecido hasta convertirse en una nube oscura que parecía proyectar su sombra sobre cada uno de sus movimientos. Por más que se ha esforzado, no ha conseguido recuperarse en ningún momento.

Hacia la mitad de *Cow Cow Boogie*, ha perdido por completo la armonía. En la primera estrofa posterior al interludio, Judith se ha vuelto para mirar por encima del hombro. Stephen ha apartado la mirada del piano: ha enarcado las cejas, luego las ha bajado y después las ha juntado en un ceño de frustración. Impertérrito, ha vuelto a intentarlo, exagerando aún más el gesto, convirtiéndolo en parte de la actuación. Pese a este desvío cómico, Helen ha sido incapaz de encontrar otra vez el tono. Al final, Stephen se ha limitado a sonreír y lanzarle un beso.

Helen había estado a la altura en todo momento durante los ensayos. Esta noche se ha visto obligada a dejar de cantar y limitarse a articular las palabras durante el resto de la canción. Ha cantado en voz baja en las melodías más fáciles y se ha sentido un poco más segura con el baile en *Chattanooga Choo Choo*. Pero al mirar a Stephen en busca de apoyo, él ha alzado las comisuras de los labios y simulado una sonrisa. Durante la segunda mitad de la representación, el objetivo de Helen ha sido la pura supervivencia.

Fija la mirada en el techo abovedado. ¿Qué hace aquí? John se habrá acercado lo máximo posible a la acción, y eso está aún a dos mil kilómetros de esta base, en las islas Aleutianas. Después de Anchorage, su itinerario los llevará a actuar en Fairbanks durante casi toda una semana antes de dirigirse finalmente a las islas. Stephen ha confirmado que irán a Adak, más o menos en la zona central del archipiélago, la base avanzada de operaciones para el actual ataque a los japoneses. En el mundo entero, ése es el lugar donde más probabilidades hay de localizar a John. Una vez allí, dispondrá sólo de cuatro días para encontrarlo. Pero como Helen ha visto, los itinerarios cambian. ¿Y si de repente no los envían al oeste, sino más al norte o al sur? ¿Y si los japoneses avanzan, y la compañía de variedades recibe órdenes de abandonar el territorio?

Se abre la puerta y entra Stephen. Patea el suelo para sacudirse la nieve y el barro de los zapatos y se desenrolla la bufanda. Silba la melodía de *Tangerine*, el bis de su espectáculo. Se queda junto a Helen, contemplando satisfecho el fuego como si no pasara nada, como si todo hubiese ido según lo previsto.

—Me siento como Papá Noel —dice—. O como el propietario de un club de *striptís*. Alguien que difunde alegría.

—Me han traicionado los nervios. —Sus palabras preparadas de antemano son casi inaudibles—. No volverá a ocurrir.

Stephen se desabrocha el cuello de la camisa y se afloja la corbata.

—Todos estábamos un poco nerviosos —afirma.

—No, todos no. Lo estaba yo.

—De acuerdo, tienes razón. Lo estabas tú. Y parecía que alguien te había puesto una pistola en la cabeza. Pero al menos no te has caído del escenario.

—Me temía que en cualquier momento cogieras el gancho y me sacaras de allí de un tirón.

—Eso ni hablar —responde él—. Nos quedan muchas representaciones por delante. Todo el mundo tiene alguna noche mala. Tú sencillamente has agotado una oportunidad muy pronto.

Helen no sabe si Stephen pretende rescatar el poco aplomo que le queda o si simplemente la trata con suavidad como paso previo al rapapolvo que va a caerle.

—¿Dónde están las chicas?

—Todavía firmando autógrafos.

—No estaba ante el público desde… —Helen hurga en la memoria en busca de la mentira— Vancouver.

Stephen saca una petaca de la chaqueta y le ofrece un trago, que ella rehúsa. Él bebe un sorbo y a continuación se acuclilla ante la estufa para comprobar el fuego. Sonríe y asiente con la cabeza, como si reviviera los momentos culminantes de la noche. Helen siente el impulso de confiar en él.

—Tú ya sabías que era una impostora, ¿no?

Stephen se yergue, acerca una silla y se sienta a su lado. Apoya los pies en otra silla y examina la petaca antes de acercársela otra vez a los labios.

—Hiciste grandes progresos en los ensayos. Tienes una voz preciosa, tanto como cualquiera de las otras. Sólo necesitas pasar un tiempo ante el público.

—Supiste que mentí sobre mi experiencia.

—Llegaste recomendada, y me caíste bien desde el principio. —Se encoge de hombros—. Quería ver si eras capaz de tirar adelante.

—Stephen...

—¿Quién no ha mentido para llegar a donde quería? ¿Crees que yo no he inventado unos cuantos logros para encontrar trabajo estable en Los Ángeles? Verás, en este mundillo todo depende de la percepción. ¿Sabes cómo consigues un contrato para dirigir un musical de tres actos, con orquesta y un reparto de veinte personas en Sacramento? Diles que lo has hecho en Nueva York. Luego sigues adelante a partir de ahí. Los productores no te piden que jures sobre la Biblia. Quizá deberían empezar a exigirlo.

Toma otro trago. Hace no mucho tiempo Helen lo habría juzgado severamente por hablar de la verdad con semejante frivolidad.

—A la gente le trae sin cuidado qué has hecho —concluye Stephen—. Lo único que les importa es qué puedes hacer para ellos. ¿De verdad esto es una novedad para ti? Vamos, cariño.

—No quiero decepcionarte.

—Pues no lo hagas. Basta con que aprendas a escuchar tu propia voz. Luego busca la melodía y síguela. Te arrastrará. Y sonríe, por lo que más quieras. No dejes de sonreír. Si no te veo sonreír cada segundo de cada canción, te tiraré algo. Sonríe a las otras chicas, sonríe a algún espectador en concreto, sonríe al público en general. Míralos a los ojos y provócalos.

Judith llega sola. Cuelga la chaqueta en una percha. Luego, tambaleante, se acerca y aparta los pies de Stephen de la silla para sentarse. La nube de ginebra no ha quedado muy atrás.

—Ha sido lo más sexi que he hecho en la vida y nadie me ha tocado siquiera.

—Enhorabuena —felicita Stephen—. ¿Necesitas un cigarrillo?

Para Helen es un alivio que haya llegado Judith y captado la atención. Si tiene en mente una crítica condenatoria contra Helen, no es una de sus prioridades. Las otras chicas cruzan la puerta juntas, contoneándose de tal modo que casi se derriban a golpes de cadera. Dejan los abrigos en los camastros, se descalzan y se ponen gruesos calcetines de lana sobre las medias de seda. Cuando se reúnen en torno a la estufa, Helen siente crecer el aislamiento. Se le forma un nudo en el estómago cuando ellas se disponen en círculo, discutiendo acerca de cuál de ellas ha firmado más autógrafos. Cuando el parloteo remite, Helen mira a Stephen, que le guiña el ojo. Señala la petaca. Al llegarle el whisky al fondo de la garganta, tiene que contener el impulso de toser. Se le escapa entonces una única lágrima que resbala por su mejilla. Al instante se la enjuga y se aclara la garganta.

—Dios mío, he estado fatal. No habría podido cantar ni aunque me hubiera ido la vida en ello, y lo siento mucho. —Helen vuelve a alzar la petaca cuando las chicas depositan la atención en ella—. Quizás esto ayude. —Toma otro trago.

—Venga, venga —dice Judith—. Yo la he pifiado en *Just Squeeze Me*; Jane ha desafinado en *A Good Man is Hard to Find*, y Gladys, aunque cueste creerlo, se ha tirado un pedo en *All of Me*.

—¡No es verdad! —Gladys finge indignación ante tal acusación.

—Casi reviento una costura de la risa —añade Judith—. ¿Eso lo aprendiste en Julliard? O sea cual sea la academia que haya en las inhóspitas tierras de Illinois.

La petaca pasa de mano en mano y se dedican a examinar hasta lo más mínimos matices de cada una de las canciones. Nadie se libra.

Cuando decae la celebración, Judith empieza a hablar entusiastamente de ciertas fiestas secretas que llegaron a sus oídos cuando actuaba en Nueva York. Fiestas a las que los maridos y las esposas acudían enmascarados para acabar luego con desconocidos. Fiestas en las que la gente llevaba un antifaz y poco más.

—No lo he visto con mis propios ojos, claro, pero os sorprendería saber quiénes participaban. Me refiero a gente muy importante.

Las chicas, por turno, tratan de adivinar los nombres de las actrices y actores, y a cada intento deben beber un sorbo. El juego prosigue hasta que se acaba el whisky de la petaca, pero entonces aparece en su lugar una botella y continúan con las rondas establecidas. Pronto la mitad de las estrellas de cine aparecen involucradas en el relato de Judith.

Ya muy entrada la noche, Helen se acuesta y elige un perno en el techo donde fija la mirada para evitar que la sala dé vueltas. Sólo había estado así de ebria una vez antes. Ahora no lo lamenta. Ha sido absuelta, aceptada por un grupo de mujeres decididas a cuidar de sí mismas. Mujeres mundanas sin la menor intención de formar una familia en fecha cercana. La clase de mujeres contra las que Joe la prevendría, la clase de mujeres que en otras circunstancias Helen eludiría. Se da cuenta de eso como si fuera un regalo que no merece. Se duerme dando gracias por la bondad de todas ellas, y por la ayuda que eso le proporcionará en su búsqueda de John.

A la mañana siguiente Helen se encuentra otra vez en la cantina, con la mirada fija en los ojos de color esmeralda del lavaplatos flaco, que ahora, desvalido, se ruboriza ante una bandeja de huevos rehidratados.

Hombres. Pese a la inquietante andanada de testosterona de la que se sintió blanco en el escenario anoche, Helen los compadece por su debilidad. Aquí, entre soldados reunidos para la guerra, la incomoda su propio desmedido poder, un poder derivado enteramente de su sexo y aspecto físico. Ella y las otras chicas son el reflejo fugaz de las esperanzas y deseos de todos ellos, un alivio pasajero de sus preocupaciones y temores. Si ella hubiese visto a John, sus propios hermanos o su padre a esa edad, en ese estado, ¿cómo querría que los tratasen?

Mientras Stephen y las chicas están distraídos en la mesa, Helen hace una seña al chico para que se acerque. Cuando tiene al alcance su rostro reluciente, lo coge entre ambas manos y le planta un beso en la mejilla. Acto seguido, se da media vuelta y se aleja.

11

Ha dejado de llover, pero el mar sigue embravecido. El viento sopla a velocidades asombrosas. Easley se pregunta si un huracán ártico azota la isla. Las ráfagas más vigorosas penetran en la cueva, pero llegan a sus mejillas ya debilitadas. Permanece sepultado bajo los paracaídas. Es la hora más negra de la noche.

Nota en la palma de la mano los contornos uniformes del pequeño marco, la frescura del cristal. Ha contemplado la imagen durante tanto tiempo que ya no necesita verla. A veces piensa que ella es algo más que su propia fotografía, algo más que una mujer viva real, que siente el roce de sus alas en el corazón frío de la noche. ¿Adoptan los ángeles forma humana cuando se aparecen ante los hombres? Su mente le advierte que oponga resistencia a tales pensamientos, pero su alma los acoge sin dudarlo. Tatiana le da aliento, le insufla fuerzas para seguir adelante.

Súbitamente el viento cesa por completo.

«Levántate. Es hora de ponerte en marcha.»

Cuando recorre la playa, no tiene necesidad de ver. Se conoce cada peñasco y cada quebrada, oye el embate de las olas, dispuestas a derribarlo y arrastrarlo a las profundidades. Caminando a oscuras, con los brazos extendidos, tiene la sensación de estar volando.

Hace ya casi una semana que no dispone de carbón. Se vio obligado a interrumpir su última incursión a la aldea al advertir la presencia de tres soldados japoneses que reparaban algo en la hondonada próxima al cobertizo. ¿Una ametralladora atascada? ¿Una mina terrestre? Permanecieron allí durante lo que se le antojaron horas. Sin embargo, desviándose de su trayectoria, descubrió dónde vertían los desperdicios de la cocina detrás del campamento. Al amparo de la niebla, encontró una cebolla medio podrida y un poco de arroz, que devoró en el acto. Sólo cuando hubo terminado de comer reparó en un rebujo de vendas ensangrentadas entre las sobras.

Ahora, mientras avanza a ciegas en la oscuridad, percibe por medio de las botas y el oído arena, luego hierba, luego otra vez arena.

—¿Qué se ha adueñado de mí? —se pregunta en voz alta, sobresaltándose por el sonido de su voz. ¿Cómo se le ocurre enamorarse de la foto de una mujer a quien nunca conocerá? Y Helen... La culpabilidad que siente por haberle fallado. Hambriento y agotado, debe luchar por conservar la cordura, evitar la posibilidad de abandonarse a la filosofía o a la fantasía. Pero la pregunta se agranda y expulsa de su cabeza cualquier otro pensamiento: ¿y si Tatiana es la última persona que está esperándome?

En esta ocasión, su llegada se encuadra entre las sombras del amanecer. Debería haber centinelas apostados, pero Easley no detecta el menor movimiento. Ahora la aldea parece abandonada y el propio campamento cerrado a cal y canto. Y de pronto los ve: un grupo de seis, partiendo de las tiendas todos juntos, con andar vigoroso y enérgico vaivén de brazos. Easley ya ha visto antes esa actitud: pura exhibición de cara a sus superiores. En cuanto se alejen del campamento, aflojarán la marcha y se detendrán de vez en cuando para contemplar las nubes o el mar. Después de someter a los escasos habitantes de la isla, los japoneses están convencidos de que tienen Attu para ellos solos. Easley retrocede con cautela hacia la cresta del monte bajo la luz tenue e incolora. Desde allí espera y vigila las más de cien tiendas hacinadas, semejantes a un extenso barrio de chabolas. Confiando en que nadie lo vea, se aproxima con cautela al vertedero.

Al llegar, ve que las aves han limpiado ya la basura. Entre las rocas no queda nada que comer. Contempla boquiabierto el vacío durante un rato, obligándose a reprimir el hambre y el miedo. Recorre el suelo con la mirada en busca de cualquier cosa parecida a un alimento. Han desaparecido incluso los cascarones de huevo que había antes. Sólo quedan unos granos de arroz aislados y un cuajarón de grasa. Se dispone ya a darse media vuelta y marcharse cuando lo ve: la corteza brillante y machacada de un limón. La coge, sacude la grava y la arena y se la mete en el bolsillo.

De una de las tiendas, quizás a cien metros de allí, llega el ruido metálico de lo que, imagina, es una olla vacía. Easley se agacha y contiene la respiración. Después de un largo rato de silencio, se levanta y vuelve sobre sus pasos cuidadosamente hasta el otro lado del monte.

Ahora lo más importante es llenar la mochila de carbón. Debe circundar los montes situados detrás del campamento y la aldea y luego, desde lo alto, echar un buen vistazo al cobertizo. Asoma la cabeza por encima de las rocas y ve las casas y la iglesia, pero el cobertizo ha desaparecido. Se le contraen las entrañas, le sube la bilis a la garganta. Rodea con dificultad el monte hasta el lado opuesto y accede al lugar donde antes se hallaba el cobertizo. Entre las rocas queda sólo polvo de carbón húmedo. Easley no sabe cómo contener la desesperación que crece dentro de él. Con mano trémula, saca del bolsillo la corteza de limón y se la mete en la boca para no llorar.

Y ahora el sonido procedente del campamento es inconfundible: el tableteo y el ronroneo de un generador. Hombres. Máquinas. Comida y calor. Easley chupa la corteza, reflexiona y acto seguido va derecho hacia la aldea.

La primera casa está en silencio. A través de las ventanas escruta las sombras del interior. Donde debería haber sillas, una mesa y camas, sólo ve vacío. Las paredes despojadas de cuadros, calendarios, lámparas. Circunda la pequeña vivienda de madera y prueba la puerta. No hay cerradura. Cuidadosamente, gira el picaporte y entra con sigilo. Un vistazo alrededor le revela sólo la tapa de un tarro y unos papeles esparcidos. Cierra la puerta y apoya la espalda en una pared oyendo el viento que penetra a través de las grietas y las fisuras. ¿Qué habrá sido de la gente que construyó esta casa? ¿Seguirán vivos en algún lugar? ¿Eran parientes de Tatiana? Se desliza pared abajo hasta quedar sentado en el suelo.

Lo despierta un camión que desciende ruidosamente por la calle. Contiene la respiración cuando el vehículo pasa por delante de la casa y sigue hacia la playa. ¿Quedarse dormido en el regazo del enemigo? Karl se sentiría muy decepcionado. Cuando Easley oye sólo el viento, se pone de rodillas y mira a través de las ondulaciones del cristal. No ve más movimiento que la imagen distorsionada de un único soldado que se aleja de la aldea en dirección al campamento. Acarrea un enorme saco vacío y cada dos o tres pasos se lleva la mano libre a los labios: un cigarrillo.

Como el camión está en la playa, tendrá que escapar directamente por la montaña. Sale y ve varios sacos voluminosos cerca de una amplia cisterna en la parte de atrás de la casa contigua. Se arrima a la pared.

Muy agachado, avanza entre los edificios. Cuando llega a la segunda casa, muy parecida a la primera, aguza el oído por si hay señales de vida. No oye nada. Abre el primer saco. Una resistente lona con una pinza metálica en lo alto, caracteres japoneses estampados a un lado. Cuando termine esta guerra, ¿nos veremos todos obligados a aprender japonés? Saca un pantalón y cae al suelo un calcetín. Busca otro calcetín y se mete el par en el bolsillo. Revolviendo, encuentra un pantalón que posiblemente sea de su talla y se lo guarda en la mochila. Cierra el primer saco y abre los otros: camisetas, calzoncillos. Coge dos calzoncillos y luego vuelve a dejar el saco como lo ha encontrado.

Caminos. Casas. Ropa de otras personas. A pesar del peligro, esto se le antoja preferible a quedarse solo con sus pensamientos en la cueva. Aquí, con el peligro inmediato, el mundo por alguna razón le parece más luminoso, más vivo, la línea que separa lo real de lo imaginado queda más claramente definida. Y sin embargo siente un poderoso afán de protección. Tatiana está sola.

Cuando llega a un lugar desde donde ya no se ve la aldea, tiene la sensación de que lo siguen. En lugar de miedo, lo invade un cálido alivio. Así es como termina, pues. Desconocedor del procedimiento de la rendición, sin deseo de esconderse ni lugar donde hacerlo, Easley sigue alejándose del puerto. Le dispararán por la espalda, o le darán el alto y él levantará las manos. Como no ocurre ni lo uno ni lo otro, se impacienta. Llega a un surco abierto por un pequeño arroyo. Se echa cuerpo a tierra y se esconde detrás del terraplén de hierba y piedra.

Cuando por fin levanta la cabeza, descubre ante sus ojos el hocico de un perro. Éste, sin acobardarse ni ladrar, se queda sentado a unos seis metros, mirándolo. Cuando bosteza, echa atrás las orejas y asoma la lengua, que forma un largo garfio rosado. Easley echa un vistazo para comprobar si el perro ha delatado su posición, pero no ve el menor indicio. Fija la mirada en el rostro inquisidor del animal.

—Ven aquí.

El perro se acerca meneando el rabo.

—Hablas inglés. —Le tiende la mano en señal de saludo. El perro se la olfatea y vuelve a su posición original, a seis metros de distancia. Sin saber qué hacer, Easley observa a su acompañante —un animal pequeño, cruce de pastor—, pero éste se levanta y se da media vuelta para marcharse.

—¡Eh, chico, ven aquí!

El perro obedece, balanceando la cadera. Esta vez Easley puede tocarlo; es evidente que le complace la atención.

—¿Quién te envía? ¿También a ti te han tomado prisionero?

El perro se sienta y se deja acariciar la cabeza. En torno al cuello lleva una fina cinta amarilla con algo que cuelga ante el pecho. Resulta ser una moneda con un agujero en medio. Japonesa. El perro se revuelca sobre el lomo y le ofrece el vientre para que se lo frote.

Easley lo rasca y lo acaricia. El animal se echa de costado y él hunde la cara entre su pelo. Áspero. Polvoriento. Profundamente reconfortante. El perro lo mira con algo parecido al afecto. Por primera vez desde hace semanas Easley vuelve a sentirse casi humano. De pronto experimenta el corrosivo vacío y las manos empiezan a temblarle.

El perro se revuelca y se rasca el lomo contra la grava. Easley alarga el brazo hacia la mochila. Localiza el cordón del paracaídas y lo saca parcialmente. Hace un nudo corredizo y deja un lazo en el extremo, que pasa por la cabeza del can. Luego se pone en pie con el resto del cordón en la mano. Se vuelve hacia la aldea, recorre la cresta del monte con la mirada, pero no advierte el menor rastro de perseguidores. Por fin satisfecho, se agacha, rodea la cara del perro con las manos y le da un beso en lo alto de la cabeza. Buen chico. Un profundo suspiro. Un rápido tirón, y el perro se retuerce como un pez en el extremo de un sedal. Easley apenas puede mantenerlo alejado de su cuerpo debilitado.

Para ponerle fin, da otro tirón con toda su energía. El perro intenta gañir, pero el sonido queda ahogado en su garganta. Trata de morder el cordón, pero no llega. Easley necesita todas sus fuerzas para mantener el perro en alto, separado del suelo, mientras el animal patalea en el aire. Da dos rápidos tirones más y finalmente el cuello se parte.

Los músculos del perro se relajan, y lo mete en la mochila. Sólo cabe dentro medio cuerpo. Para que no se salga, Easley se sienta y, pasando los brazos por las asas de la mochila, se la coloca a la espalda; luego sujeta el cordón por encima del hombro de modo tal que la cabeza del perro, todavía con el lazo alrededor del cuello, queda junto a la de él. Se levanta, reacomoda la carga y emprende el camino de regreso.

Empieza a flaquear. El peso es considerable y se ve obligado a descansar varias veces. Las patas delanteras se salen de la mochila y quedan rectas, apuntando al aire. Cuando Easley se detiene para colocar mejor la carga, procura no mirar la cara del perro. Otra vez con la mochila a hombros, la cabeza del perro se balancea al compás de sus pasos.

El suave pelaje le hace cosquillas en el cuello durante todo el camino hasta la cueva.

12

Se pasean por las calles de Anchorage en busca de suvenires. Judith se compra un gorro de piel con el que parece un cosaco. Ruega a las otras chicas que se lo prueben, pero ninguna quiere estropearse el peinado. Helen compra postales del monte McKinley, recortado contra un cielo de un azul sobrenatural. La cajera explica que la montaña de verdad —la más alta de Norteamérica— suele hallarse envuelta por las nubes y que probablemente ésta es la única vista de la que podrá disfrutar. De hecho, tienen suerte de que quede alguna postal, dice la mujer. El ejército confiscó casi todas las demás con paisajes por miedo a que proporcionaran información al enemigo.

Esta mañana temprano han hecho las maletas y se han marchado de Fort Richardson. Tras el breve trayecto hasta la ciudad, ahora disponen de varias horas libres. Como premio, compran entradas para una sesión matinal de *La sombra de una duda,* de Hitchcock, donde casualmente actúa la escurridiza Teresa Wright. El cine, flamante, tiene una fachada art decó, que parece ya irremediablemente pasada de moda. Las paredes del vestíbulo alfombrado están revestidas de madera. Enmarcan la pantalla imponentes relieves en cobre de hombres heroicos y máquinas extrayendo los recursos naturales de Alaska. Helen se recuesta en el asiento de terciopelo. En el techo, unas tenues luces forman la Osa Mayor y la Estrella Polar, tal como aparecen en la bandera del territorio. Se encuentra en un inesperado oasis de civilización.

A los quince minutos de empezar la sesión, el proyector se atasca, la cinta se parte y la pantalla queda en blanco. Las chicas, sentadas en la oscuridad, critican la interpretación de la Wright y esperan nuevas instrucciones. Al final se encienden las luces de la sala y una acomodadora de edad avanzada abre la puerta del vestíbulo. Les devuelven el dinero, y ellas se encaminan hacia la estación.

Mientras permanecen atentas a la orden de subir a bordo del tren, bailan entre sí por turnos, poniéndose siempre el gorro de cosaco de Judith la que va a asumir el papel de guía en la pareja. Cuando les toca guiar, permanecen erguidas, con el mentón en alto, procurando moverse con determinación, pero es Gladys quien realmente lo borda, guiando mejor que muchas parejas de baile masculinas. Helen completa su turno, y después se maravilla de la fluidez con que todas se deslizan juntas y por separado, sin más público que los enormes cuervos que, posados en una cornisa exterior, se acicalan y miran a través de las ventanas.

El tren parte a última hora de la tarde. Sorprendentemente, son los únicos ocupantes del coche de pasajeros que encabeza la larga fila de vagones de carbón vacíos que viajan hacia el norte, camino de Fairbanks, en dirección contraria a las Aleutianas. Un halcón, o un águila, traza perezosos círculos sobre los montes, cada vez más altos. John sabría qué ave es.

En Fort Richardson no se sabía nada de él. Las cautas indagaciones de Helen fueron recibidas con entrecejos fruncidos, ademanes de indiferencia, gestos de negación. A pesar de eso, siguió tendiendo la mano y presentándose a todo el mundo con la esperanza de encontrar a algún piloto que hubiese volado a las Aleutianas o conociese a hombres de servicio allí. En lugar de decir la verdad, se inventó a un primo por el que preguntar. Hacía años que no lo veía, explicaba, pero había oído que lo habían destinado a las islas. Después de construir cuidadosamente su propia biografía a base de mentiras, es más fácil volver a mentir y a la vez inevitable.

Después de su segunda actuación, un piloto se acercó a ella y se presentó. Era un hombre desaseado de unos treinta años con ojeras y barba de una semana. Iba de camino a Idaho con un permiso por defunción y deseaba darle las gracias personalmente por el espectáculo. Había aligerado su pesadumbre de un modo que ella no podía siquiera imaginar. Cuando le contó que había estado destinado en las Aleutianas durante más de un año, ella contuvo la respiración y se lo llevó aparte.

Helen preguntó por su primo imaginario. Él se detuvo a pensar, pero al final cabeceó. No sabía nada de un tal Connelly procedente de Olympia, Washington. Pero entre Dutch Harbor, Umnak y Adak, había allí miles de hombres. Dondequiera que estuviese, el piloto le aseguró que casi con toda probabilidad estaba a salvo... de momento.

Ella insistió: ¿y periodistas? Tenía un amigo en la prensa. ¿Se había cruzado con algún reportero? Al piloto se le agrió el semblante. En Dutch Harbor sí había coincidido con una mujer que se hacía llamar periodista. Tomaba interminables notas, interrogaba a los soldados sobre su bienestar. Él le contó que la moral de la tropa era baja y la insubordinación iba en aumento. Pero cuando su artículo llegó a las agencias de prensa, no era más que medias verdades, explicó el piloto. Por como lo presentaba, aquello casi parecía Jauja. Esa mujer debía de trabajar para la Marina. No estaba dispuesto a volver a perder el tiempo con esas cosas.

Fuera, el día da paso a una noche fría y despejada. Entre las sombras negras de las piceas, los abedules papiríferos blancos reflejan el pálido claro de luna. Cuando pasan cerca de una zona pantanosa, Helen ve un alce levantar la cornamenta y observar el tren en movimiento. Aunque silueteado, es el primer alce que ha visto en su vida. Siente el impulso de ponerse en pie de un salto y señalárselo a Gladys, pero el animal queda atrás en un abrir y cerrar de ojos. Más allá de las vías y el tendido del telégrafo, no se advierte la menor señal de que alguien haya poblado alguna vez ese paraje. Se vuelve y mira atrás en dirección al fondo del vagón, donde Stephen se abotona la americana a la vez que cierra la puerta del lavabo. Sonríe y se interesa por cada chica, pero decide sentarse junto a Helen. En breve se queda profundamente dormido con la cabeza apoyada en el hombro de ella.

En el asiento de delante, Sarah saca una pluma estilográfica y empieza a escribir una postal colocada encima de un libro abierto sobre el regazo. Les han advertido que no deben mencionar la guerra en su correspondencia, ni nada relacionado con su paradero, su destino o cualquier dato acerca de los soldados o las bases que han visto. Deben restringir sus noticias a la meteorología, las canciones que interpretan, lo mucho que se alegra todo el mundo de verlas. No tardan en estar todas inclinadas escribiendo.

Judith sugiere a las otras chicas que incluyan dibujos. Hace circular su postal, que muestra una halagüeña caricatura de sí misma en pleno canto, rodeada por todas las demás en papeles casi secundarios. El busto de su autorretrato guarda una proporción de dos a uno respecto a la realidad. Para cuando la postal le llega de nuevo, alguien ha escrito «¡Toda chica debe tener un sueño!» en un pequeño recuadro situado en lo alto, y de éste sale una flecha que señala los voluminosos pechos.

Helen encuentra reconfortante la cálida presencia física apoyada en ella, el aroma a tabaco y loción para después del afeitado. El peso de Stephen, su solidez, es lo que le resulta más satisfactorio. Contempla sus largas piernas, las rodillas contra el respaldo del asiento delantero. Por un momento se siente desleal, pero enseguida se le pasa. Tener a un hombre ocupando un espacio íntimo sin ser un amante le produce una sensación extrañamente liberadora.

Mete la mano en el bolso y saca una postal. Se detiene a pensar por un momento y elige las palabras con sumo cuidado.

Querido papá:

¡Cuánto te echo de menos! Alaska te fascinaría. Es tan grande que podría ser un país aparte. La verdad es que he conocido a muy pocas personas de aquí, pero compadezco a cualquiera que intente pasarse de listo con ellas. Puedes estar seguro de que esta gente sabe lo que se hace con un rifle en las manos. No tienen un gran concepto de los forasteros que vienen a decirles lo que deben hacer. Tengo la impresión de que, si aquí las cosas se complican, son muy capaces de echarse al monte y causar estragos hasta el final de los tiempos.

Te impresionaría lo mucho que hacemos con lo poco que tenemos. Las chicas, y Stephen, se las arreglan de algún modo para dar vida al escenario cada noche. No sabes cuánto te echo de menos. Volveré a escribirte pronto para darte la buena noticia de que he encontrado a nuestro común amigo.

Con cariño,
Helen

Escribe una segunda postal al párroco de Santa Brígida para darle las gracias por pasar a ver a su padre una vez por semana. Para asegurarse de que él recuerda la promesa que le hizo, Helen subraya su gratitud por su labor pastoral y sus muchas plegarias en nombre de su familia a lo largo de los años.

Luego deja a un lado las postales. El vagón vibra y se mece suavemente cuando el tren traza una larga curva hacia el este.

Sucumbe a la pregunta que ha aprendido a eludir: ¿por qué John no se ha puesto en contacto con ella o con sus padres? Ni llamadas telefónicas, ni cartas, ni telegramas, ni postales. Ni siquiera un mensaje enviado por mediación de alguien. Silencio. Entre todas las espantosas posibilidades, prefiere quedarse con el calabozo militar, pero casi con toda seguridad habría llegado una notificación oficial de las autoridades. La asalta la idea recurrente de que los japoneses lo han tomado prisionero. Más allá de eso, no acepta especulaciones sin pruebas. Está vivo hasta que se demuestre lo contrario.

El tren se detiene en un lugar llamado Curry, pero allí no acude nadie a recibirlas. Una detrás de otra, se apean en el cortante aire nocturno y recorren un corto camino de grava hasta un hotel silencioso que serviría de escenario para una película de Hitchcock. Está bien construido y muy iluminado, pero tiene una apariencia amenazadora a causa del vasto mar de negrura que se extiende en un radio de cientos de kilómetros. Dentro, un botones adolescente deja a un lado un tebeo para ayudar con las maletas, ya tardíamente. En recepción, un hombre con edad suficiente para ser el abuelo del botones cobra vida y sonríe maquinalmente cuando las chicas se acercan. Es como si esos dos llevaran meses esperando en silencio, aplazando esta inevitable molestia hasta el último momento posible.

Descubren que cada una tiene su propia habitación en el piso de arriba, con un colchón de muelles como Dios manda, lavabo y toalla incluidos. Un lujo. Todas coinciden en que esto se acerca más al estilo al que esperan acostumbrarse. Helen cierra la puerta, se pasea por la habitación y finalmente se sienta en la cama, lamentando no disponer de una voluminosa novela rusa.

Stephen está en camiseta cuando entreabre su puerta. A pesar de que son las doce de la noche, es evidente que Helen no lo ha sacado de la cama. Tiene la mirada despierta y la luz sigue encendida. Se asoma desde detrás de la puerta, ocultando la mitad inferior de su cuerpo.

—¿No puede esperar a mañana?

—En realidad no es nada importante. Sólo quería… En fin, es una tontería. Buenas noches.

Stephen se ajusta los tirantes en los hombros y mira a uno y otro lado del pasillo.

—No te preocupes —dice—. Pasa. Siéntate.

Su americana de corte informal, probablemente la única entre aquí y el Polo Norte, cuelga del respaldo de la silla. Helen se sienta, inclinada al frente, con las manos apoyadas en los muslos, para no chafarle las solapas.

—¿Va todo bien?

—Sólo quería un poco de compañía, nada más.

Stephen se lleva la mano al bolsillo y saca la petaca.

—¿Te apetece un trago?

Ella rehúsa el ofrecimiento con un gesto.

—Prefiero no beber solo, pero bebo tanto solo como acompañado. —Stephen se acomoda en la cama, desenrosca el tapón y toma un sorbo. Luego vuelve a tapar la petaca con ademán concluyente, como si ya hubiese agotado el cupo por esta noche.

—¿Te importa que me quede un rato?

—Si estás dispuesta a exponerte a los rumores…

Permanecen uno frente al otro durante un incómodo momento, sin saber qué decir. Es tal la quietud en la habitación, el hotel y, según parece, el paraje circundante que ella se pregunta si ha tenido lugar el fin del mundo y no les ha llegado la noticia de tan lejos como están.

—De acuerdo —dice Stephen por fin—. Empezaré yo. ¿Puedo hacerte una pregunta?

Helen asiente.

—¿Para qué has venido?

Ella siente el rubor en el cuello y el rostro.

—Ya te he dicho que necesito compañía.

—Aquí al norte, quiero decir. Con nosotros. A pasar la primavera en Alaska.

—Para buscar a una persona… y llevármela de vuelta.

—Me he enterado de que has estado haciendo indagaciones.

Ella guarda silencio, conteniéndose aún por un instante, pero al final no aguanta más.

—He venido para buscar a mi marido. —Es consciente de la patética imagen que debe de dar: una mujer abandonada, que se niega a aceptarlo. Respira hondo—. Tiene algo de triste la manera en que aumenta la seguridad en uno mismo por efecto del amor. Uno se engaña pensando que es capaz de todo, pero a la hora de la verdad…

Stephen desenrosca el tapón y echa otro trago.

—Siempre ha estado muy entregado a su trabajo —explica Helen, percibiendo el tópico en una queja que debe de haberse repetido de generación en generación—. Pero cuando murió su hermano en Europa, cargó con la pérdida como si fuera una cruz.

Stephen le tiende de nuevo la petaca. Esta vez ella acepta.

—Se llama John. Es periodista. Antes escribía sobre la fauna y la naturaleza. Ahora escribe sobre la guerra. Estaba en las Aleutianas cuando atacaron los japoneses, y es uno de los pocos reporteros capaces de localizar el archipiélago en un mapa. Se siente obligado a contar la historia. Es el hombre con más sentido del honor que conozco. También sé que ahora mismo se encuentra en algún lugar de las Aleutianas y debe de estar en apuros. Lo único que quiero es llevármelo a casa.

Helen inclina la petaca. Arruga la nariz ante la aspereza del whisky, lamentando que no sea el sabor del ron dulce de su padre. Observa a Stephen asimilar la información, reconciliar a esa nueva persona con la que ya conocía.

—Estás casada…

—Siento no habértelo dicho. Temía que las USO no me dejaran venir si se enteraban de lo que me proponía. O que tú pensaras que era una esposa abandonada e histérica.

Stephen mueve la cabeza en un lento gesto de asentimiento y da el siguiente paso con cuidado.

—¿Había otra mujer?

Ella niega con la cabeza. Descarta esa posibilidad con una certidumbre tan inmediata que de pronto comprende que su caso es un don. Ni una sola vez ha puesto en duda que ella es la única mujer en la vida de John.

—Así que te dejó por su trabajo…

—Es más complicado que eso.

—Siempre lo es. A ver si lo he entendido. Crees que puedes encontrarlo en las Aleutianas y convencerlo para que haga las maletas y vuelva a casa contigo porque has venido hasta aquí.

—Tal como lo dices, parece una causa perdida.

—¿Una causa perdida? Sé que conmigo daría resultado.

Helen lo mira a los ojos y constata su sinceridad.

—Háblame de él, pues.

Lo que Helen lleva conteniendo en lo más hondo de su ser desde hace mucho se desborda con tal ímpetu que apenas es capaz de cubrirse la cara a tiempo con las manos. Por fin llora. Stephen se pone en pie, coge una camiseta limpia de su maleta y, con un gesto, le indica que la acepte.

—Es un hombre resuelto. —Helen se enjuga la cara y toma aire—. Es bueno y leal hasta la médula. Es capaz de concentrarse en una cosa hasta el punto de excluir todo lo demás. Cuando has sido objeto de una atención así…

—Parece un hombre posesivo.

—Entregado. Al principio pensarías que es muy callado, pero cuando lo conocieras bien… —Se aparta el pelo de la cara—. Y aquí estoy yo, actuando en una revista musical, tras sus pasos. Me siento como una tonta… Se habría puesto en contacto conmigo si pudiera. Necesito andarme con cuidado.

—Tu secreto está a salvo conmigo.

Stephen se pone en pie y tiende las manos. Helen coloca las suyas con delicadeza en las de él. La ayuda a levantarse y la estrecha entre sus brazos.

—A veces me pregunto si alguna vez alguien sentirá eso por mí —comenta—. Yo lo he sentido por otras personas, pero parece que a mí nunca me toca.

Stephen le da un beso en la frente y la suelta. Luego va a buscar sus zapatos de cordón, el cepillo y el betún. Se sienta y se dispone a lustrarlos. Helen piensa que tal vez ha despertado algún recuerdo en él al contarle su historia.

—Stephen, ¿hay…?

—Ya es tarde.

Ella asiente y le devuelve la camiseta.

—Ya has visto el nerviosismo que se respira por aquí —dice él—. Esta guerra podría cambiar en un abrir y cerrar de ojos. Y nosotros nos dirigimos hacia el frente… Sólo espero que ese hombre te merezca.

En Fairbanks, el cielo es un enjambre: los aviones vuelan en formación, trazan círculos, aterrizan por turno. Helen, abstraída en el rugido y el ronroneo de los motores, debe obligarse a bajar la vista de vez en cuando mientras recorre el aeródromo. Los aparatos aéreos, uno tras otro, rebotan por un momento en la pista y siguen rodando. Estacionan en filas irregulares entre el asfalto y el bosque de piceas negras enanas.

Algunos pilotos, incapaces de moverse, necesitan la ayuda de otros hombres para abandonar sus asientos y alejarse de sus aviones. Otros salen de la cabina por su propio pie, pero tropiezan al cabo de un par de pasos y han de buscar apoyo en el personal de tierra. Cuando Helen pregunta qué les pasa a esos hombres, le explican que simplemente han pasado tanto tiempo en el aire que se les han entumecido las piernas y no les responden. Pero esa noche, en la cena celebrada en honor de la compañía de variedades, alguien informa a Stephen de que todo eso forma parte del plan de Roosevelt para proporcionar miles de aviones a los soviéticos, aviones que entrega discretamente por la puerta de atrás después su traslado desde Montana hasta el oeste de Canadá, y luego a Ladd Field en Fairbanks. Es aquí donde los soviéticos aparecen, para llevarse los aparatos a Siberia.

A la mañana siguiente la temperatura desciende a veintitrés grados bajo cero. Helen nunca ha sentido un aire tan frío: le quema la nariz y, al respirarlo, le duelen los pulmones. Debajo del abrigo lleva varias capas de ropa, y se protege la cara con una bufanda; ve, sin embargo, que los rusos van del aeródromo a los barracones con abrigos relativamente ligeros y unos pantalones acampanados en la cadera y ajustados en las rodillas. Éstos son hombres mayores y curtidos que, según dicen los estadounidenses, tienen considerable experiencia matando a nazis y viendo morir a su propia gente. Helen los nota recelosos, incómodos. Cuando las ven a ella y a las otras chicas, no reaccionan con la habitual sonrisa amplia o con cómicos flirteos. Estos hombres las miran fijamente con expresión lasciva. Cuchichean y expulsan finas columnas de humo entre los dientes picados mientras calibran a sus presas.

Helen, cuando indaga sobre su primo imaginario, oye hablar de pilotos estadounidenses y canadienses que han pasado por Ladd Field para servir en las Aleutianas, pero de ninguno que haya vuelto en dirección opuesta. En Ladd Field hay unos dos mil hombres alistados y casi igual número de civiles. Andan ocupados en repostar aviones en su escala hacia el oeste, construir hangares y barracones y llevar a cabo investigaciones aeronáuticas en clima frío para la guerra en el Ártico. Los hombres se jactan de que últimamente han disfrutado de unas condiciones perfectas. El pasado invierno ha sido uno de los más fríos que se recuerdan, con temperaturas de hasta cuarenta y seis grados bajo cero.

Las actuaciones de las tres noches van muy bien. El espectáculo empieza a estar ya bien engranado y al mismo tiempo Helen tiene la sensación de que su búsqueda sigue avanzando. Pero de pronto, en el escenario, con la vista fija en la multitud de uniformes, se le ocurre una cosa: una atractiva idea que le infunde renovadas esperanzas. ¿Y si acude a esa otra organización con personal en las islas y en todo el mundo? ¿Hombres comprometidos y dedicados a la ayuda al prójimo? Esa organización de la que ella ha sido miembro durante toda su vida.

En la fachada principal del último de una fila de desangelados barracones Quonset hay un crucifijo clavado. Témpanos de hielo penden del travesaño horizontal como plumas de alas extendidas. Una vela roja brilla tras el cristal de una ventana, lo cual indica la presencia del Santísimo Sacramento. La nieve apilada ante la puerta está salpicada de colillas. Helen llama dos veces. Al no recibir respuesta, entra.

Entre las hileras de bancos, un pasillo conduce a un sencillo altar de madera situado al fondo. Las paredes arqueadas están desprovistas de todo adorno, y la sala presenta un aspecto austero y funcional: casi de iglesia presbiteriana, piensa Helen. Más que de iglesia, de capilla. Está concebida para acoger a soldados de todos los credos. Recorre el pasillo y hace una genuflexión. Como en respuesta a este gesto, aparece un capellán de detrás de una celosía. Pero se desconcierta al verla. Al igual que la mayoría de los hombres con quienes se cruza últimamente, no está acostumbrado a ver a una mujer que no vista el uniforme de enfermera. Bajo un grueso jersey verde, lleva una camisa negra y alzacuello blanco. Ronda los cuarenta y cinco años, pero emana un aire de autoridad y hastío que le confiere una apariencia de mayor edad. Se toquetea las lentes bifocales cuando Helen le ofrece la mano. Se presenta como el capellán de la base, el padre Michalski, y se disculpa por el frío. La iglesia sólo se calienta del todo cuando se llena hasta los topes los domingos.

—Padre, necesito ayuda y no sé adónde acudir.

—Bueno, veremos qué puede hacerse con la ayuda de Dios. —Saca un pañuelo de la manga, se suena y vuelve a guardárselo en el mismo sitio—. ¿Usted es una de las que actúan esta noche?

—Sí.

—Proporciona un gran consuelo a los hombres. Pero seguro que no es necesario que yo se lo diga.

Ella sonríe.

—Siempre es agradable oírlo.

Él la observa echando la cabeza atrás para verla mejor.

—Tener algo en qué poner ilusión cambia mucho las cosas, ¿no le parece? —No espera la respuesta—. ¿De dónde es?

—De Seattle. De la parroquia de Santa Brígida.

—Seattle. Esa palabra empieza a despertarme nostalgia. —Se quita las gafas y saca el mismo pañuelo. Lo utiliza para limpiar los cristales y luego inspecciona el resultado—. ¿En qué puedo servirle?

—Verá, es un asunto privado.

—Quiere confesarse.

—No. Pero me gustaría hablar con usted… en confianza.

—Entiendo.

El capellán cruza los brazos y ladea la cabeza, preparándose —o esa impresión da— para emitir un juicio.

Helen es una mujer adulta, casada, de veinticinco años. Pero eso no cambia nada. Quizá sin proponérselo, el sacerdote, con la mirada, la lleva a sentirse como una niña nerviosa. Señala el primer banco y se sientan juntos.

—Mi marido es corresponsal de guerra. Estaba trabajando en el territorio de Alaska cuando el Gobierno dio orden de desalojo. Pero más tarde él regresó.

—Entiendo.

Una vez más «entiende». Para Helen, esta conversación no ofrece el alivio de una buena confesión. Es como si el capellán no quisiera comprometerse a nada.

—Nadie ha tenido noticias de él desde hace meses.

—Verá, si está aquí contra las órdenes del Gobierno —explica el capellán—, es muy probable que lo hayan detenido. Como podrá usted comprender, existen muchas suspicacias respecto a la información.

—Creo que está en las Aleutianas, muy probablemente en Adak.

—Eso está muy lejos de aquí.

—Bueno, mi esperanza era que quizás usted conociera a alguien allí. ¿Otro sacerdote o un pastor? Tal vez usted pueda ponerse en contacto con él y averiguar si sabe algo de un periodista capturado o…

Entra en la capilla un soldado de las fuerzas aéreas y se quita la gorra y los guantes. Mira al capellán a los ojos durante menos de un segundo y luego se sienta tímidamente en un banco cercano a la puerta.

—¿Señora…?

—Easley. —Un apellido que no da como propio desde hace meses.

Él observa su expresión, recordando tal vez las peculiaridades de atender a mujeres, los tiempos en que era uno de varios sacerdotes compartiendo la carga en la parroquia, cuando no tenía que llevar a cabo una tría emocional entre hombres que arriesgan la vida habitualmente.

—Debe saber que hay más desaparecidos. —El capellán baja la voz—. Hombres de uniforme. En fin, me espera un joven soldado.

—La gente tiene derecho a saber qué está ocurriendo aquí, si esta guerra se acerca a ellos. Esto es territorio estadounidense.

—Dejemos en manos de nuestro presidente qué debe saber y no saber la población. —Apoya una mano en el hombro de Helen con un gesto maquinal que trasluce que ha hecho eso mismo un millar de veces—. ¿Podemos vernos en otro momento?

—Padre, ahí está el problema. Se me acaba el tiempo.

El padre Michalski coge una estola púrpura de un estante próximo al altar, la besa, se la pone alrededor del cuello y se vuelve otra vez de cara a Helen.

—Telefonearé al capellán de Adak. No sé si servirá de algo, pero él sabe qué está ocurriendo allí. Venga mañana después del desayuno.

Helen gira la cabeza hacia el hombre del banco. Cabello rubio, amplias entradas, los hombros encorvados propios de un reo. Está haciendo acopio de valor para acercarse y mirar al sacerdote a la cara.

Al salir, Helen se fija en sus manos. Unas manchas amarillas parten de las muñecas vendadas y desaparecen bajo las mangas del abrigo. En ese momento el hombre alarga el brazo y le toca con delicadeza el dobladillo del vestido allí donde asoma por debajo del abrigo. Estupefacta, ella no reacciona ni retrocede. El hombre no alza la vista para pedirle permiso ni acerca la mano a la pierna. Sencillamente desliza sus dedos hinchados por el dobladillo, azul marino con florecillas amarillas y blancas, y a continuación los retira. Ella echa un vistazo en dirección al padre Michalski y ve que los observa en silencio desde el altar. El sacerdote le sostiene la mirada sólo durante un segundo y después se vuelve y desaparece detrás de la celosía.

El soldado se pone en pie y Helen se aparta. El hombre recorre el pasillo, hace una genuflexión ante al altar y luego se inclina ante la celosía. A Helen ya no le queda nada por hacer más que rezar. En un primer momento se sienta en el banco, en el lugar que ocupaba el soldado, pero se levanta en cuanto percibe su calor residual.

Se arrodilla. Ahora se siente distante… de Dios, de las otras personas, de sí misma. Así y todo, da las gracias por esta nueva y remota posibilidad.

En la puerta, espontáneamente acerca un dedo al agua bendita y descubre que está helada.

Al día siguiente Helen regresa a la iglesia tal como se le ha indicado y encuentra la capilla cerrada. Aporrea la puerta hasta tener la certeza de que no hay nadie dentro. Se dirige a la oficina, en la puerta contigua. Allí hay un orondo soldado de las fuerzas aéreas sentado detrás de una mesa. Es sólo media mañana, pero se lo ve ya cansado. Esboza una sonrisa forzada. El capellán está en el pueblo atendiendo a los indios, explica, y no volverá hasta la hora de cenar.

—Me dijo que viniera a verlo esta mañana. —Helen mide su tono, pero su frustración no deja lugar a dudas. No esperaba que la anterior frialdad del sacerdote con ella degenerara en un absoluto rechazo.

—Las últimas veinticuatro horas han sido complicadas. —Se recuesta en la silla—. Al capellán se le ha desbarajustado la agenda. Ayer nos enteramos de que por fin ha aparecido un avión perdido hace un mes. Seis tripulantes, todos sujetos aún a sus asientos con los cinturones… El capellán se ha pasado toda la noche en vela esperando la llegada de los cadáveres.

—Lo siento mucho.

El soldado le entrega una hoja de papel plegada.

—Ha dicho que usted pasaría por aquí.

Querida señora Easley:

Al igual que yo, el capellán de Adak trabaja en estrecha colaboración con la cadena de mando. Pone todo su empeño en estar al corriente de todas las idas y venidas que se producen en la isla. No sabe de ningún periodista que haya visitado Adak. En estos momentos los reporteros no son bienvenidos. Mi consejo es que vuelva usted a casa y espere el regreso de su marido, o alguna notificación a través de los cauces oficiales. Que Dios la bendiga. Rezaré por usted y por su marido. Por favor, rece por mí.

Suyo en Cristo,

Francis Michalski, capellán, capitán, Fuerza Aérea de EE.UU.

13

Easley había seleccionado las piedras en la playa y luego las había acarreado con la mochila. A la entrada de la cueva, vaciaba la mochila y clasificaba las piedras. Hace dos días que puso en marcha el proyecto de reforma y el final ya está a la vista. Sin duda habría complacido a Karl.

La idea de la pared ha sido excelente. La mejor que ha tenido desde hace semanas. Le ha dado algo en qué ocupar la mente para no pasarse el día pensando en que las costillas se le marcan tanto que puede contárselas, en que las piernas le han quedado reducidas a palos o en que se plantea la diferencia entre lo real y lo imaginado. A pesar de todo esto, ahora se siente renacido. Eso puede agradecérselo al perro. Ver cómo cobra forma la pared le produce una sensación de avance. Coge una piedra plana y la encaja bien en la nueva pared. Da un paso atrás en la niebla y exclama:

—¡Debería haber sido albañil!

Easley habla solo para recordarse que en otro tiempo estuvo con personas. Canta, recita poemas, adopta acentos como los actores en una representación de aficionados de una obra de Shakespeare. Ha adquirido la costumbre de describir en voz alta todo lo que hace a fin de no perder de vista el objetivo de sus acciones. Habla sobre todo a la mujer de la foto.

La pared le llega ya hasta el pecho. Una estrecha abertura da acceso al interior. La pared servirá para proteger la cueva del viento y la lluvia, para sacar el máximo provecho al fuego en el interior. Easley piensa que confiere al lugar el aspecto de una de esas antiguas moradas labradas en la roca donde vivían los indios pueblo de

Colorado, una Mesa Verde en pequeño. Ya no le preocupa qué impresión dará al enemigo si llega a verla desde la playa, en caso de que pase por ahí.

Al acabar, se quita su propia ropa sucia y se pone el calzoncillo, el pantalón y los calcetines japoneses nuevos. Para celebrar la culminación del proyecto, se permite un derroche de carbón. Easley no ha encontrado el lugar adonde el Ejército Imperial del Japón ha trasladado la pequeña carbonera, ni ha localizado otra, pero ha descubierto un pequeño alijo en una de las casas aleutas vacías. Lo justo quizá para dos noches de consumo comedido o una noche de fuego intenso. Reúne un puñado de hierba seca y se arrodilla para encender la fogata. Cuando queda claro que el mechero no va a funcionar, vuelve a metérselo en el bolsillo. Aun a sabiendas de que el combustible se ha acabado hace tiempo, tenía la esperanza de producir una última chispa. Se cubre la cara con manos temblorosas.

Easley se recobra y fija la mirada en la pila de yesca y carbón. Extiende las manos, imaginándose las llamas y el cosquilleo en los dedos y las palmas a medida que la piel empieza a deshelarse. Evoca el olor a humo, la distensión de los músculos conforme se arremolina el aire caliente. Aparta la pierna a una distancia prudencial porque pronto este nuevo pantalón se calienta tanto que quema.

Si se vuelve y mira a sus espaldas en este momento, ¿verá su sombra agrandarse y proyectarse en la pared de la cueva? En ese caso, serían dos: él y una especie de acompañante.

En la universidad asistió a una charla. ¿Sobre Platón? Unos prisioneros en una caverna, encadenados en la oscuridad toda su vida, de espaldas a una hoguera que ardía detrás de ellos. Un desfile de animales y personas pasa entre el fuego y los prisioneros, pero los pobres desdichados sólo ven las imágenes vacilantes proyectadas en el fondo de la cueva. ¿Perciben estos hombres la diferencia entre la vida real y las sombras de las paredes que los ro-

dean? Cuando tienen ocasión de abandonar la caverna, cuando se
les muestra la luz y la vida, vuelven al interior porque las sombras
son lo único que conocen.

Más vale no cavilar mucho acerca de estas cosas. Más vale no
volverse.

Al llegar la mañana, Easley, sin proponérselo, se queda mirando la
fotografía de Tatiana. Ha memorizado todos los pliegues del abrigo, la forma en que el cabello negro le roza el cuello, el número de
remaches en el mamparo del barco. Detrás de ella hay un anciano,
de espaldas a la cámara. Easley no le ve la cara, pero envidia su
proximidad. Y de pronto se revela ante sus ojos: una perla engas-
tada en un pendiente. ¿Una perla japonesa? ¿Cómo ha podido pa-
sársele por alto? Ella nunca deja de enseñarle algo nuevo. Se lleva
la imagen a los labios.

La noche trae consigo un viento suave, pero constante. Titilantes
estrellas alimentan la esperanza de unas cuantas horas sin lluvia.
Easley se carga la mochila, se guarda la fotografía en el bolsillo del
pecho y sale a afrontar su destino.

En la elevación desde donde se ve el campamento, cuenta tres
focos perceptibles de luz procedentes de las tiendas de campaña.
Es asombroso que tal cantidad de hombres puedan mantener semejante silencio. Distingue los barracones, así como los cañones,
un hospital y, en la orilla del mar, lo que parecen refugios para
submarinos. Desiguales filas de tiendas, montículos y bocas de túneles donde deben de esconderse durante los reiterados bombardeos. Comunicado todo por caminos lodosos y tablones de madera. Después de horas de detenida observación, consigue deducir
dónde guardan la comida.

Una de las luces se apaga: ya quedan sólo dos.

Ha desarrollado bien la visión nocturna. Avanza con paso cauteloso, manteniéndose en zonas donde la hierba es corta para evitar el susurro de las botas entre los tallos más largos. Cuando se dirige hacia las tiendas, asoma en el cielo el primer arrebol de la aurora boreal. Easley se detiene sólo por un momento para alzar la vista hacia ese color rosa cada vez más intenso y luego sigue avanzando hacia el perímetro exterior del campamento.

Cada paso exige determinación. Cada nuevo sonido requiere una rápida reevaluación: un murmullo de voces, una repentina risotada, el roce de una lima contra metal. Cuando dobla el ángulo, ve desaparecer detrás de una tienda la pantorrilla y la bota de un hombre. Unos pasos cansinos se pierden en la distancia. El chasquido de la tela de una tienda al abrirse. Easley acerca la oreja a la lona de lo que, imagina, debe de ser la cantina, oye el rumor del viento. No percibe movimiento en el interior. Con sigilo, se tiende en el suelo y rueda por debajo de la lona.

Dentro la visibilidad es nula. Se pone de rodillas, tiende las manos al frente y avanza con cautela por el suelo de grava. Desliza los dedos por el borde de una mesa baja. Se desorienta y decide que es mejor seguir el contorno de la tienda, donde hay menos obstáculos, y si es necesario, podrá echarse rápidamente al suelo y salir por debajo de la lona.

Inhala los efluvios de comidas que han pasado por ahí antes. El aroma a carne guisada es abrumador. Ternera. Cerdo. Pescado. El recuerdo de comidas olvidadas lo asalta impetuosamente, como si estuviera saboreándolas. El poder de los antiguos olores. Palpando con las yemas de los dedos, descubre cazos y sartenes. Junto al fogón hay una gran artesa metálica, semejante a las de los graneros; al lado, una caja con docenas de cuencos de hojalata apilados uno dentro del otro. Pese a esta minuciosa búsqueda, no encuentra nada para comer.

El fogón es grande y de escasa altura. Se le engancha la pernera del pantalón, por encima de la rodilla, en uno de sus ángulos.

Cuando alarga el brazo para desprender la tela, se corta la base de la mano con un reborde. La sangre le sabe a monedas.

Cerca pasan unos hombres enzarzados en una discusión, acompañados del sonoro ruido de las botas contra el suelo. Uno de ellos, intentando convencer al otro de algo, habla con voz suplicante. El segundo lo interrumpe airado. Eso pone fin a la conversación.

Si lo encuentran, lo derribarán, le patearán las costillas. En cuanto vean que va desarmado y está famélico, apartarán las armas y le darán una paliza. Esto lo ablandará de cara al interrogatorio que sin duda vendrá después. Le preguntarán de dónde ha salido y qué hacen los Aliados; cuántos aviones tienen, sus planes en general y en concreto. Él les contará todo lo que sabe, alterando detalles esenciales. Luego le darán otra paliza por mentir.

Busca en la grava a gatas. Quizás a alguien se le ha caído un bollo. ¿Comen bollos los japoneses?

De nuevo junto al fogón, encuentra trozos de grasa chamuscada adheridos a la parrilla. Al desprenderlos y lamerse los dedos, se desata en su memoria el recuerdo de barbacoas veraniegas, de su padre colocando filetes sobre brasas niveladas. Ensalada de patata. Mazorcas de maíz. Mantequilla y sal. Sal. Mataría por un lametón de sal. Su madre preguntándole si le apetece otra ración de helado.

—Sí, por favor —susurra Easley.

Con la parrilla entre las manos, aguza el oído. Los murmullos y las risas se han desvanecido; sólo queda el susurro del viento. Cierra los ojos por un momento e intenta encajar la parrilla de nuevo en su sitio. No es fácil. Cuando trata de ajustarla, golpea el armazón y emite un ruido metálico.

La conversación se reanuda. Los hombres se levantan la voz mutuamente, intentando explicarse. Easley hace una mueca, como si las palabras se refirieran a él. Alguien más pasa cerca rápidamente. Easley se tiende boca abajo, levanta poco a poco la lona de la tienda y escruta por encima de la grava. Se oyen los pasos presurosos de unos cuantos hombres más, pero no ve botas. Luego el sonido parece apagarse. A rastras, abandona la tienda. Oye entonces unas pisadas que se acercan. Se pone en pie, se sacude el polvo de la guerrera, hunde las manos en los bolsillos con la esperanza de confundirse con las aleatorias siluetas en la oscuridad. No se le ocurre nada mejor. Un hombre pasa de largo, atento al cielo, profiriendo exclamaciones en japonés. Un metro sesenta y cinco: todos parecen diminutos. Sin duda este hombre percibe su presencia, su estatura, pero en ningún momento mira a Easley a la cara. Easley se da media vuelta y se marcha.

Hombres boquiabiertos salen de las tiendas y echan atrás la cabeza como pollos en un nido. Siguiendo sus miradas, Easley ve ondear en el cielo una cortina de neón verde y roja. Una asombrosa exhibición de la aurora boreal. Mientras ésta se despliega sobre ellos, unos destellos aislados de luz hienden la tierra por un momento y se retiran.

Éste es el momento idóneo, la distracción que le permitirá pasar inadvertido, que le permitirá eludir la captura y las palizas a cambio de morir solo en el frío. ¿Podría ser esto acaso obra de Tatiana?

Alguien sale de una tienda y enciende un cigarrillo. La llama del mechero revela unos ojos oscuros y un joven rostro japonés. Reducido ya a una simple silueta, el hombre da una larga calada al cigarrillo y parece mirar directamente a Easley. Entonces éste, como quien capta la atención de un conocido a quien prefiere eludir, se da la vuelta y se aleja del hombre sin prisa, fingiendo no haberlo visto.

Permanece alerta, en espera del grito que no llega. Recorre cincuenta metros antes de permitirse un rápido vistazo atrás por encima del hombro. El cielo resplandece como en el Día del Canadá o el Cuatro de Julio. La silueta del soldado se recorta aún junto a la tienda. Easley agacha la cabeza y sigue adelante.

Dos días más tarde, está cogiendo mejillones al mediodía entre la niebla cuando los oye acercarse. A pesar de tener los dedos rígidos y entumecidos, ha conseguido una aceptable captura. Cuando cae en la cuenta de lo que ocurre, se echa la mochila al hombro rápidamente y vadea en torno a un peñasco. Las olas le lamen las botas y le salpican los muslos. El agua está tan fría que le arden los pies.

Son cuatro. Aparecen en la cresta del monte, uno detrás del otro, a menos de un kilómetro de la cueva. Nunca habían estado tan cerca. Se mueven como hombres perdidos, se detienen y, plantados en jarras, vuelven la cabeza en todas direcciones. Pasan por la playa donde Easley permanece oculto y siguen hasta llegar a los montes.

Al cabo de un rato, ya seco, se pone los calcetines japoneses y las botas del chico, menos húmedas, pero el dolor en los pies no remitirá hasta el final del día. Después de otro rápido vistazo en busca de intrusos, rompe los mejillones y se los come antes de volver a la cueva y quedarse profundamente dormido.

Al día siguiente, ya avanzada la tarde, un avión se acerca a la playa. Se ha disipado la niebla y ha bajado la temperatura. Opresivas nubes semejantes a lana de acero se ciernen sobre la tierra. El piloto aprovecha al máximo el espacio entremedias. Cuando el aparato pasa por tercera vez, Easley se plantea salir corriendo con las manos en alto. Decide asomarse a la boca de la cueva y ve dos soles sanguíneos bajo las alas cuando el avión se escora en dirección al mar.

Cuando el zumbido del motor se desvanece, Easley llega a una firme conclusión. La esperanza y el miedo se desgastan con el uso, y sólo quedan los hechos. Hecho uno: al final todo muere. Hecho dos: morir es preferible a vivir solo con el silencio y el frío y una mente que te traiciona. Hecho tres: él es demasiado cobarde para morir. Hecho cuatro: las victorias más nimias pueden correr por las venas como una droga.

Easley coge la lata de té colocada en la repisa. La destapa y despliega la nota. Vuelve a leerla, una y otra vez, deleitándose en la circunstancia de que todavía sabe leer.

El viento no es un río.

Vuelve a ponerlo todo dentro de la lata y se sienta junto al hoyo de la fogata. Arranca trozos de papel del contorno de la nota todavía seca, dejando intactas las palabras. Cuando termina, tiene la nota sin márgenes en una mano y unos pequeños pétalos blancos en la otra. Guarda la nota en la lata y devuelve la lata a la repisa. Saca a Tatiana y la apoya contra una roca para que pueda ver.

Abre el encendedor vacío, extrae la mecha de su alojamiento y se la aprieta contra la mejilla. Todavía está húmeda. Para adelantarse a la evaporación, la coloca rápidamente sobre los trozos de papel. Con el pulgar acciona la ruedecilla hasta conseguir una chispa, pero está demasiado lejos de la mecha. Vuelve a intentarlo, pero esta vez no salta la chispa. La piedra se ha gastado casi por completo.

—Ayúdame.

Easley se apresura a retirar la carcasa del mechero y, con la uña del pulgar, empuja la piedra para acercarla a la ruedecilla. Apenas queda nada. Se arrodilla sobre la mecha a punto de secarse y acciona de nuevo la ruedecilla. Saltan chispas de sus manos, a la mecha, al papel. La llama se propaga, pasando del papel a la hierba. El carbón no tarda en prenderse.

Easley extiende las palmas de las manos sobre el fuego y se acuerda del Papa en los noticiarios hablados, bendiciendo a las multitudes en la plaza de San Pedro. Cuando es evidente que el fuego sobrevivirá, junta las manos.

Su sombra aparece nítidamente definida al fondo de la cueva. Agranda su silueta hasta convertirla en algo enorme y amenazador. Pero esta fogata no es una ilusión óptica. El calor devuelto por la pared recién construida le permite secar la ropa y las botas. La temperatura es tan agradable que se quita la guerrera. Alza la vista para contemplar la pequeña fotografía de Tatiana, a cuyos pies titila el reflejo de las llamas. Al cogerla, el cristal se convierte en espejo. Desde éste, lo miran dos ojos hundidos en los que no confía. Una barba greñuda en mejillas descarnadas.

Se desnuda por completo y se planta peligrosamente cerca de las llamas del fuego.

La luz del amanecer revela una nueva nevada. Aunque cerca de la playa la nieve está blanda y el grosor de la capa es de sólo unos cinco centímetros, en terreno más alto se ha acumulado mayor cantidad. Y es ya el mes de mayo. Nada más volver a entrar después de observar el paisaje, Easley oye un chasquido en las montañas y el retumbo de un alud. Se queda inmóvil por un momento. Acto seguido sale apresuradamente para ver si corre peligro allí donde está.

Al alzar la vista, ve el pequeño alud y, más arriba, un hombre que esquía por la ladera. El esquiador traza elegantes arcos, deteniéndose en lo alto de una elevación y deslizándose luego por la siguiente hondonada. Sus movimientos no tienen nada que ver con la intención de avanzar eficientemente por nieve recién caída; da la impresión, más bien, de que ese hombre esquía por placer. Easley lo contempla desde la playa durante un rato antes de trepar rápidamente monte arriba para situarse en un lugar donde no ser visto. Las moscas flotantes se agitan en la nieve.

El arroyo es una cicatriz negra en la inmaculada superficie blanca de la tierra. Para no dejar huellas en la nieve, Easley sacrifica las botas y los pies en el agua fría del arroyo y lo remonta cuesta arriba. Al cabo de una hora, cuando llega a lo alto del monte, se acuclilla y recorre el paisaje con la mirada en busca de otros intrusos. Como no ve a nadie, permanece agachado y avanza por la nieve a cuatro patas, hasta que ve al soldado japonés a unos doscientos metros. El hombre, con unos prismáticos ante los ojos, observa la playa.

Easley, con el estómago revuelto, retrocede para apartarse de la cresta. Respira hondo unas cuantas veces. Para asegurarse de que la mente no lo engaña, se arriesga a mirar por segunda vez. Pero descubre que está solo. Va hasta donde se ha detenido el nítido rastro, allí donde los esquís y los bastones del soldado han removido la nieve. A continuación desciende por la hondonada. Con menguante energía, asciende penosamente por la pendiente opuesta, y justo cuando llega a la cresta, ve los cimbreantes giros del esquiador camino de la cueva.

Easley siente que la rabia y una actitud posesiva se imponen a su miedo. En vista de la reciente ambivalencia ante su propio destino, la intensidad de este sentimiento lo sobresalta. En esta isla perdida, ese escondite —con sus recuerdos y tesoros— es algo suyo y quiere conservarlo.

Para cuando desciende hasta el extremo superior de la quebrada, el sol se ha abierto paso y empieza a aumentar la temperatura. Advierte que en franjas de tierra orientadas al sur cerca de la playa la nieve es tan fina como encaje. Aun así, hay suficiente para mostrar las huellas paralelas que se detienen cerca del extremo inferior de la quebrada. Ahí el intruso ha abandonado los esquís y los bastones para seguir a pie. Está dentro de la cueva.

Del interior llega un golpeteo de piedra contra piedra. Ante la idea de que el enemigo acceda al fondo de la cueva, toque la foto de Tatiana, su bordado blanco y limpio, le flaquean las rodillas. Se aparta del borde de la quebrada y busca en la nieve una piedra de dimensiones adecuadas. Coge una del tamaño de un melón del dique que Karl construyó. La lleva hasta el borde y la sostiene precariamente entre las manos.

Mirando hacia abajo desde esa altura, equivalente a unos tres pisos, ve asomar una mata de pelo negro. El objetivo se detiene y se vuelve hacia la boca de la cueva. Easley realiza unos rápidos cálculos, apunta y deja caer el pedrusco. Éste impacta con un ruido sordo. El hombre se desploma como una marioneta. El periodista se sorprende de lo fácil que ha sido.

Desciende a toda prisa por la pendiente hacia el intruso. Ahora la sangre, de un rojo vivo, mana de su boca a borbotones. De su garganta brota una sucesión de chasquidos que no parecen humanos. Easley, de pie junto a él, lo observa mientras muere, preguntándose cuánto tardará. De pronto el hombre suelta el gorro de piel que tenía en la mano. Empuja el suelo con los codos en un intento de incorporarse. Es la parte profunda del cerebro, la parte de reptil, que ordena al cuerpo que se levante de un salto y corra. También ésta ha sufrido daños irreparables. El hombre agita los brazos a los lados, incapaz de encontrar sentido a la gravedad.

Easley se agacha en la nieve junto al intruso y le rodea el cuello con el brazo. El cuerpo todavía trata de organizar alguna forma de huida. Le agarra la nuca con una mano y la frente con la otra, notando el cabello negro untuoso al tacto. Una rápida torsión y la lucha acaba.

El gorro está aún caliente cuando se lo cala hasta las orejas.

Cruza la abertura en la nueva pared de piedra y espera a que se le adapte la vista a la oscuridad. Primero mira la lata de té, que sigue en su sitio en la repisa, junto al libro con los recuerdos de Karl. El nido permanece intacto. Y ahí está Tatiana en su marco. Pese a que sus ojos han presenciado la intromisión del enemigo, parece no haberse inmutado ante el crimen o la reacción de Easley. Finalmente ve una caja delante del hoyo de la fogata.

Al principio la ha pasado por alto porque es casi del color de la piedra. Baja y cuadrada, como una caja de bombones. Con caracteres japoneses encima. Retira la tapa de cartón y ve que contiene sardinas, una bola de arroz, caramelos duros de color amarillo envueltos en celofán transparente, una nota en inglés escrita al dorso de la tapa:

Valiente yanqui,
te veo las noches de luz.
Ven a entregarte y no te pasará nada.
Con honor,
brigada Uben Kubota

Easley se detiene junto al cuerpo, un hombre de unos veinticinco años, quizá. Se fija en la pistola enfundada al cinto. La coge entre sus manos. Incluso sus armas parecen más pequeñas.

Examina el rostro de Uben Kubota, el mismo que vio, cree, iluminado por la llama del encendedor. En todo caso, no cabe duda que el japonés que vio a Easley aquella noche, quienquiera que fuese, podría fácilmente haberlo abatido de un tiro allí mismo. ¿Por qué dejarlo escapar? Por traición, ni más ni menos. ¿Por qué presentarse, si no, durante un paseo con sus esquís para entregarle una caja con sardinas y caramelos? ¿Qué es esto, una recepción de bienvenida? ¿Un intento de ablandarlo, de hacerle creer que los japoneses no son tan malos? ¿Acaso le darán un poco de vino de arroz caliente cuando se entregue? Nos basta con unos pocos detalles de lo que se traen entre manos los Aliados, y tan amigos. Más adelante incluso pueden entablar correspondencia.

—Jódete, vecino.

Esta noche un suboficial no volverá al cuartel. Una partida de búsqueda saldrá al amanecer. Quizá sea mejor evitar a todos las molestias. Un rápido balazo en su propia sien le ahorraría problemas que ahora parecen totalmente fuera de su control.

Observa el tupido pelo negro agitado por el viento; luego se vuelve hacia el horizonte.

Algunos hombres tienen la gran desgracia de llegar a la línea divisoria de la vida y ver que, más allá, la tierra es un páramo. Y no hay esperanza de volver atrás. ¿Qué hace uno ante semejante panorámica?

La respuesta tarda en presentarse todo el día, pero al final desciende sobre él como una revelación. Easley abre los ojos de par en par y se pone en pie para acogerla. Es la frase, el acertijo que ha estado repitiendo como una oración. Es Tatiana, naturalmente.

El viento no es un río.

Esa cadena de islas suya que tiene la osadía de separar el Pacífico Norte del mar de Bering. Una cadena a través de la cual el viento impulsa algunas de las tempestades más temibles del mundo. Tan pronto es una brisa como un huracán. ¡Pero ríos! Los ríos fluyen durante todas las estaciones —bajo el intenso sol veraniego, bajo placas de hielo invernal—, día y noche. El viento se levanta y amaina, pero un río fluye interminablemente.

¿Y nuestro sufrimiento? También quedará atrás. El viento no es un río.

14

Se conoce como la «mirada aleutiana», esa manera de mirar a lo lejos sin fijar la vista, sin hablar. Helen tiene la impresión de que es una especie de temor. Tres hombres aquejados de ese trastorno esperan junto a la pista mientras Stephen y las chicas bajan del avión en Adak. Por fin. Los hombres llevan camisas de fuerza de lona y van acompañados de policías militares. Cuando llega el momento de subir a bordo del avión, los policías los ayudan a ascender por la escalerilla empujándolos con delicadeza hasta llegar a la compuerta. Los trasladan a un sanatorio mental estadounidense.

—Lamento que esto sea lo primero que tienen que ver.

El sargento Cooper se atusa el pelo negro con los dedos, pero lo lleva tan corto que tras este esfuerzo no se advierte ningún cambio. Tiene una sonrisa radiante. Es evidente que disfruta escoltando a mujeres por la base. Sobre la ancha sonrisa exhibe un finísimo bigote que ha pasado de moda debido a su popularidad entre los fascistas.

Helen tarda un momento en recobrar una pizca de la esperanza que ha sentido al ver por primera vez la isla entre las nubes, la palpable sensación de estar cerca de John. Pese a la nota del capellán, sigue convencida de que es aquí donde más probabilidades tiene de encontrarlo.

Adak se halla a mil kilómetros del continente, a cuatrocientos al este de los japoneses apostados en Kiska. Attu está aún más lejos. No hace tanto frío como en Fairbanks ni mucho menos, y eso la sorprende. Cuatro jeeps vacíos aguardan al ralentí, todos cubiertos con un tejadillo de lona para proteger a los ocupantes del potente viento y la lluvia. La compañía de variedades y su equipaje se reparten entre los vehículos. Helen monta en la parte de atrás junto a Gladys, que se retoca el maquillaje mientras los soldados cargan las maletas.

Franjas de tierra se han despejado recientemente en medio de lo que parecen ondulados campos de cebada. Aquí hay acuartelados quince mil hombres y el lugar parece una cantera abierta. A través del parabrisas salpicado de barro del jeep, Helen no ve árboles ni arbustos de ninguna clase. Desde su llegada a la región ha visto menguar los bosques y los árboles: primero los imponentes abetos y tsugas de Prince Rupert, luego las piceas enanas de la Alaska continental, y ahora todo ha desaparecido por completo. En esta isla es como si ningún ser vivo de más de un metro de altura tuviera la menor opción en la lucha contra el viento.

El aeródromo es enorme. Ahora quizá no haya tanto ajetreo como en Ladd Field, en Fairbanks; pero, como explica el sargento Cooper, eso puede cambiar de un momento a otro.

—Somos la principal base de operaciones de ataque contra los japoneses. Desde aquí enviamos misiones de bombardeo a Kiska y Attu. Nuestro objetivo es machacarlos hasta que se escabullan por el mar.

La «pista» no se parece en nada a las que han visto antes. En lugar de ser una superficie de cemento o grava, está formada por láminas metálicas idénticas unidas en un enorme mosaico de centenares de metros y dispuestas sobre la arena empapada de una laguna recién drenada. Por todas partes hay charcos de agua de lluvia. Cooper detiene el jeep, y todos contemplan el aterrizaje de otro avión. La superficie de metal se ondula cuando el aparato toca el suelo, y los neumáticos levantan columnas de agua como si amerizara.

A continuación observan el avión que traslada a los tres hombres maltrechos e inmovilizados mientras brinca y arroja agua a los lados antes de elevarse hacia el cielo.

El sargento Cooper conduce con la cara cerca del parabrisas y las manos juntas en lo alto del volante. Intenta en vano esquivar socavones tan profundos que el motor rechina. Por lo que Helen ha visto hasta el momento, parece en extremo contento de estar aquí. Stephen, sentado junto a él, mantiene una mano apoyada en el salpicadero.

Una ciudad de tiendas de campaña piramidales y barracones Quonset se ha construido entre los charcos azotados por el viento. El humo brota y se dispersa en todas direcciones desde lo alto de las tiendas. Los hombres van de un refugio a otro con los hombros encogidos, abriéndose paso entre el cenagal. Los perros retozan aquí y allá, buscando y encontrando afecto entre cualquiera de los innumerables amos que pasan por su lado. Todo es de color heno, humo o verde caqui. El rojo del carmín de Gladys destaca en este entorno como una flor en el desierto.

Hay hangares, almacenes, oficinas, centros de esparcimiento, cantinas e incontables tiendas de campaña separadas por barrizales. Algunos de los edificios están comunicados por tablones de madera o pasarelas. Las líneas de alto voltaje tendidas a lo largo de los caminos son el elemento de mayor altura en el paisaje, aparte de los montes lejanos. El sargento Cooper señala todo esto con una especie de orgullo cívico que despierta en Helen cierta compasión por él.

—Hace dieciocho meses no había prácticamente nada en esta isla —cuenta—. Estaba deshabitada. Hemos construido todo esto a partir de cero.

Gladys finge sincero interés en las explicaciones del sargento. Va sentada en el borde del asiento y su cabeza se mueve en un continuo bamboleo. Helen se recuesta y contempla a los hombres andar por caminos embarrados. Ellos se detienen y le devuelven la mirada, preguntándose si acaso les engañan los ojos.

—Van a atraer ustedes mucha atención —comenta Cooper—. Aquí tenemos un dicho: «En las islas Aleutianas hay una mujer escondida detrás de cada árbol».

Ya en su alojamiento, se enteran de que Judith está indispuesta. En el avión se ha mareado y luego el trayecto por tierra ha sido ya demasiado para ella. Las otras chicas, obligadas a saltarse el paseo en jeep, han llegado allí antes. El barracón Quonset que les han asignado se reserva normalmente a oficiales de visita. Tiene un suelo seco de madera: un lujo en Adak, donde la mayoría de los residentes se ven obligados a acampar en la tierra desnuda. El barracón, concebido para alojar a un solo hombre, es la mitad de grande que el de Fairbanks. Han colocado seis camastros, uno al lado de otro. Judith está sentada a una pequeña mesa junto a la ventana, con la cabeza entre las manos, las piernas separadas y los zapatos embarrados. Tiene una pequeña mancha de vómito en la punta del zapato, o eso le parece a Helen.

Judith levanta la cabeza.

—Sólo han sido unas náuseas matutinas —declara—. Nada que no pueda curar un buen whisky.

Aparentemente, Helen es la única que no le ve la gracia. Se vuelve y busca el hervidor. Antes de que el agua entre en ebullición, ha reunido ya un alijo de té, un balde y sus últimas galletas saladas. Humedece un paño con agua caliente y se lo entrega a Judith, que se enjuga el rostro agradecida.

Las demás empiezan a deshacer las maletas. Cruzan miradas de complicidad, esperando no contagiarse de lo que quiera que Judith ha contraído a la vez que se preguntan cómo van a arreglárselas en la función con su cantante principal en tal estado.

Stephen enciende la pipa y se apoya en la puerta.

—Ha sido un viaje accidentado —comenta—. Una buena noche de sueño, y mañana estará como una rosa.

Todas confían en que sea así. Stephen va a por una cuerda y cuelga mantas de lana para aislar el camastro de Judith en el barracón. Mientras lo hace, explica que es por el bien de la chica, para que disfrute de paz y silencio, pero queda claro que su objetivo es dejarla en cuarentena. Finalmente, Stephen se echa la maleta al hombro y sale a averiguar dónde se alojará él esta noche.

El gemido de los motores calentando en el aeródromo empieza antes del amanecer. A las seis y diez, Judith sale a vomitar y las despierta a todas. Al cabo de una hora, llega Stephen para recoger a Sarah y Jane a fin de llevarlas a ver el escenario y probar el piano. A las ocho y media, corresponde a Helen y Gladys visitar el hospital.

Dentro, el aire es cálido y húmedo, después de haber circulado por los pulmones de los treinta y dos pacientes, que son únicamente los que hay instalados en este pabellón; quizás haya centenares más en el resto del hospital. Helen y Gladys se quitan los abrigos ante los ojos abiertos de todos ellos, que las contemplan con algo parecido al asombro. Gladys se acerca a Helen y susurra:

—Están desnudándonos con la mirada.

Lleva su vestido azul marino y el pañuelo blanco de seda con un broche de estrás en el nudo, el broche que le regaló su madre para darle suerte en el viaje. Gladys, que no ha conocido a su padre y se ha criado bajo la tutela de una mujer fuerte en las afueras de Chicago, ha perfeccionado muchas de las aptitudes femeninas de las que Helen cree carecer. Sabe interpretar en qué dirección sopla el viento en las relaciones humanas, fomentar el consenso en su favor, dirigir sin dar la impresión de que dirige. Domina un lenguaje que Helen nunca ha tenido ocasión de aprender.

Esta mañana Gladys lleva el rubísimo pelo recogido en un moño con una redecilla en lo alto de la cabeza y las uñas recién pintadas de rojo. Helen piensa que ofrece tan buen aspecto como puede ofrecer una mujer a dos mil kilómetros de la peluquería más cercana.

El médico no pasa de veintiocho años, pero se comporta como el director general de Salud Pública. Le complace sobremanera presentar a las chicas a sus pacientes. Helen ve con agrado que hay cerca unas cuantas enfermeras, y sin embargo, cuando Gladys y ella se acercan, se quedan encogidas en segundo plano. Se arma un revuelo general cuando los hombres ponen todo su empeño en incorporarse en las camas, taparse las extremidades expuestas, cuadrar los hombros, alisarse los copetes, ceñirse las batas abiertas. Aquellos que pueden, aplauden.

Encima de las camas hay grandes *collages* de fotos. Se incluyen las habituales imágenes de Betty Grable y Rita Hayworth, pero también instantáneas de madres y novias de las más diversas constituciones y cuyas dentaduras, en algunos casos, revelan tratamientos ortodóncicos. Un chico tiene una foto de su caballo.

Helen siente el impulso de tocarlos. Estrecha manos, acaricia brazos, aparta flequillos de las frentes. El deseo de consolar y proteger. Eso, y saber que cualquiera de ellos podría haber coincidido con su marido.

Los soldados dan su nombre y rango, le dicen de dónde son, describen sus heridas. Cuando anuncian que tienen novias en sus lugares de origen, Helen asiente con la cabeza, pero no puede evitar preguntarse cuántas de esas chicas siguen esperando. Lo que más la conmueve es lo comunicativos que se muestran acerca de sus compromisos. Como si la presencia de Helen junto a sus camas exigiera una caballerosidad fuera de lo corriente. Como si fuera necesario recordarle que, en el presente, no estaría bien permitir que surgiera entre ellos un amorío.

Hay quemaduras y fracturas de huesos. Un paciente tiene un tubo insertado en el pecho que vierte pus en un tarro; otro lleva collarín. El médico explica que las heridas de bala se deben todas a fuego antiaéreo, recibidas en el trasero por los soldados en misiones de bombardeo sobre el bastión japonés de Kiska. Algunos de esos hombres regresaron a la base con compañeros muertos a su lado. Dos han sido rescatados milagrosamente del mar. En su mayoría, no obstante, son víctimas de las inclemencias del tiempo.

Hasta el momento la meteorología ha causado más bajas que el enemigo.

Un chico, con el pelo de color óxido y pecas en las mejillas, reclinado sobre las mantas, hojea una ajada revista deportiva. Tiene las piernas cruzadas por los tobillos y entrechoca los pies al son de una melodía inaudible. Helen oye que el suboficial de segunda clase Michael Kenny se lesionó la espalda descargando aviones. Ya le había pasado antes una vez, pero en esta ocasión es mucho peor. Podría tratarse de una hernia discal, explica con acento de Arkansas. Le dan morfina para el dolor y la promesa de que le asignarán tareas más ligeras en cuanto mejore su estado. Se disculpa por la intrascendencia de sus lesiones. Helen le pregunta cuánto tiempo lleva aquí.

—En Adak, poco más de un año. Aquí dentro, tres días.

—Eso es mucho tiempo. Debe de ser enloquecedor. —Enseguida se arrepiente de las palabras empleadas.

El muchacho se encoge de hombros.

—Para cierta gente, supongo que sí.

—Es una lástima que en el país nadie se entere de lo que estáis pasando aquí. Los periódicos rara vez lo mencionan.

—Es por el bloqueo informativo. Eso cambiará en cuanto salga la película.

—¿La película?

—Vinieron a rodar un documental. Filmaron los bombardeos en tecnicolor. John Huston. Ayudé a su equipo a desplazar el material de aquí para allá. Volé con ellos en una misión a Kiska, ayudé al cámara a evitar que el trípode se cayera por la compuerta. Cuando el censor dé el visto bueno, todo el mundo se enterará.

Esto es lo más cerca que Helen ha llegado. Este lugar, estos hombres. Percibe que la distancia se acorta.

—¿Sabes si han pasado por aquí otros reporteros, periodistas?

Una ligera mueca tuerce el rostro de Kenny cuando cambia de postura.

—Los echaron a todos hace una eternidad. Esta isla está cerrada a cal y canto. Tendría que ver lo que hacen con nuestras cartas. Cualquier noticia que lea sobre este lugar sale directamente de Washington.

De repente la asalta la duda. Quizá John no está aquí. Quizá ni siquiera llegó tan lejos.

Gladys, contoneándose y saludando a los hombres a su paso, se acerca desde el otro extremo del pabellón. Sonríe a Kenny, le indica con una seña que le deje sitio y se acomoda en el camastro, su cadera en contacto con el muslo de él.

—Yo a este hombre lo veo estupendamente bien —declara.

Kenny se ruboriza y endereza un poco más la espalda.

Gladys consulta su reloj.

—Más vale que nos pongamos en marcha. Stephen se pondrá nervioso.

Desean suerte a Kenny y saludan rápidamente a unos cuantos hombres más, dejando carmín en el mayor número de mejillas posible. Antes de irse, el médico les da las gracias y las felicita por su extraordinaria labor en el esfuerzo de levantar la moral de los hombres. Ojalá pudiera embotellarla, añade. No hay medicina mejor.

Las chicas, sentadas en la cantina, aguardan el gran anuncio. No hay nadie más, salvo un hombre bajo y robusto, con delantal, que apila tazones en un estante de la pared del fondo. En Adak, oficiales y soldados comen juntos. Helen ha observado una relajación del protocolo en esta lejana isla: pelo más largo y barbas desaliñadas, rara vez se ven saludos. Ahora da la impresión de que el hombre apila, desplaza y vuelve a apilar tazones sólo para poder comérselas con los ojos un rato más. Helen presiente que las horas de que dispone para su búsqueda se agotan.

Por fin llega Stephen. Ceba la pipa y les comunica lo que ya saben: Judith no actuará. Hondos suspiros y mohines en torno a la mesa. Judith es el pilar sobre el que se sostiene el espectáculo. En ausencia de Teresa Wright, es la cantante principal en la mayoría de los números del repertorio. Sin estrella ni suplente, ¿no deberían cancelar la actuación de mañana? ¿Coger las maletas y marcharse a casa? Stephen está haciendo acopio de inspiración para presentarles su propuesta.

Sarah, sin pérdida de tiempo, se le adelanta.

—Sin Judith, no hay «espectáculo», lógicamente.

Helen siente un nudo por dentro.

—No tan deprisa. —Stephen apoya el pie en el banco y se inclina al frente—. Lo aplazamos. Repartimos las canciones de Judith y dedicamos la tarde a ensayar. Preparamos el espectáculo y actuamos mañana por la noche. Si Judith se mejora, cantará. Si no, seguimos adelante sin ella.

—En caso de que estemos de acuerdo, ¿quién canta qué? —Gladys enciende un cigarrillo. Ve la brecha, pero espera que se abra del todo por sí sola.

—Bueno, para empezar, tú cantas *One For My Baby* y *Time Goes*; Sarah, *Don't Fence Me In* y *Tangerine*; Helen, *The Nearness of You*.

Nadie habla. Se oye el lejano rumor de los bombarderos de regreso a la base. Helen sabe que debe intervenir. No puede permitir que esto se descontrole, que represente una amenaza para su continuidad en Adak.

—Sin ánimo de ofender —comenta Sarah, mirando de soslayo a Helen—. ¿Por qué no prescindimos de *The Nearness of You* y ya está?

Gladys la mira con los ojos desorbitados por un momento y luego se vuelve hacia Jane en busca de una aliada.

—El problema no es Helen —contraataca Sarah con la boca pequeña y los labios apretados—. Esa canción es más difícil de lo que parece. Exige un tono y un ritmo perfectos. Quizá sería mejor dejarlo correr ahora que aún estamos a tiempo.

—¡Quizás aquí el único responsable del condenado espectáculo sea yo! —Stephen se yergue y asiente, dándose la razón a sí mismo—. ¡Quizá deberíais reconocer que sé lo que me hago!

Sarah se cruza de brazos.

—¿Acaso soy la única que se acuerda de lo que pasó en Fort Richardson? —Se ha puesto en pie, tan exaltada que es incapaz de quedarse en su asiento—. A ver, aquí todos tenemos que ser sinceros. Helen lo hace bien en los coros y las melodías. Baila mejor que yo, pero estás poniéndola en una posición…

Stephen levanta la mano.

—Basta.

—No, tiene razón. —Helen mira a Sarah a la cara. Ha llegado el momento de poner las cartas sobre la mesa, exponer la verdad ante ellas—. Por favor, sentaos, los dos.

Stephen se muestra reacio a ceder la palabra. Finalmente se sienta y mira a Helen con expresión de desconcierto, en espera de su siguiente paso.

—Es verdad —explica ella—. Carezco de la experiencia que tenéis vosotras, la experiencia que intenté simular. Después del instituto, ya nunca he vuelto a actuar en público. —La confesión le produce una liberación repentina, abrumadora—. Todo lo que os conté sobre mi carrera era una mentira destinada a permitirme llegar a las islas Aleutianas para poder localizar a mi marido, un periodista que en principio no debería estar aquí, pero Dios quiera que sí esté.

Todas le miran la mano en busca de una alianza.

—Os he ocultado todo esto porque temía que no me aceptaran o me mandaran a casa. No os lo he contado porque me daba vergüenza haber perdido a mi marido. No imagino el futuro sin él… Y porque si os lo contaba, podía daros lástima, cosa que no soporto. Nunca he mentido a nadie como os he mentido a vosotros. Lo siento.

Gladys mira a Stephen, luego a Sarah. Jane no puede apartar la mirada de Helen. La pausa es breve, pero un suplicio. Es Gladys quien le pone fin. Se levanta, abre los brazos de par en par y estrecha a Helen.

—Dios mío —dice—, qué romántico.

Jane y luego también Sarah se suman al abrazo. Helen no ha experimentado nunca antes tal avalancha de afecto femenino. Por fin dice:

—Esa canción debería cantarla Sarah.

—Todo esto es muy conmovedor —comenta Stephen—. Pero va a cantarla Helen. Ha mejorado, y más deprisa que vosotras. Es una soprano potente y con todas las de la ley. Y tiene la presencia que la canción requiere… Por lo que se refiere a currículos retocados, el que esté libre de pecado que tire la primera piedra.

Helen se siente abrumada ante tal lección de humildad.

—Aquí sólo nos tenemos los unos a los otros —añade Stephen—. Necesito que confiéis en mí. Volvamos a reunirnos aquí a la una.

En Adak, los espacios para ensayar escasean. La intimidad es un raro recuerdo. Allí donde Helen mira ve hombres observándola boquiabiertos como si fuera una atracción circense.

Pide prestado el paraguas a Judith, coge la partitura y se aleja hacia los montes preguntándose si, pese a la elogiosa crítica de Stephen, está a punto de dejarlos otra vez en la estacada en el espectáculo de mañana por la noche, si su padre habrá podido despertar esta mañana, y si los vecinos estarán a mano en caso de que él, tambaleante, se vea obligado a acercarse a su casa a pedir ayuda. Si se equivoca, y John no está en esta isla, ¿cómo va a encontrarlo? En busca de respuestas, no hace más que aumentar sus dudas. Todas sus indagaciones, planes, maquinaciones y mentiras la han llevado a este lugar inconcebible. No tiene ningún plan B. Debe actuar con prontitud, eficazmente, aprovechar cada hora.

Helen cambia el camino embarrado por las hierbas aplanadas y húmedas hasta que se halla lejos de todo, salvo del viento. Se detiene, manteniéndose de espaldas a las tiendas de campaña y los mirones no deseados.

Extiende la partitura entre sus puños. La lluvia golpetea el papel con un ritmo disonante. A pesar de eso, alza la barbilla y canta.

15

Easley lanza los esquís y los bastones a la quebrada y observa su efecto en la composición general. La cara de Uben Kubota descansa directamente sobre la grava, y tiene los brazos extendidos como para abrazar la tierra. La bota y la pantorrilla izquierdas quedan en el cauce del arroyo. Temiendo que los esquís parezcan demasiado lejos, Easley desciende por tercera vez y empuja uno con el pie para acercarlo al cadáver. Siente ciertos remordimientos por dejar así a ese hombre, pero no tiene elección. Alberga la ligera esperanza de que dé la impresión de que Kubota resbaló y murió a causa de la caída.

En los últimos días, los estadounidenses han estado golpeando al enemigo con mayor intensidad que en cualquier otro momento desde que Easley llegó hace más de un mes. Ayer por la tarde el cielo se plagó de P-36 y B-24, que vertieron incontables toneladas de explosivos sobre el campamento japonés, y hoy ha vuelto a ocurrir. La intensidad de los ataques es probablemente lo único que impide el envío de una partida de búsqueda para localizar a Kubota. Pero ahora el cielo ha quedado en silencio. Pronto vendrán a por él.

La nieve pierde terreno ante la lluvia tan deprisa que es difícil recordarla en su plenitud del día anterior. En este su segundo intento de deshacerse del cadáver, Easley ha tomado la precaución de arrastrarlo hasta el fondo de una quebrada situada a medio kilómetro de la cueva, en dirección al campamento. Ha tardado varias horas y se ha quedado sin fuerzas. Está calado y tembloroso.

Easley ha devuelto la pistola y el gorro de piel, y se ha resistido al impulso de quedarse el abrigo, que es más grueso y se halla en mejor estado que el suyo o el de Karl. Le ha registrado todos los bolsillos en busca de un encendedor y tabaco. En lugar de eso ha encontrado una petaca con agua, dos cerillas mojadas y desechas, un reloj roto, un botón, pelusa. Sí se ha quedado la bufanda, en la idea de que quizá su ausencia pase inadvertida.

En el camino de regreso a la cueva, se mete los pulgares bajo la cinturilla del pantalón y se la separa. Los huesos se le marcan tanto que se le han formado llagas allí donde la piel roza con la tela mugrienta. De esta forma vuelve a la cueva, deleitándose en el pasajero alivio, sin mirar atrás en ningún momento para ver si lo observan, sin mirar atrás en dirección al cadáver.

Si alguien lo observara, Easley le proporcionaría todo un espectáculo. Se pregunta qué diría su hermano menor si lo viera ahora. Muchas veces durante este suplicio se ha preguntado qué habría hecho Warren. Mientras que él siempre se atenía a las normas, su hermano instintivamente recurría a tácticas evasivas ante toda regla o convención. Por lo general, era demasiado cauto para verse en situaciones comprometidas, y muy capaz de salir de las que no podía evitar recurriendo a sus encantos. Cuando todo lo demás fallaba, acudía a su hermano mayor.

Hace seis años Warren se encontró en una de esas situaciones tan poco comunes en él, ante un problema que no podía soslayar. Dejó a una chica embarazada. A una chica cuya existencia sus padres no debían conocer, una chica que no quería saber nada más de él. Esto ocurrió mucho antes de que Warren consiguiera el empleo en la empresa maderera. Easley le prestó dinero para mantener a la chica mientras ellas esperaba el día en que pudiese entregar a su hijo en adopción y dejar atrás ese error. Warren lloró sin reservas y estuvo cabizbajo la mayor parte del tiempo, pero al final accedió a no telefonearla ni visitarla, a dejarla estar sin más.

Ahora parece que Easley se llevará consigo el secreto de ese hijo abandonado, junto con los propios pesares de Helen y él, junto con la convicción de sus padres de que con ellos acaba la estirpe.

Cuando Easley vuelve a la cueva, Tatiana lo espera frente a un intenso fuego. No le sorprende verla ahí sentada, oler su piel, el aroma a jabón después del baño. Es consciente de que ella ha entrado en la cueva a través de su imaginación. Decide no echárselo en cara, y de pronto cambia de idea.

Se apresura a salir a la quebrada y contempla el cielo de color gris humo. Sigue el rastro a un creciente enjambre de moscas flotantes hasta que se marea y se ve obligado a sentarse. Easley ve y nota que su cuerpo se debilita, lo nota más ligero, como si se preparara para alejarse flotando en el aire. Aún distingue entre lo real y lo imaginario, pero ¿eso cuánto tiempo más durará? ¿Cuántas horas más pasará esperando, vagando, escondiéndose de lo que ha de venir con toda certeza? La cueva contiene los únicos objetos que, por la razón que sea, lo reconfortan. ¿Debe negarse el último consuelo que proporciona este infierno frío?

Sentada con el mismo abrigo oscuro que llevaba en la fotografía, Tatiana teje una cesta con tallos de ballico. Lo mira y sonríe. Easley no la molesta. Continúa hasta su nido y se acuesta sobre el paracaídas de seda. Ella tararea una melodía que él tiene la certeza de haber oído antes. Cuando le pregunta cómo ha pasado el día, ella sonríe y fija la mirada en él. Easley siente que algo se ha desatascado y ha empezado a fluir.

Le dice lo cansado que está y que bien podría dormirse para siempre. Explica que llegó a esta isla para mostrar al mundo lo que ocurre aquí, pero todo ha sido un fracaso estrepitoso. La inicial caída en la nieve, el hambre y el frío. Las cacerías con Karl, el momento en que entregó su cuerpo al mar. Sus intentos fallidos para evocar a Helen, lo cual ha acabado creyendo es un castigo por la manera en que se fue. La forma en que ahora el pasado parece haberlo abandonado. Quizá todo lo sucedido antes fuera una preparación para esto, para Tatiana.

Ella remete y teje los tallos de ballico. Sus dedos largos y gráciles. La cesta cobra forma entre sus manos. Pese al aparente fluir del afecto, él experimenta tristeza mientras la observa trabajar, consciente de que ella podría esfumarse de un momento a otro. Desea estrecharla entre sus brazos y a la vez dispersarla como si fuera una imagen reflejada en un charco. Pero se queda inmóvil, contemplándola boquiabierto junto al fuego. La canción va cobrando forma entre el tarareo y al final ella pone letra a la melodía.

Canasta, canastilla,
una cesta verde y amarilla.
Mandé una carta a mi amor
y por el camino se perdió…

En el cielo gruñen los aviones. Las fuerzas estadounidenses vuelven a la carga. Tatiana deja apagarse las palabras, pero levanta un poco la voz en su tarareo para ahogar el ruido. El fuego antiaéreo contesta con una ráfaga crepitante. Las bombas atruenan igualmente. *Bum, bum, bum.* Tatiana cabecea y levanta aún más la voz, desafiante. Al final alza la vista: «Sal para que te vean».

Easley coge el paracaídas hecho un rebujo y sale de la cueva.

Trepa quebrada arriba. Alza su propia voz por encima del zumbido de los bombarderos de la Marina, invisibles entre los pliegues de nubes, para que los pilotos miren abajo y lo vean. Pero tienen la atención puesta en otra parte: en el campamento enemigo, en los cañones antiaéreos, en el espacio aéreo cercano. Sin pérdida de tiempo, despliega la seda sobre el ballico aplanado. Renqueando alrededor, tira de los bordes para formar un círculo. Levanta la vista y ve que un avión se libera por un momento de las nubes. Antes de desaparecer, no da la menor señal de haberlo avistado, no se escora ni ladea las alas.

Y de pronto se interrumpe el bombardeo. A través de una brecha cada vez más ancha, un segundo avión sale de las nubes trazando una curva. Sobrevuela los montes en dirección a su playa. Easley no sabe si el piloto lo ve. Sigue hacia mar abierto.

Easley brinca alrededor del paracaídas agitando las manos desesperadamente. El piloto continúa sin dar respuesta. De pronto, como si acabara de ocurrírsele, o para aligerar la carga con miras al viaje de regreso, deja caer una bomba sibilante a la vez que el avión alza el morro y cobra altura. La bomba traza una elegante línea por encima de Easley. Pasa sobre la cueva, y sobre Tatiana. Penetra en la superficie del mar cerca de la orilla provocando un géiser de rocas y agua. Con la onda expansiva, Easley cae de rodillas. Se lleva las manos a los oídos, pero sólo consigue que el dolor resuene más cerca de su cerebro. Para cuando alza la vista, el avión no es más que un punto, perdido en el vaporoso tejido de otra nube.

El final ya está cerca. No —se reprende, todavía no—; sólo necesita una buena comida, o tres, preparadas y servidas por Helen. Pero esta mentira ya no surte efecto. Easley se consume desde hace ya demasiado tiempo. Si Helen estuviese aquí, vería a un ser de una especie muy distinta. Un desdichado con la ropa manchada de sangre de otro hombre. Alguien incapaz de distinguir entre la sombra y la luz. Alguien cuyo corazón ha sido infiel. Si al menos hubiesen logrado fundar una familia. Eso habría sido una forma de continuación, una vida más allá que ahora toca a su fin.

Easley recoge el paracaídas y regresa hacia la quebrada. No se oye nada en el interior. Lanza un vistazo al lugar donde la bomba ha hecho añicos el mar. Las olas han cicatrizado y la herida se ha cerrado rápidamente, como si nunca hubiese existido. Ve manchas blancas flotando en el oleaje, ve un par de peces en la playa. Easley deja caer la seda y se echa a correr.

Consigue atrapar ocho peces antes de que la marea se los lleve. Se quita el cordón de la bota derecha, lo ensarta a través de las agallas y las bocas abiertas. Los hunde de nuevo en el agua para limpiar la arena de la piel reluciente.

De la cueva ha desaparecido todo indicio de luz y vida. No se oye ya el tarareo ni la canción. Tatiana vuelve a estar en su marco. Sólo queda la reverberación en los oídos de Easley.

16

El escenario está adosado a la pared del fondo del hangar. Han sacado los aviones para dejar espacio a los dos mil espectadores, su público más numeroso hasta la fecha. Han construido una ancha tarima de un metro de altura y un pequeño camerino a la derecha del escenario. Dentro hay un banco, un espejo y un aguamanil. La única parte digna de mención de la construcción, el toque genuinamente creativo, es una hilera de obuses dispuestos en el proscenio como una fila de amenazadores dientes de color musgo que separa el espectáculo de los espectadores.

Un hombre martillea clavos en tablones nuevos. Su mono caqui oculta una complexión atlética. Tiene las punteras de las botas muy gastadas de tanto trabajar de rodillas. Mechones de cabello castaño alborotado, bastante más largo de lo que exige el reglamento, asoman por debajo de la gorra. Helen se acerca con los brazos cruzados para protegerse del frío. Lo observa mientras él hunde un clavo, se pone en pie y brinca para probar la solidez de la tarima.

—Espero que haya incluido una trampilla —comenta Helen en dirección a su ancha espalda—. La necesitaré cuando la gente se ponga desagradable.

El hombre deja de saltar, pero no se vuelve. Era consciente de la presencia de Helen desde el principio.

—Ha quedado muy bien —añade—. Gracias por su trabajo.

—Señorita, no necesita darme las gracias. Son ustedes quienes nos hacen un favor a nosotros.

Al volverse, revela un rostro inteligente y reflexivo, una mandíbula firme y prominente. Hace días que no se afeita. Elude la mirada de Helen.

—Hemos puesto una estufa eléctrica para que no pasen frío antes del espectáculo. —Señala con el martillo—. O en los descansos entre número y número.

—Lo hemos visto esta mañana. Gracias otra vez.

El hombre salta en varios sitios más, ya sin prestarle atención a Helen. Descubre una tabla que cruje, saca un clavo del bolsillo y lo hunde de dos fluidos martillazos.

—Me llamo Helen. Espero que disfrute del espectáculo.

—Perera. Soldado Thomas Perera.

Ella tiende la mano y espera. Él no parece acostumbrado a ese gesto, o a la compañía de civiles. Por fin da un paso al frente y le estrecha la mano a la vez que sigue eludiendo su mirada. Tiene los ojos azules, muy hundidos bajo la sombra de las cejas. Italiano, pero del norte. Se vuelve y desplaza el peso a un nuevo tablón, que no da respuesta.

—Hace una eternidad que esperamos impacientes su espectáculo.

—Pues confío en no decepcionarlos. —Helen lo observa aún por un momento y finalmente se obliga a volverse para marcharse.

—Los obuses están vacíos —dice él—. No hay de qué preocuparse. He pensado que tendrían su gracia.

—Y así es, desde luego… Por curiosidad, ¿no habrá conocido a algún periodista por aquí? ¿Algún reportero que haya venido a informar? —Ha desarrollado cierta habilidad para abordar a la gente, desviando toda conversación hacia sus intereses.

—Dicen que en boca cerrada no entran moscas… No sé nada de ningún periodista. Pero estoy seguro de que llegarán en tropel en cuanto acabemos de limpiar esto.

—No lo dudo. Sólo pensaba que quizás un amigo mío hubiera pasado por aquí.

—Pero yo llevo en esta isla sólo nueve meses —dice él en tono más relajado—. Tiempo suficiente para olvidar los modales. Si busca a alguien en concreto, pregunte en la oficina de intendencia. Tienen un manifiesto donde constan todos los barcos y aviones que han pasado por aquí. Tal vez puedan consultar los archivos, si están de humor. Pruebe con Ralph Rosetta. Dígale que va de mi parte.

Para él, ése es un detalle insignificante. Un gesto de cortesía normal y corriente. No tiene ni la menor idea de lo mucho que esa generosidad podría cambiar las cosas.

—No sé cómo agradecérselo.

Después de lo que parece una seria reflexión, el hombre responde:

—Basta con que me haga reír esta noche.

Stephen se inclina al frente en la silla, pipa en mano, y apoya los codos en las rodillas. La ha encendido ya dos veces, pero la cazoleta se le ha enfriado por falta de atención. Judith, escondida detrás de su cortina de lana, hace ver que duerme. Gladys, con un suspiro, deja el espejo, descontenta con su pelo y las manchas que le han salido en la piel a causa del nerviosismo, diciéndose que está preparada para desempeñar el papel de la cantante principal. Sarah aprieta los labios y mira a uno y otro lado en una especie de búsqueda sin propósito. Jane se arregla los pendientes, en apariencia relajada y a gusto. Helen prefiere fijarse sólo en Jane, tan tranquila y sin complicaciones, porque proyecta aplomo. Ha demostrado ser la actriz más consumada del grupo. Stephen echa otro vistazo a su reloj, se pone en pie y mueve la cabeza en un gesto de asentimiento. Es la hora.

Fuera, la meteorología parece decidida a obligar al público a permanecer bajo tierra. Las artistas de la compañía de variedades, reducida ahora a un cuarteto, se arrebujan en sus abrigos hasta el cuello, se cubren la cabeza con bufandas y entran apresuradamente en el hangar por la puerta de atrás, que queda oculta tras unos paracaídas. La seda, formando una cortina ininterrumpida, conduce hasta el escenario y el camerino. Al otro lado, el público invisible se reafirma riendo y cantando, expectante.

Apenas caben en el pequeño camerino. Gladys, Sarah y Jane se sientan en el banco; Stephen permanece en pie junto a Helen. Entre ellos, la estufa eléctrica emite un resplandor anaranjado. El aire, tan caliente como en una sauna, provoca a Helen un cosquilleo en las mejillas. En la sala, la muchedumbre reclama acción. Helen saca un tarro de vaselina del bolso. Se frota una pizca en los dientes para lubricarse la sonrisa. Se mira los zapatos y musita una sucesión de avemarías. Todos se quedan petrificados cuando oyen un chasquido eléctrico seguido de dos golpes sordos.

—Señoras, sean tan amables de tomar asiento… ¡Dios mío, qué público tan feo tenemos aquí esta noche!

A Helen esa voz le recuerda a su padre.

—El oficio religioso empezará enseguida. Abran, por favor, sus cantorales por la página doscientos doce.

Risas.

—Dicen que a nadie le importan las heroicas hazañas de los soldados de las fuerzas aéreas en las Aleutianas. —Este comentario es recibido con silbidos y abucheos—. Dicen que a nadie le importan un comino los hombres que proporcionan máxima protección a Estados Unidos. —Más muestras de repulsa—. Lo que yo quiero saber es quiénes lo dicen. —Vítores—. Esa gente no ha volado en medio de un *williwaw* racheado, ni posado un B-24 en una malla metálica de aterrizaje encharcada. —Vítores aún más sonoros—. Permitidme deciros una cosilla sobre el espectáculo que estáis a punto de ver esta noche, sobre las chicas de las USO. Ellas saben dónde encontrar a los hombres que realizan el trabajo más arduo en el Pacífico. Y por eso han venido a Adak: para demostrarnos su gratitud en representación de una nación agradecida. ¡Ahora relajaos! Desahogaos, pasadlo bien esta noche. ¡Y, por favor, dad una calidísima bienvenida aleutiana a las Swingettes de las USO!

Se apagan las luces y una insistente andanada de aplausos embiste el pequeño camerino.

Stephen coge a Gladys de la mano, la guía hasta el escenario a oscuras a través de la puerta. Sarah, Jane y Helen los siguen de cerca. En el camino, pasan junto a la orquesta local de doce instrumentos que ha estado ensayando las piezas durante semanas. Cada chica ocupa su puesto en el escenario. Stephen se sienta ante el piano, toca las primeras notas en la oscuridad... y se interrumpe. Empieza otra vez, llega un poco más allá y hace una pausa algo más larga. Es una provocación. Es una melodía muy conocida, y si algo desconcierta al público es que se trata de una versión en piano sin acompañamiento. De pronto, desde algún lugar entre los espectadores, alguien lanza un aullido. Stephen acomete la melodía y se suman los instrumentos de viento. Las luces enfocan a las chicas. De espaldas al público, en jarras, silban la primera frase de *In the Mood*.

La respuesta de los espectadores no se parece en nada a lo que Helen ha conocido hasta el momento. Le golpea en la base de la columna vertebral, casi desequilibrándola. Durante los prolongados aplausos, lanza una mirada de reojo a Sarah y ve aparecer una amplia sonrisa en su rostro. Una por una, las chicas se dan la vuelta, se acercan al micrófono y entonan un verso de la canción.

Who's the lovin' daddy with the beautiful eyes
What a pair o'lips, I'd like to try 'em for size.
I'll just tell him, «Baby, won't you swing it with me»
Hope he tells me maybe, what a wing it will be...

Helen mantiene la mirada fija en la luz, por encima de las cabezas. Cuando se permite mirarlos a la cara, se siente a la vez poderosa y desarmada. Al llegarle a ella el turno de cantar en solitario, levanta la voz sólo a medio volumen. Primero necesita probarla para ganar confianza antes de proyectarla a pleno pulmón hacia el público. El resultado es que cada estrofa adquiere peso al final. Lanza una mirada a Stephen en busca de apoyo.

Al cabo de cuatro canciones, las luces se concentran en un punto. Sarah avanza para cantar *T'ain't What You Do (It's the Way That You Do It)*. Helen se escabulle del escenario y regresa al camerino. Abre la puerta y atraviesa un muro de calor. Cuando sus ojos se habitúan a la oscuridad, pasado un momento, descubre a Judith sentada en el rincón, con una manta alrededor de los hombros, mirándola con una sonrisa inexpresiva. Tiende la mano a Helen y le da un apretón. Juntas, escuchan mientras Sarah enardece al público.

A media pieza, su voz de formación clásica se apaga e irrumpen las trompetas, superponiéndose unas a otras. Helen y Judith permanecen en espera del frívolo número que Sarah ha llevado a la perfección. Mantienen la vista fija en la penumbra, y de pronto Helen, en el momento en que el público se anticipa con un rugido a la pirueta que Sarah siempre ejecuta antes de repetir la estrofa, mira a Judith a los ojos. Cuando se acaba la canción, los aplausos parecen prolongarse tanto como la propia canción. Sarah canta otras dos.

A Helen se le contrae el estómago cuando llega la hora de volver a salir al escenario. Hasta el momento ha cantado bien, pero ahora debe llevar todo el peso de la pieza. Se apoya en el piano y se concentra en el pelo negro y brillante de Stephen, pelo demasiado bonito para desperdiciarlo en un hombre. Se le acelera el pulso cuando oye los silbidos y los gritos de los hombres. Ha llegado el momento de apaciguar los ánimos. Stephen alza la vista y asiente. Espera una mínima señal, y en cuanto la recibe, se inclina y golpea las teclas. Unos cuantos acordes, y Helen empieza a cantar.

It's not the pale moon that excites me
That thrills and delights me, oh no,
It's just the nearness of you.

Helen se vuelve y avanza hacia el proscenio entonando la siguiente estrofa. Poco más allá de los obuses, un hombre se pone en pie, levanta los brazos y bate palmas por encima de la cabeza.

No ha interpretado la estrofa perfectamente, pero bastará. Sin notas desafinadas, sin trabarse en ningún verso. Se conoce las canciones de Judith tan bien como las suyas, tan bien como cualquier otra pieza del repertorio. Un poco más adelante, en un momento de máxima tensión, duda de su siguiente verso. Pero confía en sí misma, permanece atenta a la música, y cuando necesita las palabras, allí están. Encuentra la corriente, y se deja llevar. ¿Qué pensaría John si la viera ahora?

Interpreta la pieza sin levantar la voz, sintiéndose vulnerable. Da la espalda a Stephen, le lanza una mirada provocadora por encima del hombro, con una caída de ojos. Pero el afecto que debe granjearse es el del público que tiene delante. Esos hombres quieren que les cante a ellos. Quieren creer por un momento que si no están enamorados, al menos están en otra parte, en un lugar cálido y agradable. Para conservar el equilibrio interno, Helen desplaza la vista por encima de las cabezas del público, evita mirar a los ojos a individuos concretos, procura pensar en todos ellos como una sola persona.

Pero cuando llega a la última estrofa, ya no puede contenerse. A través del resplandor y el ambiente enturbiado, distingue a los altos y a los bajos, a hombres que se mecen, se inclinan, permanecen absortos. Se ha convertido en el objeto de atención absoluta ante dos mil hombres. Da un paso vacilante y mira a Stephen. La sonrisa de éste le sirve de impulso, la ayuda a situarse de nuevo en el contexto.

I need no soft lights to enchant me
If you'll only grant me the right
To hold you ever so tight
And to feel in the night the nearness of you.

Stephen se pone en pie en el momento en que empiezan los vítores. Coge a Helen de la mano y se dirige hacia el centro del escenario. Realizan una profunda reverencia a la vez que los hombres se ponen en pie de un salto. Sarah, Gladys y Jane, junto con el trompeta solista de la orquesta, salen de entre las sombras para reunirse con Stephen y Helen. Coronan la primera parte del espectáculo con *Tuxedo Junction*. Para cuando entonan por primera vez el estribillo, «*Way down South in Birmingham*», algunos de los hombres han dejado un espacio libre entre el público al pie del escenario, y ahí bailan el *lindy hop*: unos guían y otros siguen el paso, algunos intentan ejecutar saltos y piruetas. Al final las chicas, saludando y haciendo reverencias, se retiran hacia bastidores mientras los espectadores piden más. Y esto sólo es el intermedio.

Entre las sombras, casi chocan con tres hombres disfrazados de Carmen Miranda. Llevan vestidos estampados de flores de vivos colores, turbantes con frutas, aros en las orejas. Ganaron un concurso de aficionados y, con él, el honor de actuar durante el descanso de las chicas. Mientras las Carmen Miranda pasan de largo camino del escenario, sacuden pechos postizos y aprietan los labios rojos. Uno de ellos es una auténtica belleza.

Stephen comenta la lista de canciones con el presentador del espectáculo y las chicas enfilan hacia el camerino. Cuando la orquesta acomete una samba, Helen se rezaga detrás de los paracaídas. Aparta un pliegue de seda y ve al público de perfil. Busca a John con la mirada. Los hombres más alejados del escenario están sentados en sillas plegables, neumáticos y lonas. Las reacciones ante el número de travestidos son contrapuestas. Algunos sonríen y cabecean; otros lanzan miradas de desaprobación. En su mayoría vitorean y prorrumpen en palabras lascivas y alentadoras.

Helen localiza al soldado Perera, recostado en una silla plegable. Aparta la seda un poco más. Él se vuelve en dirección a ella, pero mira al hombre sentado a su lado, que se desternilla de risa.

Perera le da una palmada en la espalda y después se pone en pie y lanza un penetrante silbido.

Después del espectáculo, ya en el camerino, una botella corre de mano en mano, y cada una de ellas, después de echar un trago, limpia el carmín. El calor y la euforia posterior a la representación se combinan con los efectos de la bebida, y pronto todas empiezan a perder la cabeza. Hablan de quedar con los chicos de la orquesta. Gladys y Sarah se desnudan delante de Stephen, lo provocan, lo besan por toda la cara. Él, como un chico sorprendido en la habitación de sus hermanas, se ruboriza, se lo toma con buen humor —durante un rato— y finalmente se escabulle a la primera oportunidad. Helen lo sigue no mucho después.

El hangar vibra aún de energía, pese a que quedan sólo unos cuantos hombres dispersos. Cerca de las puertas gigantescas dos hombres enrollan cable eléctrico en una bobina, empujándose como dos niños. Cuando ven a Helen, se vuelven el uno hacia el otro para cantarse unos cuantos versos de *The Nearness of You* y ella se sonroja.

Éste es el momento idóneo, los rescoldos de una experiencia compartida. Los hombres desearán ayudarla en todas y cada una de sus preguntas, rivalizarán por dar respuestas. Lo utilizará en beneficio de John. Helen se cubre los hombros con el abrigo y se encamina hacia ellos.

El soldado Perera surge como de la nada, con un cigarrillo apagado entre los labios. Está recién afeitado y va bien peinado. A diferencia de lo ocurrido en su primer encuentro, ahora no aparta los ojos de ella.

—¿Y bien? —dice Helen—. Diga algo.

—Un buen espectáculo. —Enciende el cigarrillo y fija una intensa mirada primero en sus ojos y luego en sus labios.

—Pero ¿se ha reído? Ésa era su única petición.

Helen mira por encima del hombro de él y devuelve el saludo a los hombres que salen por la puerta.

Perera da un paso al frente y le toca la mejilla. Tiene la mano caliente y le huele a tabaco. Desprevenida, ella retrocede con actitud vacilante.

Los dos se vuelven al volcarse una silla metálica en el escenario. Helen oye a las chicas en el camerino, las sonoras carcajadas de Gladys. Echa un vistazo alrededor en el hangar casi vacío. En ese momento se abre la puerta cercana al escenario. Los paracaídas se hinchan, ondean y restallan por efecto de la repentina ráfaga de viento.

—Tengo que volver... —Helen se da media vuelta y se aleja.

Perera se apresura a salvar la distancia entre ellos y la agarra de la mano. Helen la retira de un tirón. Él, impertérrito, la mira a los ojos.

—¿Adónde?

—No sé qué lo ha llevado a pensar....

En la mirada desvergonzada de Perera se advierte posesividad, una convicción de desenlace inevitable.

—¿Adónde? —repite.

Ella lo abofetea, asustada por lo que ha desencadenado.

—Mi marido...

Perera se palpa la mandíbula y vuelve a mirarle los labios, y luego el pecho. Se agacha para recoger el cigarrillo. Aspira una larga calada antes de tirar la colilla.

El humo sale en hilillos por entre sus labios.

—Yo no veo ningún anillo.

Helen se da media vuelta y se encamina con paso enérgico hacia el camerino.

Entra precipitadamente y descubre que las chicas ya se han ido. Cierra de un portazo y, temblorosa, se sienta en el banco. ¿Y ahora qué? Se respira un ambiente cargado y bochornoso. Apaga la estufa, y la rejilla emite una sucesión de chasquidos a la vez que el resplandor pasa de púrpura a gris.

Helen espera a que se le acompasen el pulso y la respiración. Mientras mete el cepillo y la bufanda en el bolso, acuden a su mente las palabras de su padre. Su ira se agudiza sólo de recordar que ha desoído sus advertencias. Stephen les ha repetido en más de una ocasión que no concedan demasiada atención individual a los hombres. Y sin embargo está escandalizada por la facilidad con que los hombres se toman confianzas repentinamente. Como aquel en la capilla de Fairbanks. Y ahora el soldado Perera. ¿Los ha incitado ella de algún modo? ¿Qué proyecta hacia el exterior? Se dice que ha sido sólo simple gratitud. Se niega a tratar a esos hombres como si fueran presos en una cárcel. Pero ¿qué derecho tiene nadie a...? Saldrá de aquí rápidamente y alcanzará a las chicas. Alguien debe de haber advertido lo que ocurría. Perera no se arriesgará a abordarla de nuevo.

¿Cómo ha llegado a este momento? La educaron para creer que ofrecer una imagen de descarriada equivale a cometer adulterio en el corazón. Un pecado mortal. Es mejor sacarse un ojo y tirarlo que arrojar el cuerpo entero al infierno. Se nos advierte ya en el catecismo. Hasta el momento no había puesto a prueba esta lógica. Su amor por John es incuestionable. Pero ahora sí pone en duda todo lo que se le ha enseñado. ¿De verdad no hay diferencia entre un pensamiento descuidado y un acto? ¿Un único pensamiento? ¿Qué adulto racional podría dar crédito a algo así?

Perera irrumpe y cierra la puerta.

—¡Salga de aquí! —exclama Helen—. ¿Quién se ha creído que es?

Él se detiene justo ante ella. ¿Dónde están las chicas? ¿La oirá alguien si grita? Helen hace ademán de ponerse en pie, pero él la obliga a quedarse sentada sujetándola por los hombros y la inmoviliza contra la pared. Al instante se quita la chaqueta y la camiseta mientras ella forcejea para escapar. Él la agarra por el pelo de la nuca y tira de ella hacia sí, apretándole la cara contra su vientre. Helen afirma los pies en el suelo y salta al frente utilizando toda la potencia de sus piernas, su espalda y sus hombros en un movimiento ascendente. Él se tambalea y cae de espaldas sobre la estufa y va a parar a la pared opuesta mientras ella sale precipitadamente del camerino.

Cuando abre la puerta exterior, el temporal entra violentamente. Necesita todas sus fuerzas para cerrar la puerta al salir. Una afilada lámina de hojalata pasa por el aire y, trazando una espiral, se adentra en la noche. Nunca había visto una tempestad semejante. ¿Se romperán los amarres de los aviones? ¿Acabarán en el mar las tiendas de campaña y los edificios? Helen se ciñe el abrigo al cuello y se inclina contra el viento. «Padre nuestro que estás en los cielos…»

El agua que le azota la cara y los ojos no es lluvia ni aguanieve; escuece por efecto del salitre. No sabe dónde está. La envuelve una oscuridad cerrada, sin más que unos cuantos puntos de luz lejanos. Intenta desplegar el mapa en su mente. El hospital, la cantina, las tiendas de campaña y los barracones Quonset… todo se le antoja igual. Avanza a trompicones. «… hágase tu voluntad así en la tierra como en el cielo…»

El rugido la desorienta. ¿Por qué no ha habido aviso de huracán? A cincuenta metros del edificio ya le es imposible ver hacia dónde va. Los zapatos se le quedan atascados en el barro. Las piernas se le hunden hasta las pantorrillas. Una fisura de tierra llana parece quizás un camino. Lo seguirá hacia las luces, y espera que éstas sean las de la cantina. «… no nos dejes caer en la tentación mas líbranos del mal…»

La embiste una ráfaga de una nueva magnitud. Su avance se detiene por completo. Levanta un brazo para protegerse de lo que, a juzgar por su sonido, parecen láminas metálicas ondeando en el aire, y con ese gesto pierde el equilibrio y cae al suelo. Se obliga a levantarse. Debe mantenerse en pie. Seguir adelante.

Por detrás, el haz de una linterna traspasa la oscuridad. Oye una voz, pero no distingue las palabras. No tiene donde esconderse. La voz —apremiante, persistente— pugna contra el viento una vez más.

La luz de la linterna la persigue, enfocando de un lado a otro, arriba y abajo, y adquiere intensidad a medida que se acerca. Helen ve en el suelo su propia sombra, extendiéndose desde sus pies hasta el infinito. Las sílabas, repetidas: «¡Hel-len!» El hombre se aproxima a ella. Helen se detiene y se vuelve de cara a la luz. Flexiona las rodillas y afianza las piernas para permanecer erguida en medio del vendaval.

La silueta se halla a unos diez pasos cuando se da cuenta de que es Stephen, con el pelo mojado, aplastado contra la frente, la ropa empapada, adherida a brazos y piernas. La inquietante blancura de su mano cuando la tiende hacia su hombro.

—¿Qué demonios haces? —pregunta a voz en grito.

Ella mueve la cabeza en un gesto de negación.

—¡Vas a matarte! No es por ahí.

La atrae bajo su hombro y le rodea la espalda con el brazo. Juntos, siguen adelante. El haz de la linterna se refleja en los charcos más grandes e ilumina las incontables gotas de agua que rebotan contra el suelo. Por su lado pasa un hombre avanzando con dificultad; una lona vuela cerca de ellos; un perro aterrorizado se mete debajo de un camión. Al final la luz alumbra la parte de atrás de un jeep cubierto. Stephen abre la puerta del acompañante. Helen sube como puede mientras él corre hasta el lado del conductor. Una vez dentro, apaga la linterna. El jeep, azotado por el viento, se sacude como si fuera de juguete.

—¿Dónde diablos te habías metido? ¡Nos tenías preocupadísimos a todos!

—Me había perdido —responde ella, recobrando el aliento—. Más que perdido.

—¿Qué ha pasado allí dentro? Has salido como si hubiera un incendio.

Helen no sabe muy bien cómo darle forma, cómo definirlo. Dónde comienza la historia. Sólo una cosa sabe con seguridad:

—Ese hombre se me ha echado encima, pero he escapado a tiempo.

Mientras Stephen asimila esta frase, ella percibe su creciente indignación.

—Encontraré a ese canalla, te lo aseguro. Helen..., ¿estás bien?

Ella, tiritando a causa de la lluvia y el frío, mueve la cabeza en un gesto de asentimiento.

—Ese capullo se pudrirá en la cárcel.

Oyen el viento soplar a sus anchas.

—Yo debería haber estado contigo para protegerte. No debo perderos de vista a ninguna ni un solo momento...

—Stephen, por favor. He dicho que estoy bien.

—Oye, Helen, quizá no sea éste el mejor momento para hablar de esto, pero ya no me lo puedo callar. He venido para decirte que he conocido a un hombre que tal vez haya visto a tu marido.

A ella le da un vuelco el corazón. Boquiabierta, se vuelve hacia Stephen, pero no distingue su cara en la oscuridad.

—Es un mecánico. Del personal de tierra. Se entera de todo lo que entra y sale de aquí. Dice que un hombre se incorporó a una misión de bombardeo hace un par de meses. Un enlace de las Reales Fuerzas Aéreas Canadienses. No ha mencionado a ningún periodista, pero cuando he oído que era canadiense, he pensado que podría ser una pista. Ha dicho que el hombre se llamaba Warren Easley.

Helen se inclina al frente y se cubre el rostro con las manos.

—Su hermano.

¿Cómo no se le había ocurrido esa posibilidad? Desde el principio buscaba en el sitio correcto, pero al hombre equivocado.

—Debió de falsificar la documentación. ¿Crees que robó el uniforme?

Helen levanta la cabeza y respira hondo. Fija la mirada en los escasos puntos de luz agrupados a lo lejos. Entremedias todo es negrura.

Imagina a John revolver entre los papeles y efectos personales de su hermano allá en casa de sus padres. Asumió el riesgo contando con la lentitud de la burocracia. ¿Cómo iba a enterarse la Marina estadounidense, en la isla de Adak, de la muerte de un soldado canadiense en el canal de la Mancha? ¿Y las órdenes por escrito de las Reales Fuerzas Aéreas Canadienses para solicitar acceso? Sonríe al pensar en John deleitándose en la elección de las palabras exactas de la jerga militar. Desde el principio Helen buscaba el rastro de un periodista, un reportero. Meses de investigación, tres mil quinientos kilómetros. Aunque ella sabía que la clave estaba en Adak, al final fue Stephen quien encontró la pista.

—¿Dónde está John? —pregunta con tono inexpresivo, y su voz, ahogada por la tempestad, apenas se oye.

—Helen…

—¡Maldita sea! ¿Dónde está?

El viento parece burlarse del titubeo de Stephen.

—El avión fue derribado en algún lugar entre esta isla y Attu. Él acompañaba a la tripulación de seis hombres. Helen, no regresaron.

—Puede que hicieran un aterrizaje de emergencia en algún sitio. —Cuando las palabras salen de sus labios, cae ya en la cuenta de que la idea semejaba mucho más sólida antes de expresarla.

—Dicen que la esperanza de vida en este mar es de cinco minutos. Poco más o menos.

—Podría ser que lo hubieran capturado. En Kiska, o en Attu.

Stephen busca su mano en la oscuridad.

—Helen, necesito que me escuches. Me han dicho que no hay ninguna posibilidad de que hayan sobrevivido.

Ella percibe la irrevocabilidad de esas palabras, pero pugna por encontrar resquicios en la lógica, detalles ausentes. Tiene que haber algún error. John no iba en ese avión; el informante de Stephen confunde los hechos. De nuevo tiene la sensación de que deja atrás algo que la persigue. Salta vallas, abre a puntapiés puertas que le han cerrado en la cara. John es demasiado listo para morir.

Stephen se inclina, le besa la mano y se la coge entre las suyas.

—Lleva un tiempo… meses, incluso años, pero al final encontrarás consuelo en saber que no eres la única que ha perdido a alguien —explica—. Pearl Harbor. Es lo mismo que pasa con el *Mayflower*, que todo el mundo afirma que tiene una conexión personal u otra con aquello. En mi caso, es verdad que perdí a alguien en Pearl Harbor.

Helen parpadea, se esfuerza por permanecer en el presente. Reproduce en su cabeza las palabras que acaba de oír.

—Stephen. Dios mío, lo siento mucho. Nunca has dicho nada. Cuéntame…

—En otra ocasión.

Y entonces se obliga a imaginarlo, a sentir cómo ocurre: el avión de John cayendo del cielo; el aullido del viento a través de las hélices inactivas; el impacto del metal contra un mar de hormigón; el agua fría envolviéndolo, arrastrándolo allí donde la luz no llega. Igual que su hermano. Deja escapar un grito, y ella misma se sorprende al oírlo. Stephen le rodea el hombro con el brazo y la estrecha contra sí.

Normalmente en este momento ella se consolaría con la idea de que existe un cielo, la perspectiva de que algún día volverían a estar juntos, pero el propio John se lo impide. Porque para entrar en el cielo se requiere fe en su existencia. John siempre dejó claro que él nunca iría allí. Esta vida es el único tiempo de que disponen para estar juntos.

A no ser que, en algún caso, se conceda el perdón a aquellos que no lo piden. A no ser que la fe de algunos sea lo bastante fuerte para permitir la entrada de otros.

Al final Helen yergue la espalda en el asiento y se enjuga la nariz.

—¿Cuántas islas hay entre ésta y aquélla?

—No lo sé. ¿Media docena?

—Ayúdame a encontrar un mapa.

17

Con el aumento de actividad en el campamento japonés, es imposible robar carbón. Sin carbón, es imposible arrancar una llama a los últimos palos húmedos. Así que ahora no tiene manera de encender nada, ni carbón ni leña. Si bien Easley sabía ya de antemano que carecer de fuego le destrozaría los nervios, no preveía ni remotamente los daños que le ocasionaría en los pies.

Sentado en la húmeda cueva, compara las botas que acaba de quitarse con las botas que guarda en el nido. Las primeras están mojadas y calientes; las segundas, húmedas y frías. Hace tiempo que ha quitado los cordones para dejar espacio a la carne hinchada. Tiene mojados todos los calcetines, y no hay forma de secarlos. Los que lleva puestos están pegajosos a causa de la pus. Se los quita cuidadosamente.

El pie izquierdo es ahora el doble de su tamaño. El derecho es sólo un poco menor, pero presenta media docena de ampollas, algunas de la anchura de una chapa de Coca-Cola. Hasta el momento sólo se le han reventado dos. El color de ambos pies tiende a azul moteado de burdeos. Parecen pertenecer a otro cuerpo debido al contraste con la piel blanca, aunque sucia, de las espinillas. Piensa en las historias de la Primera Guerra Mundial y las trincheras. De todas las posibles muertes que ha imaginado —por inanición, frío, intoxicación, una caída—, nunca habría concebido la posibilidad de que ascendiera por sus piernas desde los dedos de los pies.

Pasa todo el día dentro de la cueva escuchando el viento y los aviones. La llovizna incesante de ayer ha dado paso a la niebla y los pilotos no ven bien sus objetivos en tierra. Los oye volar en círculo sobre la isla, en busca de una brecha a través de la cual derramar su ira. Como no la encuentran, al final los aviones se alejan de la isla con el vientre lleno, sin dejar atrás nuevas heridas.

Despierta en plena noche, rodeado de oscuridad y frío. Tiene entumecidos los pies descalzos. Se los envuelve con la seda. El oleaje se oye anormalmente lejano, aun teniendo en cuenta la marea. El goteo en la boca de la cueva le llama la atención porque sigue el ritmo de una melodía. Oye un leve silbido, y se pregunta si Karl ha vuelto de visita.

Sospecha que la imaginación está cebándose de su estado de debilidad. Siempre ha sido capaz de ver esas cosas como lo que son; ahora, en cambio, se abalanza hacia los fantasmas y persigue aquello que se ha vuelto más importante que su contacto con la realidad. Easley tararea al son del silbido y luego alza la voz en la oscuridad.

El silbido sube de volumen, y ve una luz amarilla ascender por la quebrada desde el mar. Cuando la luz llega a la boca de la cueva, se incorpora para saludar a su hermano. Warren lleva una camiseta y un calzoncillo limpios, calcetines negros y ligas. La luz ilumina su agraciado rostro, el pelo revuelto después de haber dormido. Su farol baña la cueva en un resplandor cálido y reconfortante. Su hermano silba las notas, pero Easley recuerda la letra.

> *So long, it's been good to know you*
> *So long, it's been good to know you*
> *There's a mighty big war that's got to be won*
> *And we'll get back together again.*

Warren deja el farol encima de la roca lisa que él usa como mesa. Junto al farol está lo que su hermano ha venido a buscar: el uniforme de las Reales Fuerzas Aéreas Canadienses, limpio, almidonado y plegado conforme al reglamento. Sobre el uniforme se encuentran la gorra y los guantes de piel. Warren, mientras se viste, silba la melodía en un bucle ininterrumpido. Primero la camisa, luego el pantalón, la guerrera y las botas. Se acomoda bien la gorra en la cabeza. Easley se inquieta cuando ve que se dispone a marcharse.

—Sólo lo cogí prestado —explica—, porque pensé que ya no lo necesitarías.

Temiendo perder la oportunidad, le dice a su hermano que lo ha echado mucho de menos. Que siempre ha admirado su desenvoltura con la familia y los amigos, los profesores y los entrenadores, los desconocidos en la calle. Su aplomo y naturalidad innatos. Su fe en los demás, así como su convicción de que al final, de un modo u otro, todo acabará bien. Warren nunca había advertido —ni se había permitido creer— que su hermano mayor deseaba todas esas cualidades para sí mismo. Que deseaba apartarlo de un empujón, privarlo de la atención y los elogios, dejarlo de lado por completo. Nunca pareció sospechar que los roles naturales se habían invertido, que el primogénito idolatraba al hijo menor.

Warren silba, satisfecho.

—Perdóname —dice Easley—. Por no ser mejor hermano y amigo. Por guardármelo todo dentro. Me he pasado la vida como un consumado desconocido. ¿De qué sirve eso? Ahora me doy cuenta de lo que he desperdiciado… Siempre he sabido que nunca estaría a la altura del hombre que veía en ti.

Warren no tiene respuesta. Se arregla la corbata y se tira de los puños de la camisa; luego alza la vista y asiente. Se toca la visera de la gorra, y en sus ojos destella la luz del farol. Se marcha por donde ha venido. El farol, oscilante, se aleja por la quebrada hasta que la luz se desvanece y la noche vuelve a cerrarse. Easley, ahí sentado, nota que la sangre le sube a la cabeza. Se levanta y, con los pies llenos de ampollas, busca a tientas la salida de la cueva.

El viento ha amainado. El aguanieve cae sobre sus mejillas vueltas hacia el cielo. El mar está dormido y el mundo tan quieto que oye los blandos copos al posarse en el suelo. Easley sospecha que está a punto de morir, o de volver a morir, no sabe si lo uno o lo otro. Se desabrocha el pantalón, vacía la vejiga y, tambaleante, vuelve a entrar en la cueva.

Al amanecer, un distante estruendo metálico reverbera por encima de las olas. Easley se calza unos calcetines mojados y las botas frías de Karl, porque son un poco más grandes y porque teme que si no lo hace ahora, quizá ya nunca le quepan. El dolor que sabe que debería sentir en los pies no le llega al cerebro. Se asoma al exterior y recorre la superficie del agua con la mirada. Tras aguzar la vista largo rato a través de la niebla, cree oír el sonido de unos motores entre el oleaje.

Empieza un bombardeo de otra clase. Oye, repetidamente, primero una detonación lejana y luego un ruido sordo procedente de la aldea y el campamento. El ataque se prolonga durante casi una hora. Después vuelve a reinar el silencio.

Easley pasa el resto de la mañana resguardado en su cueva y sale sólo una vez para beber del arroyo. Cuando se sacia, se yergue y capta en el viento un tufillo de fueloil.

Observa la foto de Tatiana y abre su preciada lata. Mira el bordado de hilo de intenso color blanco, el icono, la punta de arpón, el fajo de billetes. No toca nada. Dentro todo está limpio y reluce, todo es obra de manos humanas. No se arriesgará a contaminarlo con su mugre. Tapa la lata y se la guarda en la mochila. A continuación recoge el encendedor gastado, la navaja, el libro japonés en el que ha escrito el homenaje a Karl. Lo coloca todo cuidadosamente dentro de la mochila y ajusta bien las correas. Se mete la foto en el bolsillo.

Se tumba y contempla la luz gris del día nublado en el exterior.

Cuando vuelve a abrir los ojos es ya entrada la noche. El hormigueo en los pies ha desaparecido, y cuando se aprieta la bota, no nota nada. La última decisión que le queda por tomar es elegir el lugar y el momento. Se levanta y busca apoyo para no caerse; se echa a hombros la mochila. Se quita del cuello las placas de identificación del chico y las deja en el nido. Acto seguido abandona la cueva para siempre.

Una luna creciente asoma a intervalos entre las nubes, gracias a la cual, con un poco de imaginación, ve desplegarse la tierra ante él. Easley recorre la playa. Avanza por encima de la línea de la marea alta, sorprendido por la facilidad con que anda. Los pies ya no le causan problemas. No siente el suelo, ni la corriente fría cuando vadea el río poco profundo. Es como si caminara por el aire. Lo considera otra prueba de que se ha convertido en un fantasma. Hasta que tropieza y, al caer, se hace un corte en la base de la mano.

Todavía es de noche cuando pasa por el sitio donde dejó el cadáver, pero no ve los esquís ni los bastones. No ve el menor rastro. Sigue adelante.

Concibe dos posibles situaciones. Una bala, disparada desde muy lejos, le traspasará el pecho, y él caerá de espaldas en la hierba. Su sangre penetrará en el suelo, enriqueciendo esta tierra desolada. En esa pequeña porción de terreno, las flores crecerán más exuberantes este verano. La otra posibilidad es la captura, y después la tortura y el confinamiento en algún agujero subterráneo. No se le antoja muy distinto de su situación actual. Al menos recibirá algún tipo de alimento con regularidad. Easley no siente verdadero interés por ninguno de estos dos desenlaces, sólo cierto grado de satisfacción ante la idea de que pronto acabará todo y ya no volverá a estar solo.

Al romper el alba, se halla a menos de dos kilómetros de la aldea. Avanza cada vez más despacio entorpecido por los pies. Llegará a la hora del desayuno. ¿Qué desayunan los soldados japoneses? Cuando llega a la cresta del monte desde donde se ve la aldea, percibe una quietud inesperada. Tanto la aldea como el campamento están en silencio y en calma, sumidos en el más profundo sueño. Si camina otros cien metros en la misma dirección, sin duda alguien lo verá. Sonríe: está ya muy cerca de la línea de meta.

Se sienta y se inspecciona los pies. Ensanchados, alcanzan grotescas proporciones. No siente dolor, pero ahora sí un hormigueo muy en el interior. Se baja el calcetín y se hinca el dedo índice en la piel tirante. Si bien sus ojos registran el contacto, no hay respuesta sensorial.

Podría entrar en el campamento con las manos en alto y tal vez lo capturaran vivo. Recordando el bordado de Tatiana, saca la lata de la mochila y la sostiene en el regazo. La destapa, extrae el paño de hilo con las puntas de los dedos y, sacudiéndolo, lo despliega. Coge la mochila y se levanta con dificultad.

Le defrauda no ver humo elevarse de los edificios o las tiendas de campaña. Sin fuego vivo, tardarán una eternidad en prepararle un baño de agua caliente. Levanta la bandera blanca por encima de la cabeza y la deja ondear en la brisa bochornosa.

Las nubes se deslizan a sus espaldas y el sol tiñe las montañas de un favorecedor color rosa. Recuerda el augurio del refrán: cielo rojo a la alborada, cuidar que el tiempo se enfada.

Se le cansa el brazo antes de llegar al primer edificio en ruinas. Ha dejado de cantar para poder decir «hola», levantando la voz lo suficiente para que lo oigan, pero no tanto como para causar alarma. Para descansar el brazo, se lo apoya en la cabeza, manteniendo el paño blanco suspendido junto a la oreja. Se le acelera el corazón.

Las bombas lo han desperdigado todo. Easley se detiene y observa los vehículos abandonados, las huellas de neumáticos todavía recientes en el barro. Casas con las puertas de par en par, paredes derrumbadas, tejados abiertos al cielo. Al pasar junto a la vivienda donde se ocultó hace unas semanas, no ve señales de vida. Ni asomo de Tatiana o los suyos, ni de la tropa o su ropa recién lavada. Sólo astillas y cristales rotos. ¿Adónde se han ido todos? Sigue adelante por la calle hasta los barriles de gasolina y los búnkers. No huele a carbón ni a humo de ningún tipo. Se detiene ante la primera tienda de campaña.

—Hola —dice—. Me entrego.

Easley entorna los ojos y encorva los hombros como si estuviera a punto de recibir un golpe. Nada. Tiende la mano hacia la lona, la aparta lentamente y dentro ve papeles en desorden. Una caja aplastada y una manta revuelta en el suelo de grava. De la manta asoman una caña de pescar y un sedal enredado.

Va de una tienda a otra, ofreciendo educadamente su rendición, pero no encuentra a nadie que la acepte. Sí encuentra en cambio trincheras y túneles abiertos, oscuros y mudos. En todos los refugios hay esparcidos papeles, cajas vacías, pesadas herramientas que se han desechado al huir. Fuera encuentra un zapato, aun más húmedo que el suyo, y una cuchara, seca y limpia.

Coge un papel húmedo de aspecto oficial con caracteres japoneses en azul estampados en lo alto. Debajo penden columnas de tinta negra corrida y hay un sello en el ángulo inferior derecho. Lo pliega y se lo guarda en el bolsillo. A continuación, cambiando de idea, lo saca y lo tira. Mejor no rendirse con documentos robados.

Llega hasta el límite del campamento. Allí mira primero hacia la playa desolada al final de caminos abandonados y después otra vez en dirección a las montañas. Las nubes, ahora más altas, dejan a la vista zonas nevadas y el esquisto de color negro grisáceo. Los únicos sonidos son el viento, las olas y el continuo lamento de las gaviotas. Levanta el paño por encima de la cabeza y exclama:

—¡He ganado yo, joder!

Ni lluvia de balas ni lanzamiento de granadas, ningún rostro enemigo surgiendo repentinamente de las sombras: sólo una soledad nueva que en cierto modo es aún mayor que la anterior. Easley regresa a la tienda donde ha visto la manta. Se tiende sobre una lona mohosa y se quita las botas y los calcetines. Envuelve los pies en lana japonesa y se duerme.

Cuando por fin despierta, una gaviota argéntea lo observa con expresión crítica. Está en la entrada de la tienda y no aparta la mirada de él. Cuando Easley se incorpora para agarrarla, siente tal dolor en la cabeza que se ve obligado a tenderse de nuevo. El ave, brincando, retrocede un par de metros y luego se aleja parsimoniosamente.

A juzgar por la luz del cielo, el día casi ha llegado a su fin. Volverá a desvanecerse si no come y bebe algo pronto. Se incorpora, pero cae de nuevo de espaldas a causa de la palpitación en la cabeza. El dolor tarda en remitir.

Ahora los pies ya no le caben en las botas. Saca la navaja, hace una incisión en la manta y arranca una tira. Esta tarea le requiere tal esfuerzo que descansa un rato antes de repetir la maniobra. Al acabar, dispone de dos largas tiras de lana con que envolverse los pies. Saca los cordones de las botas de la mochila, los ata en torno a la lana y, con gran dificultad, se levanta.

Encuentra una fotografía de un joven japonés sonriendo ante una montaña oscura, y más allá una espina de pescado. Coge el esqueleto y se lo acerca a la nariz. Es nauseabundo, gris a causa de la descomposición, color que le recuerda el de sus pies. Encuentra una camiseta sucia y un sinfín de casquillos de bala. Entre los escombros hay cráteres de bombas recientes. No encuentra nada para comer, pero sí un sinfín de neumáticos abandonados, cristal, alambre, artillería. Finalmente, un tesoro: medio cubo de carbón.

¿Dónde están los japoneses? ¿Se han ido de verdad, o su desaparición es simplemente prueba de que él está ya en el otro mundo? No, decide. La gaviota ha confirmado su existencia.

Las nubes se levantan y los picos de las montañas se ciernen sobre la aldea, cuyas ruinas Tatiana apenas reconocería. A lo lejos, casi donde empieza la nieve, algo se mueve: un fino río blanco que asciende por la roca negra hacia el desfiladero. Está vivo. La línea blanca se vuelve más fina y, separándose de la acumulación de nieve mayor, avanza despacio por la roca, hasta que pasa una nube y la oculta.

Esto no es fruto de su imaginación, ni un efecto óptico de las sombras que se proyectan dentro de sus ojos. Los japoneses se han ido.

De pronto el velo desaparece, y ve las cosas tal como son: el campamento y la aldea abandonados, el enemigo retirándose a una posición más elevada... El olor del combustible, el ruido metálico procedente del mar, la ausencia de aviones en el aire.

Karl le explicó hace unas semanas que la Marina no se arriesgaría a desembarcar en la orilla frente a una aldea bien defendida. Para evitar la artillería pesada, la infantería probablemente desembarcaría al otro lado de los montes, a unos veinte kilómetros al sur de la aldea, quizás en bahía Masacre, topónimo que Easley conoce por sus propias investigaciones. Hace doscientos años quince aleutas fueron ejecutados allí por los comerciantes de pieles rusos, tal vez por osar resistirse a los invasores, o a su posterior estado de esclavitud. La otra opción sería aproximarse desde el oeste de la aldea. Podrían desembarcar en la ancha playa cercana a su cueva. Antes imaginaba ese día con frecuencia, pero renunció hace mucho. Y ahora, cuando llega el momento, ¿ha ido en dirección equivocada?

Easley se echa la mochila al hombro y, renqueando, avanza por la playa, alejándose del refugio, las mantas, los relucientes trozos de carbón. Vuelve por donde ha venido.

Llueve ligeramente, pero el agua enseguida empieza a correrle por el cuello. Exhala en roncas vaharadas.

Al cabo de unas horas, no muy lejos de donde Tatiana enterró la lata, Easley se desploma por tercera vez. Cae de cara sobre el ballico viejo y pardusco. El entumecimiento ha ascendido de los pies a las rodillas. Por encima, los muslos le arden. Se tiende cara arriba, cierra los ojos y tiembla a causa de la humedad y el frío.

No se lleva la mano a la pequeña fotografía que tiene en el bolsillo. Ahora es el rostro de Helen el que aparece ante él, su cabello suelto, el cálido sol a sus espaldas. Pero Easley parpadea y ella desaparece.

¿Qué aves serán las primeras en llegar y vengarse? ¿En posarse sobre su pecho y picotearle los labios y los ojos? Cuando encuentren su cuerpo, nadie sabrá quién era ni qué ocurrió allí. Todo esto se perderá. Quizá crean que es Karl.

«Estos son pensamientos de un cobarde. ¡Levántate! Estás perdiendo el tiempo.»

—¿Helen?

Pronuncia el nombre en voz alta.

Ella va por delante de él en la playa, descalza por la arena caliente. Debe levantarse de un salto ya, correr detrás de ella tan deprisa como le permitan las piernas.

Pero el cuerpo no lo obedece. Sólo necesita un breve descanso.

«¡Levántate! ¡Abre los ojos!»

En ese momento siente un calor repentino, seguido de la sensación de que se hunde. El cable cortado, el ascensor en caída libre. La ineludible precipitación en el vacío agitando los brazos.

18

Yace enterrada en mantas, tres, una encima de otra, y siente el contacto de la lana áspera en el cuello y las mejillas. Huelen a polvo y moho, y al sudor de los hombres que han yacido aquí antes que ella. Con la mirada fija en el techo, aguza el oído con la esperanza de captar el menor asomo de la respiración de Gladys. No oye nada. No le llega ningún sonido humano que pueda reconfortarla, ni risas ni el murmullo de la conversación. Ni el gemido de un jeep al pasar. Sólo el viento. Contempla la oscuridad y se maravilla al comprobar que prácticamente ve lo mismo tenga los ojos abiertos o cerrados.

Después de cancelar la Marina repentinamente la última función de la compañía de variedades, Judith, Sarah y Jane fueron evacuadas en avión ayer por la tarde, ocupando los tres últimos asientos disponibles. Stephen armó un alboroto, hinchando el pecho y declarando que por nada del mundo volvería a perder de vista a ninguna de las mujeres que tenía a su cargo. No viajarían ni se quedarían aquí sin él. Mire alrededor, le dijeron. El ritmo acelerado de las misiones de bombardeo, la súbita llegada de barcos al puerto, la incesante actividad del personal de tierra. Algo ha cambiado, eso es innegable. La guerra se acerca. Debido a esto, y al exabrupto de Stephen, el resto de la compañía de variedades ha sido confinado en un alojamiento en espera de la evacuación. Helen insistió en que le permitieran quedarse con Gladys y Stephen. Si el tiempo atmosférico y el espacio lo permiten, se marcharán en algún vuelo mañana.

Gladys se da la vuelta en su camastro, invisible en la oscuridad.

Antes del arresto domiciliario, Helen supo por el clarinetista que un avión procedente de Adak se vio obligado a realizar un aterrizaje de emergencia en una isla despoblada y lo consiguió. Eso ocurrió tres meses antes de que el avión de John emprendiera el vuelo. La tripulación fue rescatada enseguida, sin pérdida de vidas. Helen interpretó esta noticia como prueba, como un escudo de razón para ayudarla a proteger su fe.

Durante todo el día se preguntó si John no estaría en una isla parecida, sobreviviendo gracias a los frutos de la tierra en compañía de los miembros de la tripulación. Cada avión que sale de esta isla va pertrechado de un equipo de supervivencia y provisiones. Le han contado que John partió en un hidroavión. Quizá lograron amerizar cerca de la orilla. Helen dejó que la idea germinara y floreciera. Y ahora, a las tres de la madrugada, se marchita en medio de las voraces sombras, el frío implacable y la posibilidad de que John llegue a la conclusión de que nadie lo busca. Helen se incorpora y aparta las mantas.

¿Es esto? ¿Es esto todo lo que ha conseguido con sus mentiras y maquinaciones, después de dejar solo a su padre?

John desearía que mañana ella subiera a ese avión, que volviera a casa y se pusiera a salvo del peligro que se cierne sobre esta isla, sea cual sea. A ese respecto no alberga la menor duda. Como también sabe que si fuera ella quien hubiese desaparecido…

Helen se acuesta de nuevo, se arrebuja en las mantas y se refugia en un recuerdo que de pronto acude a su mente. Un caluroso día de agosto. Una pequeña tienda de campaña montada en la costa de Columbia Británica. El cielo cubierto por una filigrana de nubes, el mar de un plácido azul.

Ella lo siguió a través de la maleza, al amparo de cedros y abetos, hasta que salieron a la intensa luz del sol. Desplegaron el picnic en una ladera seca y descorcharon una botella de vino. Antes de que él tuviera ocasión de servirlo, dos águilas surgieron del cielo. Se posaron a menos de quince metros. Una intentaba dominar a la otra, extendiendo las alas, batiéndolas, en ademán de prepararse para el combate. La segunda ave por fin cedió, y su compañero se apresuró a montarla. Terminó en cuestión de segundos. Las águilas se separaron, pero volaron en la misma dirección. John llenó los vasos. Brindaron por la exhibición amorosa, por las aves que se emparejaban de por vida. En el camino de regreso al campamento, él le tiró del pantalón y la inmovilizó contra un árbol.

Al cabo de dos horas, Helen se obliga a despertar. Oye a las tripulaciones de los aviones calentar motores y cargar las bombas cada día más temprano. Se frota los ojos para sacudirse el sueño y baja las piernas al suelo.

El viento se ha ido de permiso. Más allá del cristal, se ven volutas de humo elevarse de las tiendas de campaña y gruesos copos de nieve en el aire. Helen se arrebuja junto a la estufa, aviva el carbón, espera a que aumente el calor. Saca una lima del bolso y se rebaja las uñas hasta la carne.

Gladys, tumbada boca arriba en la tenue luz, está tapada hasta la barbilla. Limpia de maquillaje, se le ve la cara pálida, y Helen piensa que así no aparenta veintiocho años, sino cinco menos. Para combatir el frío, a falta de gorro, lleva un jersey blanco en torno a la cabeza y las orejas, atado con un gran lazo bajo la barbilla. Está ridícula y encantadora. Helen coge dos mantas de su camastro y cubre con ellas a Gladys. Después vuelve junto a la estufa.

Debe encontrar la manera de quedarse. Si hay alguna posibilidad de encontrar a John, éstos son los hombres que darán con él. Es aquí a donde lo traerán. Pero ella no se quedará de brazos cruzados. Buscará la manera de ser útil.

Helen, sentada en una silla, ya vestida, espera a solas. La mañana ya casi acaba. Gladys está en el aeródromo, dejándose fotografiar y firmando autógrafos, ocultando la ausencia de su compañera.

Stephen aparece en la puerta mordisqueándose el labio inferior por dentro. Helen ha desarrollado la capacidad de leer los pensamientos escritos en su cara antes de que él tenga ocasión de camuflarlos. En este sentido, no es muy distinto de su padre, sus hermanos o John, o de la mayoría de los hombres si se los observa detenidamente. Él dedica casi media hora a señalar la inverosimilitud de su nuevo plan, la certeza de la suerte que ha corrido su marido, la necesidad de que ella se concilie con la realidad. Los problemas a los que se enfrentará él si ella no sube a bordo del avión. Está decidido a hacerla cambiar de idea.

Helen mira a Stephen, recortada su silueta en la infrecuente luz del sol, y se da cuenta de lo mucho que lo echará de menos.

—Ya está todo dicho, pues —concluye él—. Ni siquiera quieres acompañarme hasta el avión.

—No puedo.

—Pues ya no sé qué más decir.

Ella se levanta y, con un nudo en el fondo de la garganta, le echa los brazos al cuello. La amistad de Stephen ha sido algo inesperado. Se la ha ofrecido instintivamente, sin reservas. Si pronunciara una sola palabra, sucumbiría ante él. Opta, pues, por besarlo en la mejilla y acariciarle el pelo. Le complace verlo sonreír.

—Si no me voy ahora —dice él—, me pondré sentimental y todo el mundo sabrá lo blando que soy. —Se da media vuelta y sale al barro—. Te escribiré, y espero respuesta.

Helen lo observa alejarse por el camino hacia el aeródromo, consciente de que deja escapar algo valioso y poco común. Lo mantiene en la mira hasta que él dobla un recodo y desaparece tras una tienda.

Cuando Helen llega, el segundo hombre al mando en Adak le ofrece asiento frente a él. Ella le estrecha la mano, se acomoda e intenta dar forma a su argumento inicial. La baja altura del techo crea una perspectiva forzada, confiriendo al contraalmirante Styles y su escritorio metálico una apariencia desproporcionadamente grande. Mapas del tamaño de sábanas cubren las paredes. Roosevelt sonríe desde su marco con esa expresión seria de optimismo que casi todo el mundo considera tranquilizadora, e incluso santa. Helen intenta hacer acopio de valor ante la mirada del presidente mientras el contraalmirante hojea un libro de cuentas.

—Lamento mucho haber tenido que reducir el número de funciones aquí. Los hombres les están muy agradecidos… Yo mismo les estoy muy agradecido… por lo que han hecho. Pero, como ve, el suelo tiembla bajo nuestros pies. Deberíamos haberlas evacuado hace días. Y ahora dígame, ¿en qué puedo ayudarla?

—He venido a ofrecer mis servicios como voluntaria —declara—. Quiero quedarme, ayudar en el hospital. Por favor, escúcheme. He visto lo saturado que está su personal médico. He hablado con su enfermera jefa, la teniente Mayfield, y dice que me encontraría un hueco. Sé que puedo…

Él levanta la mano y abre mucho los ojos en una expresión de incredulidad.

—¿Cómo dice, señorita…?

—No tengo preparación de enfermera, pero puedo ayudar. Puedo limpiar, hacer las camas. Puedo ayudar a dar de comer y cambiar los vendajes. —Helen oye su propia desesperación, pero es incapaz de parar—. No irá a decirme que a sus médicos no les vendría bien otro par de manos.

El contraalmirante tapa la estilográfica y la deja a un lado ceremoniosamente. Junta las yemas de los dedos y apoya los codos en el escritorio. Helen advierte un tic bajo su ojo izquierdo.

—Agradezco su deseo de prestar servicio. Pero esto es el frente, y como salta a la vista, no estamos preparados para acoger civiles. En Anchorage o Fairbanks la aceptarán con los brazos abiertos.

Helen siente el rubor en sus mejillas, ve su propia inquietud reflejada en el semblante de él.

—Un momento. —El contraalmirante consulta el reloj—. Su vuelo no salía… ¿hace media hora?

Tiende la mano hacia el teléfono. Ella lo interrumpe con una nueva táctica: la mayor parte de la verdad.

—El primero de abril ustedes perdieron un avión cuando volvía de Attu.

Él cuelga el auricular.

—Un hidroavión PBY Catalina desapareció aquel día con siete hombres a bordo. Mi marido viajaba en ese avión.

Él se recuesta en la silla, replanteándose el problema que tiene sentado ante sí.

—En sus registros consta como teniente Warren Easley, de las Reales Fuerzas Aéreas Canadienses.

—Señora Easley. —Su tono es respetuoso, paciente.

—Al igual que yo, usted no lleva alianza nupcial, así que no sé si tiene a alguien en casa esperándolo…, alguien a quien quiera tanto como para hacer cosas absurdas o inverosímiles.

—Yo no conocí a su marido —explica él—. Lamento mucho su pérdida. Comprendo su deseo de quedarse, pero sencillamente no es posible. Debo…

—En enero hubo otro aterrizaje forzoso, y esos hombres sobrevivieron. Y sé…

—No fue «otro» aterrizaje forzoso, señora Easley. Ése fue en Great Sirkin, la isla que ve por esa ventana, a cuarenta kilómetros de aquí, no a setecientos y en una isla del archipiélago bajo bandera japonesa. Al avión de su marido lo vieron caer en el mar a unos quince kilómetros al este de Attu. Si esos hombres sobrevivieron de algún modo, puede estar segura de que ya nos habríamos enterado. El enemigo se complace en alardear de esas cosas. Uno de sus radiotelegrafistas habla inglés perfectamente, con acento de Harvard. Lanza pullas a nuestros pilotos cada vez que se aproximan a Attu.

En el despacho no hace más frío que en cualquier otro espacio de esta isla, y sin embargo Helen se ve obligada a agarrarse a los brazos de la silla para no temblar.

Suena el teléfono. El contraalmirante coge el auricular de inmediato y se inclina sobre el escritorio.

—Ya entiendo —dice—. No. Ya está bien así.

Cuelga, se pone en pie y se arregla la chaqueta. Coge el abrigo del perchero y se lo coloca sobre los hombros. Le tiende la mano.

—Déjeme quedarme, por favor.

—Señora Easley.

—Por favor.

—Me sentiría muy honrado si se cogiera de mi brazo. Acompáñeme.

Helen es incapaz de moverse.

El contraalmirante descuelga el abrigo de Helen y lo abre para envolverla. Este gesto de cortesía le permite reunir fuerzas, volverse e introducir lentamente los brazos en las mangas.

Él levanta el codo y ella se coge de su brazo por la sangría. Juntos, salen del despacho. Pasan por delante del administrativo, que alza la vista desde su mesa, atraviesan la puerta y recorren el camino embarrado. Se cruzan con jeeps que avanzan a toda velocidad entre sacudidas, y con hombres enardecidos por un renovado sentido de la finalidad. Dejan atrás los barracones y el hangar donde actuaron, hasta llegar al borde del aeródromo, donde los bombarderos de regreso vuelan en círculo sobre ellos. Se acercan al avión donde Stephen, fumando su pipa, charla con los miembros de la tripulación. Dos hombres suben al aparato mientras otro retira cuñas de debajo de las ruedas. El contraalmirante Styles asiente y estrecha la mano a Stephen. Levanta la voz para hacerse oír por encima del bullicio general. Helen no distingue sus palabras. Siente una mano apoyada con delicadeza en su espalda mientras él se da la vuelta y se marcha.

19

Al abrir los ojos, lo primero que capta su mirada es el orificio del cañón de un fusil. Mantiene apuntado dicho fusil hacia el pecho de Easley un gigante, o esa impresión tiene él. Cuello grueso, la corpulencia y complexión de un defensa de fútbol, ojos de un azul nórdico. El soldado lo toca con la puntera de la bota. Parece asustado, sin saber bien qué hacer. Easley se frota los ojos, parpadea ante la luz, intentando calcular cuánto tiempo ha permanecido sin conocimiento. ¿Una hora, quizá dos? Atrae su atención, más allá de las rodillas del gigante, una increíble visión: hombres que corren por la hierba, acarreando cajas y armas. Vociferan, señalan y miran en todas direcciones. En algún lugar de los montes se oye el eco de un disparo.

—¿Hablas inglés? —El soldado empuña el rifle firmemente, con los codos hacia fuera, preparado para disparar.

Easley asiente.

—¿Adónde han ido?

—¿Los japoneses?

El soldado mira por encima del hombro.

—¡Tengo aquí a un prisionero! —anuncia a gritos a los hombres que hay a sus espaldas. Luego, tras detenerse a pensar por un momento, pregunta—: ¿Eres un prisionero?

Easley no lo sabe.

Ahora son muchos los hombres que se acercan corriendo, demasiados para contarlos. Los pares de piernas verdes que lo rodean pronto le impiden ver el paisaje. Easley se incorpora y levanta las manos lentamente. El soldado baja un poco el fusil y, sin dirigirse a nadie en particular, dice:

—¿Qué demonios se supone que tengo que hacer con esto?

En la playa suenan unos disparos a lo lejos. Los hombres se agachan sujetándose los cascos. Cuando se interrumpen las detonaciones, unos cuantos se marchan corriendo. Finalmente alguien dice:

—Regístralo.

—¿Te duele algo? —pregunta el soldado—. Tienes muy mala pinta.

Easley se plantea su propio aspecto: barba mugrienta, pelo greñudo, la delgadez de brazos y piernas.

—Los pies —contesta—. Los tengo destrozados.

El soldado echa un vistazo a los pies vendados y embarrados. Después lanza una ojeada por encima del hombro otra vez, como si tuviera que estar en otra parte. Por fin dice:

—Te diré lo que vamos a hacer.

Un auxiliar médico de aspecto endeble aparta de un empujón al defensa de fútbol. Va empapado hasta las axilas: debe de estar recién desembarcado. Se lo ve tan asustado y confuso como a los demás. Menos de veinte años, cara rechoncha con grasa infantil, mejillas sonrosadas. Indica a los otros que sigan adelante, cosa que hacen, y saca el botiquín. Abre un paquete nuevo de gasa sin prestar mucha atención a las heridas. Cuando cae en la cuenta de que se está precipitando, mira los pies de Easley. A continuación se sienta en cuclillas.

—¿Qué haces aquí? ¿Qué te ha pasado?

—Mejor será que empieces por mis pies.

El auxiliar retira la lana y acto seguido se inclina como para vomitar. Después de unas cuantas arcadas, no arroja nada. Lo más probable es que ya haya dejado el almuerzo en la cubierta del barco. Se enjuga la boca y mira alrededor para asegurarse de que nadie más lo ha visto.

—Lo siento. Creo que estoy entrando en estado de shock.

—¿Por qué no te sientas a descansar un momento? —propone Easley.

El auxiliar, sin hacerle caso, se apresura a cerrar el botiquín.

—¿Puedes caminar?

—Creo que sí.

—¿Te duele?

—No siento nada.

—No deberías caminar. Te llevaré yo.

El auxiliar se cuelga el botiquín al hombro y se yergue junto a Easley. No parece tener la fuerza necesaria para cargar con él.

—Echa los brazos alrededor de mi cuello.

El periodista obedece y el auxiliar lo coge en brazos. Huele como si se hubiera bañado en combustible. La facilidad con que lo lleva a cuestas induce a Easley a preguntarse cuánto de sí mismo ha dejado atrás.

Ve por todas partes soldados que corren y se agachan, que colocan equipo en el esponjoso bellico. Un grupo empuja un tractor para intentar sacarlo del barro. Ha ascendido desde la playa y de pronto se ha hundido en el lodazal bajo su propio peso. Unos cuantos hombres observan los montes con prismáticos y las miras de sus fusiles, otros corren entre las colinas con las pistolas desenfundadas, como policías desorientados en una película de gángsteres. En su mayoría visten guerreras finas y botas de cuero: no van equipados en previsión del tiempo. Centenares de ellos pasan como exhalaciones, vociferando, señalando, tropezando a medida que la niebla desciende sobre el puerto. El auxiliar médico se detiene y llama a gritos a otro hombre, que se acerca apresuradamente. Cada uno de ellos desliza el brazo por debajo de una de las axilas de Easley y entrelazan las manos libres para formar un asiento. Easley atraviesa el escenario como la realeza.

Al recorrer la playa, pasan cerca de su cueva. Toscas embarcaciones atracan en la playa y bajan los puentes de desembarco sobre la arena. Los hombres salen a borbotones, como la sangre de una herida reciente. Una vez en tierra, se acuclillan con los brazos separados como en un combate de lucha libre, prestos para la acción. Easley hace un esfuerzo para mantenerse despierto.

El auxiliar rechoncho y su acompañante lo depositan en medio de una acumulación de camillas y cajas de embalaje que constituyen el punto de partida de un hospital de campaña. Acto seguido los dos vuelven tierra adentro. Easley, con un estremecimiento, recuerda de pronto la lata de té y sus tesoros. Debe de haberse quedado allí donde él se ha desplomado.

—La mochila. —En su forcejeo por ponerse en pie, casi logra darse la vuelta—. Tengo que volver a buscarla.

—Túmbate, amigo. —Este otro auxiliar médico de mayor edad parece español o turco, de un país mediterráneo en cualquier caso. No hará más de dos días que se ha afeitado, pero se le dibuja ya una sombra de barba sólida y azul. Parece estar al mando.

—Necesito mi mochila.

—Tienes que quedarte tumbado —dice el auxiliar, inclinado sobre una camilla donde otro hombre contrae el rostro en una mueca de dolor.

Easley decide que es griego.

—Es lo único que tengo.

El griego llama a otro hombre para que lo ayude y luego se limpia las manos en los muslos. Se yergue y se acerca a Easley.

—¿Y tú quién demonios eres?

—John Easley.

—¿Rango?

Ya no va a seguir haciéndose pasar por su hermano.

—Ninguno.

—¿Prisionero de guerra?

—No.

—¿Esto te lo han hecho ellos?

Se arrodilla y coge el brazo descarnado de Easley. Le levanta la camisa y le palpa las costillas para examinar su cuerpo consumido.

—¡Virgen santa! ¿Cómo es posible que sigas vivo? —exclama—. ¿Cuándo comiste por última vez?

—La mochila. Ahí guardo todas mis cosas. Cosas que no me pertenecen. Por favor. No está muy lejos.

—Túmbate.

El griego forma una almohada con un petate vacío y se la coloca bajo la cabeza. Le inspecciona los pies y siente tal repugnancia que no puede evitar dar un respingo. A continuación mete la mano en una caja de cartón y saca una jeringuilla y un frasco. La llena extrayendo el líquido por medio de la aguja y luego le da un toquecito. Desabrocha el pantalón a Easley y lo obliga a ponerse de costado. Un hilillo frío de alcohol le corre por la cadera y el lugar donde antes tenía el trasero. El griego le frota la zona con algodón, tira la torunda a un lado y repite el procedimiento una y otra vez. Finalmente hunde la aguja. Vuelve a subirle el pantalón y dice:

—Duerme un poco. Esta noche tendremos comida. Enseguida nos ocuparemos de esas piernas tuyas.

Unos disparos en las estribaciones de las montañas atraen por un momento la atención de todos.

—No me pasa nada en las piernas —dice Easley—. Tengo los pies un poco entumecidos.

—Ya.

—Prométeme que iréis a por mi mochila.

—Duérmete.

—Hay dinero en efectivo. Podéis quedároslo. Por favor. Os lo pido por favor.

El griego lo tapa con una manta y se aleja. Todo el mundo se mueve atropelladamente y grita. No parece haber rumbo ni plan. En la camilla contigua, un hombre reza el rosario en susurros. Empieza a llover y sin embargo una increíble sensación de calor invade a Easley.

Cuando vuelve en sí, se halla bajo el techo de un pabellón de campaña y lo mira fijamente a la cara un comandante del ejército, impaciente y visiblemente agotado. El griego, con su muñeca en la mano, le toma el pulso. Easley entorna otra vez los párpados, pero el comandante le sacude el hombro.

—¿Dónde están? —pregunta.

Se refiere a los japoneses. Easley intenta ver algo a través de la ondulante niebla que flota en su cerebro. Antes estaban aquí, ahora ya no están. Recuerda las siluetas que ascendían en fila por la ladera de la montaña.

—No lo sé.

—¿Los ha visto marcharse?

—No, pero debían de saber… que ustedes venían. He visto a unos cuantos que subían… hacia la nieve. Vestían todos… de blanco.

—¿Cuánto tiempo lleva aquí?

—Desde… el día uno.

—¿El uno de mayo?

—El uno de abril.

El comandante cruza una mirada con el griego.

—¿Qué les ha dicho?

—No he hablado con ellos. Estaba escondido en una cueva… —Easley baja la mirada, pero no siente nada por debajo de las rodillas. Es como si sus pies pertenecieran a otro hombre—. Maté a uno —declara, alegrándose de la oportunidad de decir por fin la verdad—. Luego he ido a entregarme, pero ya se habían marchado.

Desde el lugar que ocupa en el pabellón, ve el exterior a través de la entrada. Ya anochece y la luz ha perdido el color. El tiroteo es continuo y procede aparentemente de las montañas, pero no podría asegurarlo. El comandante, deseoso de obtener mucha más información, parece recelar. Easley empezaría por el principio, le contaría hasta el último detalle, si encontrara las palabras para hacerlo.

El comandante mueve los labios, pero él no distingue lo que le dice. Es como si lo escuchara bajo el agua. El comandante se quita el casco, se rasca la cabeza y vuelve a cubrirse. Mientras habla con el griego. Easley observa el movimiento de los mentones de ambos hasta que ya no puede mantener los ojos abiertos.

Cuando vuelve a despertar, capta su atención un repentino movimiento. Un hombre coge una caja de madera vacía y la levanta muy por encima de la cabeza, rozando el techo del pabellón. Acarrea la caja entre hileras de camillas y finalmente la planta en el barro junto a Easley. En las manos parece llevar calcetines en lugar de guantes. A continuación se acerca a la estufa, vuelve con un tazón humeante y se sienta en la caja. Con los dientes, se quita el calcetín de la mano derecha y se lo deja en la rodilla. Usando esa mano recién liberada, coge una cucharada de gachas.

Ha transcurrido al menos una noche, de eso Easley está seguro. Ahora el foco del dolor se centra entre sus ojos, muy adentro. Le duele mirar hacia la luz, como también mover la cabeza. El hombre hunde la cuchara en las gachas, la sostiene cerca de la boca de Easley y espera.

—Son los pies —dice—. Por lo demás, estoy bien.

Saca la mano de debajo de las mantas y la tiende hacia la cuchara. Le cuesta incorporarse. El hombre ve sus esfuerzos y se mete la cuchara en su propia boca. Se apresura a tomar un segundo bocado, deja el tazón en el suelo y coloca una manta detrás de los hombros de Easley. No contento con el resultado, va a por otra manta y endereza al periodista un poco más. Se sirve otro bocado de gachas antes de que Easley tienda la mano y coja el tazón.

—Has tenido una suerte loca. —Labios despellejados, pelo castaño cortado al uno. Unas ojeras grises que le confieren cierto aire de drogadicto—. Los heridos reciben raciones especiales. A ti te han clasificado como herido. —Vuelve a enfundarse la mano en el calcetín.

Easley toma una cucharada de gachas. Avena caliente, azúcar, sal, salvación.

Aunque el dolor de cabeza no remite al ingerir comida, sabe que es importante acabárselo todo. Le exige un esfuerzo sobrehumano permanecer erguido.

A lo lejos estalla una granada. Es la primera señal de combate que ha oído en toda la mañana, si es que aún es realmente la mañana. Se vuelve hacia la detonación, pero la pared de lona limita la visibilidad a unos pocos metros.

Su nuevo compañero no se inmuta; ni siquiera parece haber oído nada.

—¿Cuánto tiempo llevas aquí? —Coge el tazón vacío y sirve agua de una cantimplora en una taza. Se la entrega a Easley.

—Un mes y medio, me han dicho.

—Y no te han capturado.

Easley niega con la cabeza.

—No eres militar…

—Periodista, digamos. —Extenuado, Easley vuelve a tenderse.

—¿Ah, sí? Pues tengo una historia que contarte. —El hombre acerca la caja a la cabeza de Easley—. Di que la Séptima División de Infantería fue adiestrada para el combate en el desierto con la intención de mandarla al norte de África, y luego la destinaron a la otra punta del mundo. Di que nos dieron una ropa de mierda, que no abriga ni es impermeable. Di que no han traído comida suficiente y que da la impresión de que nadie sabe lo que hace. Pero supongo que la gente no quiere saber nada de eso.

El griego, que está a cuatro camillas de distancia vendando la cabeza a otro hombre, alza la vista.

—Nadie te prometió unas vacaciones. Ahórranos las quejas.

El hombre se pone en pie de un salto. Agarra la cantimplora, recorre el pasillo junto a una docena de camillas y sale del pabellón a la luz del sol.

Es entonces cuando Easley ve el ángulo de la mochila, que asoma de debajo de su propia camilla. Lo asalta una súbita euforia, seguida de un bajón al tomar conciencia de que se había olvidado de Tatiana. Rodeado nuevamente de otras personas, ya no siente su presencia.

Cierra los ojos arrullado por las inflexiones de las conversaciones cercanas, el ritmo de las pisadas en el exterior, la percusión del fuego de artillería en las montañas. Duerme profundamente, sin soñar.

La tierra misma lo traiciona. Permanece tendido, y sin embargo, levitando, se aleja del suelo. Abrir los ojos le representa un gran esfuerzo. Cuando los abre, concentra la mirada en la mandíbula invertida del mismo auxiliar médico rechoncho que lo recogió por primera vez y lo llevó a lugar seguro. Más allá de sus pies, ve la espalda y los hombros del griego. Están situados cada uno en un extremo de la camilla, y ésta se balancea. Al cabo de un momento, Easley vuelve a estar al aire libre.

La niebla le cae en la cara en forma de agua atomizada. Lo trasladan a algún sitio, pero ignora adónde. Siente el estómago lleno, pero el recuerdo de las gachas le parece ya lejano. ¿Vuelve a engañarlo la mente? Desde su rescate, ha tenido la sensación de estar hundiéndose a medida que su cuerpo se debilita. El auxiliar hace una señal con el mentón, y ambos dejan la camilla en el suelo y se alejan rápidamente.

Se ve atrapado en medio de una estampida de botas de cuero embarradas. Están montando tiendas de campaña cerca de él. A su derecha hay un hombre con el cuello vendado y sangre seca y negra en torno a las orejas. Abre y cierra la boca, como si intentara hablar. Easley se incorpora, pero la sangre se le va de la cabeza y casi tiene que tumbarse de nuevo. Para evitarlo, se sujeta a los costados de la camilla. En las montañas pululan hombres con casco por todas partes.

El griego regresa acompañado de un médico, un calvo bizco que dice que ya no soporta más palabras desalentadoras. El griego habla en susurros, y el médico asiente.

Un par de soldados se acercan apresuradamente con una litera más. La depositan en el barro y llaman con una seña al griego. Los tres hombres se agachan junto a esa camilla mientras el médico permanece erguido, mirando en dirección contraria, por encima del ballico, la playa, el mar.

—Os he dicho que no me traigáis cadáveres —protesta. El griego se yergue—. Os lo tengo dicho: examinadlos antes.

Easley cierra los ojos. Cuando los abre, el médico y el griego están junto a él.

—Es éste. —El griego retira las mantas y deja al descubierto los pies vendados de Easley. Saca unas tijeras del bolsillo y corta las vendas del pie derecho—. Han pasado tres días. Más vale que alguien haga algo cuanto antes. Se ha desmayado todas las veces.

El médico, eludiendo la mirada de Easley, fija la vista en su pecho. Coge la tijera de la mano del griego y la hinca en la carne putrefacta.

—¿Nota algo?

—En la espinilla. Un hormigueo.

Easley observa al médico volver a hincar la tijera en la carne amoratada. Tiene la sensación de que se trata del cuerpo de otro.

—Lavadlo. Será el tercero, después de los hombres alistados —dice el médico por encima del hombro, ya de camino a la siguiente decisión.

El hombre que dio de comer gachas a Easley pasa junto a él con otra camilla, que coloca junto a las demás. Se quita un calcetín y sostiene brevemente la muñeca del herido.

El griego se inclina sobre el rostro de Easley.

—No puede retrasarse más… No tendrás placas o papeles, ¿verdad? Necesitamos conocer el nombre de un pariente cercano.

Easley niega con la cabeza.

—John Easley. Civil. Periodista.

—Exacto. Ahora me acuerdo.

—Mi mujer está en Seattle —continúa Easley, y la imagina allí, cogiendo el auricular del teléfono y atendiendo la llamada.

El griego se palpa los bolsillos pero no encuentra nada.

—Easley, John. Seattle. Intentaré acordarme. Turner vendrá a prepararte. —A continuación, como si acabara de ocurrírsele—: No te darás cuenta y estarás ya en casa.

Y acto seguido el griego desaparece.

Turner se lleva el cigarrillo a los labios trazando un arco fluido y pausado, no con los movimientos bruscos propios de los otros soldados. Está limpio y bien afeitado. Descansado, incluso. Quizás acaba de llegar. Y sin embargo, cuando se inclina sobre Easley, emana un sofocante hedor a sudor nervioso. Antes de que lo anestesie, Easley le pide noticias del avance contra los japoneses.

—¿Avance? —Turner parece sorprenderse de que sea capaz de hablar—. Han llegado a lo alto de las montañas, pero nosotros aquí seguimos. Según la Marina, pueden mantener los barcos japoneses a raya, pero vete tú a saber. Y tienen miles de soldados en Kiska… Nuestros hombres llevan una semana metidos en el barro. Está habiendo muchas bajas por el pie de trinchera y la congelación. La comida no alcanza para todos. Vuelve a preguntármelo dentro de una semana.

Se deja el cigarrillo entre los labios, corta de extremo a extremo el pantalón de Easley, se lo retira de debajo del cuerpo y lo arroja al barro.

—Un hombre lanzó una granada en la laguna —cuenta—. No te imaginas la de peces que sacaron. Ahora están asándolos. Diría que eso es lo mejor que ha pasado hasta el momento.

Easley se siente sonreír.

Turner coge una tela blanca y le limpia los pies. La tela queda impregnada de una sustancia parduzca.

Easley se recuesta y contempla el cielo uniformemente nublado. Otro par de manos sale de la nada y le tapa la boca y la nariz con un paño húmedo. Easley le agarra la muñeca, pero enseguida se la suelta. Las moscas flotantes se desplazan por su campo visual como plancton en un jarrón. Pronto todo desaparece en medio de la luz.

Cuando Easley despierta, le sube la bilis del estómago. No tiene nada que vomitar, así que se inclina a un lado de la camilla y hace arcadas sobre el barro. En ese momento se da cuenta de que vuelve a estar bajo techo. Esta vez es un pabellón más grande. Al principio da la impresión de que nadie se fija en él, hasta que ve al griego, en jarras, junto a otra camilla. Tiene la mirada puesta en Easley. Pero al cabo de un momento a Easley se le asienta el estómago y vuelve a tenderse.

De pronto lo invade una sensación de alivio. Todo es nuevo: las mantas, una camisa limpia. Se toca por debajo y descubre que no lleva más ropa que ésa. Incluso el calzoncillo fétido ha desaparecido.

El hombre que ocupa la camilla contigua observa a Easley mientras se examina, mientras hace inventario, esperando a que acabe.

—Van a darte el Corazón Púrpura —dice.

Easley dirige la mirada hacia él, un chico que no tiene ni veinte años. Un brote de acné le colorea el mentón y las mejillas en torno a la nariz. Bajo la manta, lleva la guerrera y el casco, y aún tirita de frío.

—No soy del ejército —dice Easley.

El chico se presenta como Garret, soldado de primera clase.

—Mañana me amputan el pie.

Easley levanta la cabeza y se mira las piernas. Allí donde debían formarse dos elevaciones al final de la camilla, sólo queda una. Más allá de su rodilla izquierda ve sólo la superficie llana y regular de lana gris. Su mente se niega a aceptar lo que ve.

Este nuevo pabellón se ha levantado en un lugar distinto, de pendiente más acusada. Dibuja en su cabeza el mapa de la isla: donde se hallaba el hospital de campaña, donde los japoneses se han escondido en las montañas, dónde podría estar el frente. Imagina las tandas de hombres que siguen desembarcando sin la menor esperanza de cobertura. Por muchos que sean, necesitan aún la llegada de muchas embarcaciones más.

—Hoy día hay piernas postizas que no están nada mal —continúa Garrett—. Puedes caminar bastante bien. El pantalón corto queda descartado, por supuesto. Yo en todo caso soy patizambo.

Una larga andanada de fuego de artillería se oye en lo alto de las montañas. La imposibilidad de ver las cumbres o la playa desorienta a Easley, que desearía poder echar una ojeada fuera.

—Le pegué un tiro a uno en la boca. Nos gritaba en inglés. El muy cabrón se pasó una hora berreando. «¡Malditos perros americanos, nosotros masacraros!» Debió de repetirlo cien veces. Parecía que no sabía decir nada más en inglés. Esperé. Un compañero lanzó una granada, y todos salieron corriendo como ratas. Ese tipo asomó, y seguía con sus gilipolleces. Lo hice callar en seco. No apunté a la boca, pero ahora, cuando lo pienso, me río. No lo maté. Se agarró la boca e intentó echarse a correr. Otro lo alcanzó en el pecho. Podríamos decir que yo le di el último pase, supongo.

Easley está famélico. ¿Traen la comida a horas fijas o hay que pedirla? Todos parecen demasiado ocupados para pensar en eso.

—Tuve las botas puestas ocho días seguidos. No me las quité ni una sola vez. Para cuando repartieron calcetines y nos dijeron que mantuviéramos los pies secos, yo ya tenía problemas. Espero no perder los dos.

Easley lo mira y observa la débil barba rubia que asoma entre los granos.

—¿Dices que llevas aquí ocho días?

—Nueve.

Alguien se echa a llorar. En el lado opuesto del pabellón, a tres camillas de distancia, Easley ve que el hombre, avergonzado, se tapa la cara con la mano. Solloza descontroladamente, y ante eso son superfluas las palabras de cualquiera de ellos.

Nadie se molesta en explicar qué pasa. Y no es porque Easley sea civil. Nadie explica nada a nadie, por lo que él ve. Llega a la conclusión de que en realidad nadie tiene una idea clara ni del panorama general ni de los detalles concretos.

Primero se llevan el equipo médico y las cajas. Easley se apoya en los codos mientras los hombres vacían el pabellón entre ráfagas de ametralladora y los disparos esporádicos de algún francotirador. Soldados con las manos vacías tropiezan con aquellos que salen apresuradamente ya con su carga. Son demasiados hombres para esa tarea. ¿Por qué no organizan una cadena y se pasan la carga de uno a otro?

Entra un soldado con unas botas de goma aptas para el clima de la isla, un tres cuartos grueso y un gorro de piel: todo japonés. Easley no necesita preguntar por qué lleva ropa del enemigo. Sólo quiere saber cuándo y dónde la ha conseguido.

—Tenían una pequeña madriguera en lo alto del desfiladero. Abatieron a cuatro de los nuestros antes de que los liquidáramos. Saqué una bola de arroz de este bolsillo hace dos días… —El soldado se mete la mano en el bolsillo como si pudiera quedar dentro algo de comida que hubiera pasado por alto la primera vez—. Pastosa. Con cierto sabor a pescado. Lo único que comí en todo el día.

—Coge un bidón y sale.

Al poco tiempo sacan a Easley del pabellón y lo dejan fuera junto con las otras literas.

El soldado de primera clase Garrett sale en ese momento de la bruma del éter y empieza ya a lamentarse de haber perdido una parte del cuerpo.

Easley aparta la mirada del extremo sur de su propia camilla, donde el cirujano extrajo la rótula, cercenó entre el fémur y la tibia, y tiró la pierna y el pie maltrechos. El griego explicó que confiaban en haber eliminado toda la carne gangrenada, que pronto habría invadido el resto del cuerpo. En el espacio ahora vacío, la mente le juega malas pasadas, le dice que aún siente un escozor en la planta del pie y las puntas de los dedos. Y sin embargo el pie y la parte inferior de la pierna están muertos y han desaparecido. Sin duda no es esto lo que ocurre cuando el cuerpo muere por entero, no queda ese recuerdo de un dolor residual.

Easley agradece no tener que padecer ya esas cavilaciones a solas.

Garret exhala un profundo suspiro y se frota la cara. De pronto se abre, deseoso de hablar.

Algunos andan diciendo que nos han engañado, afirma. ¿El ataque a Dutch Harbor? ¿La ocupación de Attu y Kiska? Simples maniobras de distracción con miras a Midway. El plan del enemigo, dispersar las fuerzas estadounidenses por el Pacífico, no ha dado resultado. Los japoneses recibieron un varapalo en Midway, pero eso fue hace once meses. La única razón por la que siguen aquí es para explotar al máximo las posibilidades de propaganda en su país. Incorporan el territorio a sus mapas del imperio japonés. Otros, él incluido, no se tragan esas cosas y están convencidos de que se organizará una invasión aliada de Japón a través de las islas Aleutianas, si es que ellos no intentan utilizarlas antes para invadirnos a nosotros. Ahora que ha visto el lugar con sus propios ojos, y la determinación de quedarse del enemigo, presiente que eso es lo que sucederá. Estamos a una distancia mínima de Japón, afirma. A un paso. Esto no es una maniobra de distracción. Este lugar, este combate, es donde se ganará o perderá la guerra. La clave de todo.

Saca una jarra de debajo de la manta y la vacía en el barro. Le da dos ligeros golpes contra el costado de la camilla y se la lanza a Easley. El chico tiene razón. Ésa podría ser la última ocasión que tengan en el futuro inmediato. Easley se vuelve de lado, coloca la jarra y orina incómodamente.

Por fin, información. El griego anuncia que se ponen otra vez en marcha. Omite, no obstante, el cómo y el porqué. Tener a los heridos cerca de la playa debe de obedecer a alguna estrategia; quizá planean su evacuación, tanto tiempo esperada. Sea cual sea el motivo, hay que bajar más de veinte camillas por la pendiente para después descolgarlas desde lo alto de un acantilado.

El aliento de Easley se condensa en pequeñas nubes bajo la llovizna mientras dos soldados lo acarrean. Los disparos de los francotiradores parecen más frecuentes, y las ráfagas de ametralladora más cercanas. El corazón se le acelera cuando toma conciencia de que están al descubierto, y de su propio desvalimiento. Cada latido desata una punzada de dolor en su cerebro.

El hombre situado en la cabecera de la camilla no habla ni mira a Easley. Mantiene una expresión seria a causa del miedo. Es mayor que muchos de los otros, quizá rebasa los treinta. Tiene agüilla en la nariz. Easley lo ve pugnar con el hilillo de moco que le cae hasta el labio superior. De buena gana dejaría la camilla para sonarse. Como no puede hacerlo, intenta limpiarse con el hombro mientras mantiene la carga en movimiento, lo cual lo obliga a las más diversas contorsiones. De pronto se oyen tres penetrantes detonaciones, y todo el mundo instintivamente se agacha, avanza más deprisa. Easley se tira del puño de la manga derecha de modo que le queda colgando como un trapo y la acerca a la nariz del soldado. En un primer momento el hombre se sorprende, como si el periodista hubiera perdido el juicio.

—No pasa nada —dice Easley—. Suénate.

El portador de la camilla se inclina hacia el puño que le ofrece y se suena como un niño vacilante. Al segundo intento, Easley le agarra la nariz y el hombre puede sonarse a entera satisfacción. Al cabo de unos pasos, en medio de numerosos estampidos y explosiones, el soldado deja escapar un gemido, tropieza y se desploma. La cabeza y los hombros de Easley caen con él. Las empuñaduras de madera surcan el barro hasta que el otro hombre suelta su carga y también se echa cuerpo a tierra.

Los disparos de los francotiradores continúan durante lo que se le antoja una eternidad, y no le queda más opción que contemplar el cielo goteante y esperar a que se le caiga el mundo encima. Algunos de los hombres, tendidos boca abajo, empuñan las armas y devuelven el fuego. Cuando el ataque remite y los hombres se levantan de nuevo, el portador de la camilla mocoso no se pone en pie. Easley intenta volverse y mirar, pero sólo ve la espalda de otro hombre que busca indicios de vida.

—Dios mío —declara.

Llegan otro tres, y la camilla de Easley, otra vez en movimiento, avanza rápidamente hacia el acantilado.

Un soldado se arrodilla y ata firmemente una cuerda en torno a su cuerpo y la camilla, afianzándolo, inmovilizándolo totalmente, excepto por los brazos. Easley, amarrado, espera mientras las otras camillas desaparecen por el borde.

Cuando lo acercan al precipicio, atan otra cuerda a la cabecera de la camilla sin pérdida de tiempo. Tras un rápido vaivén del cielo gris, ve abajo la playa rocosa. La altura equivale a unos cuatro pisos. Lo bajan a trechos cortos y bruscos en un descenso controlado. Lo único que puede hacer es agarrarse y aguantar. Abajo, dos pares de manos lo reciben y guían los pies de la camilla hacia la playa. Cuando vuelve a estar en posición horizontal sobre el suelo, respira hondo, pese a no haber intervenido activamente en este viaje.

Las camillas están alineadas. Los heridos permanecen a la espera, escuchando el sonido fluctuante del combate y el embate de las olas. Easley se permite imaginar el barco, un horno sofocante, que lo llevará de vuelta a casa, la isla desapareciendo para siempre en la niebla, los brazos abiertos de Helen. En ese momento llega la orden de izar a todo el mundo por donde los han bajado.

El viaje de vuelta les exige el doble de tiempo y esfuerzo. El único consuelo es que el fuego de los francotiradores parece declinar. A medio ascenso, una racha de viento hace girar la camilla de Easley, quedándole las palmas de las manos y las mejillas contra la pared desigual del acantilado.

Para cuando todos los hombres y el material están otra vez en lo alto del acantilado, los obuses resuenan entre las montañas. Los japoneses se retiran aún más hacia las nubes mientras, abajo, los estadounidenses tratan de descifrar qué significa todo eso.

Se toma la decisión de trasladar a los heridos de regreso al lugar original e instalarnos allí una vez más. Para sorpresa de Easley, nadie se queja del esfuerzo derrochado, y para cuando se monta el pabellón, exactamente en el mismo sitio, y las camillas se hallan a salvo dentro, bajo la cruz roja, el griego vuelve a su trabajo, dando serenamente órdenes y morfina como si nunca se hubieran ido.

20

En el descenso a través de las nubes, lo que llama la atención a Helen no son las apretadas hileras de pesqueros, ni las pulcras casas, ni las ordenadas calles, ni las demás señales de civilización, sino la profusión de árboles. Éstos, poblando todo el terreno desde las laderas de las montañas hasta el mar, son la prueba viva de que ha regresado a la periferia de ese mundo seguro y familiar, el que no incluye a John.

Helen es ahora la única mujer a bordo. Al despegar de Adak, viajó en el avión con Gladys y Stephen, pero como su destino era Seattle, hizo trasbordo a otro vuelo en Dutch Harbor. Stephen alzó las manos ante su propia incapacidad para mantener intacto lo que quedaba de la compañía de variedades. Al final, se quitó el sombrero e hizo una reverencia teatral cuando el avión de Helen cobró velocidad y ascendió hacia las nubes.

El avión traza dos círculos sobre el aeródromo y la población de Sitka. Cuando alcanzan a verse las cúpulas bulbiformes de una iglesia ortodoxa, Helen recuerda haber leído en algún sitio que ésta fue en otro tiempo la capital de la América rusa, antes de venderse la colonia a Estados Unidos y recibir el nombre de Alaska. Le viene a la memoria la cruz rusa colocada en el alféizar de la habitación de Ilya y Jesse en el hospital. Ellos mencionaron que habían trasladado allí a su gente desde Atka para aguardar el final de la guerra en un campamento cercano.

El avión por fin aterriza, casi a mil doscientos kilómetros al este de Adak. Aquí la tripulación pasará la noche mientras revisan y repostan el avión. Cuando Helen desembarca, un soldado de Marina joven, de semblante serio, da un paso al frente y le ofrece la mano. Orejas prominentes, sonrisa sesgada: no parece tener edad para llevar el uniforme. Cortésmente, la separa de la tripulación y le explica que su alojamiento ya está listo.

—Pero todavía es temprano —añade—. Puedo llevarla en coche a la ciudad para que la visite, si le apetece. Ya me entiende, para dar una vuelta.

Helen se siente vacía, incapaz de hablar, sin saber la fecha ni la hora que es. Se detiene a pensar por un momento y por fin contesta que le parece una idea estupenda. Sin embargo, al joven se le borra la sonrisa cuando ella le pide que la lleve directamente a la iglesia.

Dentro de la catedral de San Miguel Arcángel, Helen no encuentra reclinatorios ni bancos. Hasta el día de hoy sólo había estado una vez en una iglesia protestante, nunca en una catedral ortodoxa rusa. Sin tener muy claro cómo actuar, se queda de pie al fondo de la nave e inclina la cabeza. No está sola. Aunque en este momento no se celebra ningún oficio, ni hay sacerdote a la vista, media docena de personas rezan por separado. Mujeres de mediana edad con pañuelos atados a la cabeza alzan la vista de vez en cuando desde detrás de dedos firmemente entrelazados para mirar las tablas de pinturas sagradas y el altar situado al otro lado de una reja.

Helen aprovecha la ocasión para dar gracias a Dios por la protección que le ha brindado en su viaje y por librar a John de cualquiera que sea la prueba en que se encuentre. Reza por su padre y sus hermanos. Reza para que acabe la guerra. Sin proponérselo, se plantea añadir nuevas plegarias a la lista, una por el descanso del alma de su marido, y una para perdonarlo por su incredulidad. Es incapaz de formular las palabras. Así que ruega la fortaleza necesaria para aceptar la voluntad del Señor, sea cual sea.

Dos mujeres y una muchacha se santiguan, se dan media vuelta y pasan junto a Helen de camino a la puerta. Ella alza la vista y ve rostros autóctonos: ¿indias? ¿aleutas?

Por ridículo que parezca el impulso, siente curiosidad por saber si han conocido a John. Si han contestado acaso a sus preguntas sobre su pueblo, su historia o su forma de vida, si lo han visto tomar fotografías de aves para su encargo del *National Geographic*. Él debía de estar muy atento, asimilándolo todo, la cultura, el paisaje, la flora y la fauna, sacando el cuaderno que llevaba en el bolsillo de atrás, anotando impresiones y expresiones, registrando detalles que de un modo u otro se entretejerían en su reportaje, el reportaje que habría servido para ayudar al resto del mundo a entender algo sobre este lugar. Para contarnos por qué estas islas merecen nuestra atención y para ofrecernos un vislumbre de su aterradora belleza. ¿Acaso lo han visto, han hablado con él, le han estrechado la mano? Sale a la luz detrás de ellas.

Las mujeres, vestidas con ropa que no es de su talla, se reúnen en la escalinata y conversan en voz baja. Cuando Helen se acerca, se apartan.

—Hola —saluda Helen—. Perdonen que las moleste, pero vengo de las Aleutianas, camino de mi casa, y he pensado que a lo mejor…

Una de las mujeres se vuelve y se lleva a la muchacha, como si Helen pudiese contagiarle algo, o ser portadora de malas noticias. La mujer que se queda, de unos cincuenta años, elude su mirada, pero mueve la cabeza en un respetuoso gesto de asentimiento.

—¿De qué parte?

—He llegado hasta Adak.

La expresión de la mujer se ilumina un poco.

—Nosotras somos de Atka, la isla que está al este.

A estas alturas, la abrumadora sensación de conexión —proximidad— le resulta tan familiar que la modera en un acto reflejo.

—He entrado para rezar por mi marido —explica Helen—. Su avión se perdió cerca de Attu.

La mujer la mira a los ojos.

—En Attu los japoneses capturaron a todo el mundo. Nadie sabe qué hicieron con ellos.

—Y casi nadie sabe que él y los demás han desaparecido...

—Rezo por ellos todos los días.

Helen echa su mejor baza.

—Ilya Hopikoff, y su hijo Jesse... ¿Sabe quiénes son? Los conocí en Seattle. ¿Han vuelto al campamento?

—La mujer de Ilya era prima mía —dice, sorprendida, mirando a Helen con nuevos ojos—. Por lo que sé, siguen allí.

—Espero que vuelvan a reunirse pronto con ustedes.

—Están mejor donde están ahora —afirma la mujer como si fuera un hecho incontestable—. Nos metieron en la vieja fábrica envasadora. Ochenta y tres personas, todas de Atka. Nos dejarán allí tirados hasta que acabe la guerra. Sólo venimos aquí para ir al médico y a la iglesia.

—Mi marido ha estado en su isla. ¿No conocería usted por casualidad a un periodista la primavera pasada? Un hombre alto —Helen indica le estatura con la mano—, delgado, de pelo castaño, treinta y ocho años..., guapo.

La mujer niega con la cabeza.

—Vinieron unos cuantos forasteros a nuestra comunidad —explica—. Nos preguntaban una y otra vez si habíamos visto barcos raros o submarinos. Estábamos todos alertas por si aparecían los japoneses.

Helen asiente.

—Lamento lo de su marido. Que Dios lo tenga en su gloria.

Helen se siente incapaz de responder.

La mujer se despide y se dirige hacia las otras, que la esperan calle abajo a distancia prudencial.

Helen, desalentada, deambula por la ciudad. Tiendas, jardines, una escuela primaria: imágenes alegres y animadas que no logran captar su atención. Pero cuando alcanza a ver la base aérea, se pregunta cuál es su avión, y cuál podría ser la marca y el modelo. Su padre querrá un informe sobre cada uno de los aviones en los que ha viajado, así como de la clase de bombas que llevaban. Cabeceará cuando ella admita que no se ha fijado en el más moderno equipo de radio.

Se dice que los rápidos pasos que se acercan no son motivo de preocupación, y sin embargo vuelve a su memoria el rostro del soldado Perera. Tensa la columna vertebral y contiene el impulso de mirar por encima del hombro.

Un joven se aproxima apresuradamente por detrás. Al detenerse junto a ella, jadeante, se inclina y apoya las manos en las rodillas. Pelo negro y espeso, tez morena. Cuando se yergue, deja a la vista unos pómulos prominentes y unos ojos oscuros almendrados. No tiene más de diecinueve o veinte años. Se limpia la boca y se presenta como el hijo de la mujer con quien Helen ha hablado en la iglesia.

Quiere que ella le cuente todo lo que sepa de Attu, si ha visto allí a alguien, si alguien consiguió escapar. ¿Tiene el ejército un plan para llegar hasta la isla y salvar a los habitantes?

—¿Se ha enterado de lo que hicieron los japoneses a la población civil en China? ¿En un sitio que se llama Nankín? —Se le forma un nudo en la garganta al decirlo—. ¿Lo que hicieron a ancianos y a mujeres?

Helen lo ve y lo siente, físicamente: la angustia que ambos comparten. Otra persona que vive en vilo por la incertidumbre de lo que ha ocurrido en Attu, otra persona que teje interminables hipótesis.

—Siguen atrincherados —explica Helen—. También en Kiska. Los bombardean casi a diario. Pero los nuestros planean algo. De una manera u otra, aquello pronto será una guerra sin cuartel.

El joven no muestra la reticencia de su madre. Le cuenta que su padre era el párroco lego que atendía a Atka y Attu. Desde que tiene memoria, él lo acompañaba en sus viajes por las islas, ayudándolo con la embarcación y las obligaciones parroquiales. En Attu conoció a una chica y se enamoró. Ella prometió casarse con él.

—Un día la radio de Attu calló. Fue el siete de junio del año pasado. Poco después nos trasladaron a todos aquí. No hemos tenido noticias de Attu hasta que usted se ha presentado aquí haciendo preguntas.

Pero Helen llega con las manos vacías. Si al menos pudiese ofrecerle lo que busca para sí, alguna nueva razón para la esperanza, algún camino que recorrer.

—Ojalá tuviera respuestas que darte.

—El padre de mi novia estaba construyéndonos un barco. Pero ya es mayor. Y ella no tiene hermanos. Yo debería haber estado allí para protegerla. Debería haber estado... —dice, hincándose el dedo en el centro del pecho.

No desvía la mirada, ni disimula su sufrimiento. Llora de tal modo que pierde la capacidad de hablar. Helen tiende las manos para abrazarlo, pero él permanece totalmente rígido. No responde ni la aparta.

Finalmente se separa de ella y se enjuga el rostro. Se mete la mano en el bolsillo, saca dos billetes de un dólar y señala calle arriba.

—¿Puede entrar en esa tienda de allí y comprarme un quinto de coñac? A mí no me lo venderán.

Helen no vacila. Coge el dinero y se encamina hacia la tienda.

Detrás del edificio, lejos de las posibles miradas de curiosos, descorcha la botella y echa un trago antes de entregarla. El chico inclina la botella contra sus labios y cierra los ojos.

El joven soldado de Marina que llevó a Helen a la iglesia detiene el jeep delante de la ventana de su alojamiento por lo demás vacío. Son casi las ocho de la mañana. Abandona el vehículo de un salto y trota hasta la puerta con energía aparentemente ilimitada. Le desea buenos días y le pregunta si el desayuno le ha llegado a tiempo.

Coge su maleta y la carga en la parte de atrás del jeep antes de abrirle la puerta. Helen monta con la sensación de haber envejecido diez años en los últimos meses, pero sin haber adquirido la correspondiente sabiduría. El soldado rodea el vehículo apresuradamente y se sienta al volante.

—Esto es para usted —dice, y retira una hoja de papel plegada de una pinza sujeta al salpicadero—. Llegó anoche.

Helen despliega una nota escrita a mano, obra de varios autores. El mensaje viajó primero desde California con un piloto que se dirigía a la isla de Kodiak, al norte. Allí fue dictado al radiotelegrafista de Sidka.

Querida Helen:

Llegó este telegrama a la oficina para ti hace casi dos semanas. Intentaron enviárnoslo, pero por alguna razón se perdió en Fairbanks. Lamento la noticia y espero que todo acabe bien. Hazme saber cómo estás cuando vuelvas a casa.

Un abrazo,

Stephen

Y después, en apretadas mayúsculas:

HELEN EASLEY, A/A USO PACÍFICO

PAPÁ ESTÁ MAL. ¿DÓNDE TE HAS METIDO?
NOS LLAMARON DE SANTA BRÍGIDA.
VUELVE A CASA CUANTO ANTES.

FRANK CONNELLY

Su hermano mayor, con la precipitación que lo caracteriza, ha prescindido de los detalles. Helen los completa, pues, ella misma.

Está mal… ¿Ha sufrido su padre otra apoplejía más dañina? ¿Han empeorado las cosas desde que se escribió esta nota? ¿Se ha celebrado su funeral mientras ella dormía en algún sitio, o cantaba una de sus piezas en un escenario? Abandonó a su padre cuando más la necesitaba. Ahora, según parece, bien podría ser viuda y huérfana.

Dejan atrás el hangar y se detienen a la sombra del ala del avión. Mientras la tripulación se acerca, Helen se disculpa, salta del jeep y, pasando junto a ellos, entra corriendo en el hangar, donde encuentra una mesa y un teléfono. Pide a la operadora una llamada a cobro revertido a la casa de su padre. Como no contesta nadie, telefonea a su hermano Frank en Jersey City, donde es poco después de las doce del mediodía. Lo prueba dos veces. Después de no recibir respuesta en el segundo intento, llama a la rectoría, donde por lo visto nadie atiende el teléfono fuera de horas de oficina.

Se ve condenada a un nuevo limbo hasta que el avión aterrice en Seattle. Helen sólo puede leer una y otra vez las palabras de su hermano e intentar interpretarlas, hacer planes y prever contingencias, tratar de comprender todo lo que ha ocurrido y qué podría significar.

Si John estuviera aquí con ella ahora, la cogería de la mano y le aconsejaría que no llenara el vacío con sus temores. Sé realista, diría, pero no te precipites a sacar conclusiones catastróficas. Y recuerda lo brusco que puede ser tu hermano y el hecho de que no ha habido más telegramas. Ya hay bastantes hechos difíciles que afrontar a diario como para permitir que la imaginación nos traicione, que la preocupación consuma nuestra vida real.

Deja la nota a un lado y cierra los ojos para saborear el recuerdo de John.

21

La mañana es aún tan reciente que apenas se la distingue de la noche. Un quinqué cuelga del poste, alumbrando apenas debido a lo corta que es la mecha. Easley abre los ojos con la sensación de haber soñado largo rato. El tubo de la estufa, tendido a través del pabellón, irradia calor, y dentro el aire es veraniego. Levanta la cabeza para ver si los demás también lo notan, pero casi todos siguen sumidos en el ciclo más profundo del sueño. Está seco y abrigado y siente en la cara la satisfacción del sofoco.

Es sin duda ese calor lo que da lugar a otra sensación que parece resurgir de una vida anterior: una erección tan plena que raya en dolor. Easley mira por encima de la manta y ve el contorno formado sobre el vientre. El dolor palpita al ritmo del pulso. No recuerda haber tenido una erección tan intensa y firme desde antes de su llegada a este lugar inhóspito. Se vuelve de lado para protegerla.

La prometida evacuación de heridos se ha aplazado una vez más. Easley ya no se cree nada de lo que oye decir a los oficiales. Sólo presta atención a los comentarios de los hombres alistados. Sostienen que hay fácilmente más de dos mil japoneses concentrados en las montañas por encima de la aldea. Han desembarcado más de doce mil soldados estadounidenses, de los cuales varios cientos han muerto o desaparecido, y hay más de dos mil heridos. La invasión no debía prolongarse más de setenta y dos horas, y va ya por su segunda semana. Pese a la determinación de los japoneses y el incesante fuego de los francotiradores desde las cumbres, la mitad de las bajas estadounidenses se deben a la exposición a los elementos. Cientos de hombres están perdiendo los pies, otros sucumben a la hipotermia.

Ahora las posiciones están bien definidas: el enemigo ocupa las tierras altas, los estadounidenses se han desplegado por los llanos y las playas. ¿Aguardan los japoneses el inminente rescate por aire o mar? Cuando lleguen esas fuerzas, si es que llegan, los estadounidenses acantonados en tierra quedarán rodeados y sin cobertura.

Pese a que dan de comer a los heridos con regularidad, nunca hay alimento suficiente para la tropa. El equipamiento que han traído no es acorde con la climatología ni con el terreno. Todo parece una sucesión de parches. Según rumores, el oficial al mando de toda la operación está a punto de ser trasladado. Los hombres se preguntan en voz alta si el cambio llegará a tiempo. Cuando descubren que Easley es periodista, se despachan a gusto, como si su cooperación pudiera de algún modo reducir su actual condena.

Un rostro familiar entra en el pabellón. El hombre saluda con un gesto al griego, que alza la vista y deja de contar frascos junto a la estufa. El recién llegado se quita primero el casco y luego los calcetines de las manos. Se rasca la cabeza y recorre la hilera de camillas a su izquierda con la mirada hasta posarla en Easley. Guiña un ojo, vuelve a calarse el casco y pone a calentar un cazo de agua en la estufa. Se oye una tos procedente de una litera cercana a la entrada. El hombre coge una manta de lana, se acerca al paciente y lo cubre con ella.

Cuando hierve el agua, echa un poco en el casco y se sienta en una caja. Saca una maquinilla de afeitar y una pastilla de jabón del bolsillo. Se extiende la espuma por el cuello y las mejillas y empieza a rasurarse. Levanta el pequeño espejo apoyado en la rodilla y evalúa el resultado. Advierte la mirada de Easley en la imagen reflejada.

—¿Duele?

Easley asiente.

El hombre enjuaga la maquinilla en el agua y se centra ahora en los huecos de las mejillas.

—Todavía tienes fiebre. Con una infección así hay que andarse con ojo. Podrían presentarse complicaciones más adelante.

—Y si eso pasa, ¿qué? ¿Hay que cortar hasta la cadera?

Echa una mirada a Easley y luego vuelve a concentrarse en su tarea.

—Llegados a ese punto, te pegaríamos un tiro y acabaríamos con tu sufrimiento.

El viento racheado embiste y sacude las paredes del pabellón.

Con gran esfuerzo, Easley consigue apoyarse en los codos. Su cuerpo parece haberse debilitado por permanecer siempre tendido.

—¿Alguna novedad?

—Más de lo mismo. Se mueren de hambre más deprisa que nosotros. El bloqueo aguanta… de momento. —Antes de afeitarse encima del labio superior, se pellizca la nariz como si fuera a darse un chapuzón. Incluso aguanta la respiración. Al expulsar el aire de los pulmones, dice—: O son incapaces de afrontar el hecho de que están acorralados, o saben algo que nosotros ignoramos.

Se frota la cara con las dos manos. Satisfecho, se abre la guerrera y con la pechera de la camisa se seca las mejillas.

—Deberías dormir ahora que puedes. De un modo u otro, aquí acabará habiendo por fuerza mucho jaleo.

—Duermo demasiado.

Coge un maletín médico y se acerca a Easley. Aparta la manta e inspecciona el vendaje y el muñón; luego el otro pie, donde la piel se desprende a medida que remite la hinchazón. Aproxima una caja, cura la herida supurante y desenrolla un trozo nuevo de venda. Al acabar, se echa atrás y lo mira con expresión ceñuda.

Revuelve entre su material y saca unas tijeras.

—Empiezo a cansarme de mirarte. Ha llegado el momento de quitarse el disfraz. ¿Quieres que lo haga yo o prefieres hacerlo tú mismo?

Easley acepta las tijeras, se coge un rizo de la barba y tira de él. Se lo corta con desgana y lanza el pelo cortado a un lado. Después de cortarse otros dos rizos, ya tiene los brazos cansados y vuelve a tenderse.

El soldado recupera la tijera y empieza a recortarle la barba. Cuando ha acabado, va a por agua caliente limpia, frota el jabón entre las manos y extiende la espuma por el rostro de Easley. Éste cierra los ojos, amodorrado por el calor y el contacto físico.

Warren insistió en que los dos se afeitaran «como era debido» para la boda de su hermano. A Easley le entraron ganas de salir corriendo nada más sentarse en la silla de la barbería ofreciendo la garganta a un viejo sudoroso con mal aliento y una navaja en la mano. Juró no repetir la experiencia. Pocos meses después se encontró en una enorme bañera, envuelto en torno a la delicada silueta de Helen. Resbaladiza, suave, cálida y enjabonada. Échate hacia atrás, dice ella. Relájate y déjame ocuparme de esa barba. Y él se negó. Uno de esos errores que lamentamos con el paso del tiempo. Éste se sitúa casi en lo más alto de la lista de cosas que quedaron por hacer… Y ahora ella sale de la bañera y se dirige hacia la cama. Es el momento propicio del mes, anuncia. No hay tiempo que perder. Easley consigue levantarse sobre su única pierna y mantenerse en equilibrio, incapaz de seguir adelante.

—¡Amigo!

Easley despierta sobresaltado.

—Estabas maldiciendo en sueños.

El periodista vuelve a cerrar los ojos.

—¿Puedo preguntarte una cosa? Quizá te parezca una nimiedad, dado el estado en que nos encontramos.

—No me lo digas: quieres que te corte también el pelo.

—¿Cómo voy a saludar a mi mujer? Si es que la vuelvo a ver. Ni siquiera podré tenerme en pie cuando ella entre en la habitación. Quiero que me digas que con una buena pierna postiza y un bastón puedo aprender a valerme por mí mismo otra vez. Dime que, con la práctica, mejoraré el andar. Dime que un día podré tirar el bastón, cogerla de la mano y pasear por la calle como uno más.

—Claro que sí. Además eres rico y guapo.

Cerca de la entrada se oye otra vez la tos.

—Dado que nos une una relación tan íntima —dice Easley—, creo que debería saber tu nombre.

—Cohen.

De pronto fuera se oye un estallido de gritos delirantes y agudos, que rodea y se acerca cada vez más al pabellón. Cohen se vuelve, alza la vista y sale como una exhalación. La desorientadora carga desciende de todas direcciones. Exclaman «*Banzai!*» una y otra vez. A Easley se le acelera el corazón y entra en un estado que va más allá de la alerta, más allá de la elección de luchar o huir, un estado producido por la toma de conciencia de que esa respuesta física no está ya a su alcance. Su único punto fijo de referencia es el griego, ahora inmóvil como una columna junto a él.

El vocerío aumenta de volumen, y cuando no ha tenido tiempo siquiera de levantar la cabeza para mirar, se abre la cortina del pabellón e irrumpe el enemigo. El primero en entrar parece asustarse de su propia voz casi tanto como su pretendido público. Sus camaradas lo siguen atropelladamente. El griego alza el brazo para protegerse cuando la larga hoja de un arma blanca avanza hacia su pecho. Easley, en un patético intento de huida, vuelca su propia camilla. La bayoneta se clava y vuelve a clavarse. El griego da un paso atrás, tropieza con la camilla y se desploma, inmovilizando a Easley contra el suelo.

El enemigo, desplegándose por el interior del pabellón, va de cama en cama y aniquila a los heridos a golpe de bayoneta y espada. Oculto por el cuerpo del griego, Easley ve al menos tres pantalones japoneses moverse por el pabellón. La sangre fluye caliente sobre él, empapándole la camisa en el hombro y la espalda. La mano derecha del griego cuelga frente a su rostro, reducida su vida a mínimos temblores espasmódicos en el pulgar y el índice. El quinqué se apaga y de repente todo queda a oscuras. Los alaridos y las maldiciones en inglés se mezclan con los gritos de *banzai!*, y al final el pabellón se sume en un coro de voces asesinas. Easley cierra los ojos y ocupa su lugar entre los muertos.

Los agresores salen corriendo, pero de pronto uno de ellos retrocede, vociferando y pateando todo aquello con lo que se cruza, para asegurarse de que han acabado la faena. Una bota golpea de refilón la cabeza del griego. Easley contiene la respiración cuando resuenan en sus oídos los disparos de un fusil.

Permanece inmóvil bajo su camuflaje mientras el salvaje ataque alcanza su clímax y remite. Más allá del grupo de tiendas de campaña, los sonidos de lo que hasta ahora parecía una ofensiva concertada se desintegran en un confuso alboroto. Al cabo de unos minutos, estalla a lo lejos una granada. Responde a la explosión el fuego de los fusiles y las ametralladoras. Después el fragor del combate se aleja.

Dentro del pabellón un lamento rompe el silencio. Easley aguza en vano el oído en busca de alguna otra prueba de que no está solo. Después de lo que parece una hora larga, se acercan unos hombres invisibles, jadeando, hablando en japonés en desesperados susurros. El pánico invade nuevamente a Easley, junto con la conciencia de que éste debe de ser el final. Pero las voces del enemigo se desvanecen.

Al estampido de un cañón de treinta y siete milímetros siguen los estallidos de las granadas y una lejana descarga de fusilería. A una tos ahogada, cerca de la entrada del pabellón, sigue el gruñido del estómago de Easley.

A unos metros de distancia unas voces que hablan en inglés, muy bajo, se mezclan en el viento con el griterío lejano e ininteligible. Dentro se oye otra vez la tos, más fuerte y definida. Easley alarga lentamente el cuello para mirar. Al cabo de un momento, un soldado vendado, con el pecho desnudo, aparta las mantas, se pone en pie y, tambaleante, sale a la débil luz de la mañana.

Easley se maravilla ante la gama de reacciones que genera esta escena horrenda. Sollozos profundos e incontenibles. Frío rechazo. Rabia callada y devoradora. Desde donde yace, casi al fondo del pabellón, ve a numerosos hombres asomarse a mirar desde fuera. Uno se santigua, el siguiente lanza una andanada de obscenidades.

Cuando empiezan a sacar los cuerpos bajo la niebla, un hombre exclama:

—¡Alabado sea el Señor!

Han encontrado a un superviviente cerca de la entrada del pabellón. Lo levantan y se lo llevan. Easley pide ayuda, al principio tímidamente, luego con determinación. Un par de botas se acercan mientras él forcejea para apartar el cadáver del griego.

—Estoy vivo. —Es lo único que se le ocurre decir.

Un soldado adolescente inspecciona el cuerpo del griego, ahoga una exclamación y retira su propia mano ensangrentada. Se agacha y mira a Easley a la cara con estupefacta incredulidad.

Le quita la camisa manchada de sangre. Apresuradamente lo examina en busca de heridas. Al no encontrar nada nuevo, lo levanta en brazos y se lo lleva entre las camillas volcadas y el revoltijo de mantas, brazos y piernas. Fuera, Easley parpadea deslumbrado por la luz. Siente un cosquilleo en el rostro lampiño a causa del frío mientras los hombres lo contemplan boquiabiertos, como si acabara de resucitar de entre los muertos.

El soldado lo deja en una camilla vacía junto a los otros supervivientes. Se entera de que han atacado no sólo un pabellón médico, sino dos, marcados ambos claramente con la cruz roja. La matanza ha sido parte de un ataque suicida para adueñarse de los grandes obuses y lanzarlos contra los estadounidenses. Casi lo han conseguido. Atrapados entre la oscuridad y la bruma, en medio de los desalentadores gritos y el delirio de destrucción, algunos hombres se han echado a correr, otros han ofrecido resistencia, y al final ha tenido lugar un combate cuerpo a cuerpo. Los japoneses se han reagrupado, pero las granadas han abierto brechas en sus líneas durante el avance. Finalmente el ataque ha sido repelido cuando el enemigo estaba a un paso de su objetivo. Pero más arriba, en la parte superior del valle, se oye aún el fragor del combate.

Junto a la camilla de Easley se han apiñado varios hombres, cruzados de brazos, musitando en tono reverente. Uno de ellos se vuelve y lo mira con ojos vidriados; luego se quita un calcetín de la mano a la vez que una sonrisa se despliega en su rostro pálido. Cohen se inclina y le da unas palmadas en la mejilla, inspeccionando la calidad de su trabajo. Traza una delicada línea sobre la mandíbula, que culmina con un chasquido de dedos.

A continuación se yergue y mira por encima del hombro, más allá del pabellón arrasado, hacia el fuego de los fusiles, a unos cientos de metros en la niebla. Su expresión se oscurece de nuevo cuando sucumbe otra vez a la conmoción.

—¿Dónde está el periodista? Quiero ver a ese maldito periodista. —Aparece un sargento primero con el fusil cruzado ante el pecho, en posición de ataque, como si el enemigo pudiera hallarse al acecho entre los heridos, su rostro ennegrecido por el humo, contraído en un deseo de venganza. Alguien señala a Easley—. Llévenlo allí. Quiero que vea esto, que vea la clase de enemigo contra el que luchamos.

Dos hombres reciben la orden de coger la camilla de Easley y seguir al sargento primero y a media docena de soldados por los campos empapados y salpicados de cráteres. Es tal la distancia que recorren que se ven obligados a turnarse para cargar con la camilla. Durante todo el trayecto, Easley sobrelleva como puede el palpitante dolor en la cabeza y el muñón. Tirita de frío. Se obliga a asimilar hasta el último detalle de la escena.

En lo alto de una elevación, los hombres depositan su carga y le ayudan a incorporarse en la camilla. Juntos recorren con la mirada los cadáveres apilados en los campos de bellico del año pasado. Unas piernas separadas del cuerpo, pero unidas ambas aún por la cadera. Un brazo, cercenado a la altura del hombro, con la mano todavía cerrada en un puño. Hombres muertos desmadejados, enmarañados, partidos por la mitad a causa del estallido de granadas de mano que sostenían contra el pecho. Centenares de muertos. Todos ellos japoneses.

—Así combaten. —El sargento primero señala el truculento espectáculo—. Primero matan a sus propios heridos y luego vienen a por los nuestros. Matan a los hombres desvalidos y después se vuelan en pedazos ellos mismos. Éste es el valor que atribuyen a la vida humana, incluso a la suya. ¿Qué honor hay en eso?

Easley no tiene respuesta.

—Obsérvelo bien, tómese su tiempo. Escriba sobre la locura de estos cabrones. Y piense que esto es territorio estadounidense; ya verá cómo enloquecen cuando invadamos Japón.

A Easley se le antoja muy lejano el tiempo en que regresó a estas islas para ser testigo e informar. La vana convicción del periodista de que de algún modo es capaz de dar sentido al mundo capturando sucesos y plasmándolos por escrito en un papel. En realidad nunca había contemplado la posibilidad de que este lugar, estos acontecimientos, reescribieran su propia vida de una manera tan absoluta.

Los soldados se despliegan entre los muertos, tocando los cadáveres intactos con la puntera de las botas en busca de señales de vida.

—Cuéntenlos —ordena a gritos el sargento primero—. Dispónganlos en algún tipo de orden.

Easley y él miran mientras los hombres inician la abominable tarea.

—Escuche lo que le digo —dice—: esta guerra no acabará nunca.

22

Helen cierra la puerta de entrada con cuidado y busca a tientas el camino hacia la cocina. Apoyándose en el fregadero, contempla el manzano a través de la ventana abierta por encima de los cazos y sartenes en remojo mientras pone en orden sus ideas. La fruta apenas alcanza el tamaño de manzanas silvestres. Pese al grato sol de esta semana, pasarán aún un par de meses hasta que se agranden, se endulcen y enrojezcan con el calor.

—¿Quién era? ——pregunta el padre de Helen desde el salón, levantando la voz para hacerse oír por encima de la radio.

—Un momento.

Vuelve a enderezarse, hunde las manos en el agua y reanuda sus esfuerzos para sosegarse. Necesita unos minutos para recobrar la serenidad, para reflexionar. Al pensar en Ilya Hopikoff ante su puerta, con el sombrero en la mano, todavía le flojean las rodillas.

Han pasado trece días desde la batalla de Attu. Helen leyó las noticias sobre el ataque anfibio y las consiguientes bajas: 549 estadounidenses y 2.351 japoneses. Formó parte de la expedición un puñado de corresponsales de guerra acreditados para cubrir la información de la batalla. Helen localizó a los periodistas firmantes de los contados artículos publicados y les preguntó si habían encontrado a algún prisionero en poder de los japoneses, o a supervivientes de un avión desaparecido, si acaso habían conocido a un teniente de las Reales Fuerzas Aéreas Canadienses, Warren Easley. Ninguno de ellos tenía la menor idea. Para mantener la mente ocupada en algo, elabora listas de personas con quienes ponerse en contacto, de pistas que seguir, de tareas pendientes. Gracias a eso, tiene la sensación de que hace algún avance, como si el avance fuera todavía posible. Ha oído decir que aún podría haber bajas en Fort Louis, cerca de Tacoma, y ha estado reuniendo valor para viajar hasta allí e investigar. Los millares de soldados que combatieron en Attu tienen ya nuevos destinos en otras partes: Italia, el Pacífico Sur. Los han obligado a seguir con su guerra. Desde que Helen regresó de las Aleutianas, viene diciéndose que también ella debe aprender a vivir en el presente, dejar atrás su fracaso, aun si prosigue con su búsqueda. Ha aprendido a racionar la esperanza, junto con las demás necesidades de la vida. Y de pronto esa llamada a la puerta.

Hoy Ilya Hopikoff venía solo; a su hijo Jesse le quedan aún unos días de colegio. A diferencia de su demacrado aspecto de hace dos meses, hoy se lo veía reposado, revitalizado. Se ha quedado a unos pasos de la puerta, ha rehusado su invitación a entrar. Jesse se recuperó enseguida de la pulmonía; en su caso, en cambio, los síntomas fueron más persistentes. Los médicos descubrieron que en efecto tenía tuberculosis, pero ya no puede contagiarla y pronto se curará. Envió a Jesse a vivir con una familia de la parroquia ortodoxa y lo matriculó en tercer curso. Así no habrá malgastado todo este tiempo. El chico progresa en compañía de otros niños. Ilya se reunió por fin con su hijo hace casi dos semanas.

Cuando Helen le ha explicado que conoció a la prima de su difunta esposa en Sitka, él ha bajado la vista, jugueteando con el sombrero en las manos. Ha dicho que mientras la gente de Atka siga internada en la envasadora, Jesse y él no volverán a reunirse con ellos. Es mejor para ambos permanecer aquí, a salvo y bien cuidados. Ya regresarán a las Aleutianas cuando termine la guerra y todos los intrusos se hayan marchado.

Y a continuación ha abordado el asunto que lo ha traído hasta aquí.

La semana pasada conoció en el hospital a un soldado que había combatido en la batalla de Attu. El hombre no sabía nada de los aleutas desaparecidos, pero sí contaba vívidas historias de lo difícil que fue expulsar a los japoneses de la isla. Mencionó asimismo haber oído hablar de un soldado de las fuerzas aéreas que había quedado aislado allí antes de la invasión, ocultándose del enemigo, sobreviviendo a base de marisco y carne de ave. ¿Abril en las aleutianas? ¿Solo en la isla? Al principio Ilya no dio crédito a este rumor, pero de pronto recordó la visita de Helen, encontró su tarjeta y sencillamente no pudo dejarlo correr.

—No es mi deseo alimentar falsas esperanzas —ha dicho—, pero me preguntaba si esa historia le habría llegado a usted. Me preguntaba si ése podía ser su marido.

Joe vuelve a hablarle desde el salón:

—He dicho que quién ha llamado a la puerta.

—Y yo he dicho que esperes un momento.

De un tiempo a esta parte Joe anda un tanto impaciente. Su entusiasmo inicial por el inminente viaje se halla ahora atenuado por la renuencia y el recelo: ante la perspectiva de dejar la casa en la que crió a sus hijos y cuidó de su mujer, ante la perspectiva de dejar a su hija. Su tren parte el sábado.

Cuatro semanas después de marcharse Helen con destino a Alaska, un par de golondrinas construyeron un nido entre los tubos del órgano de Santa Brígida. Joe quería retirar el nido antes de que las aves tuvieran ocasión de poner huevos y reparar la grieta que les permitía ir y venir a sus anchas. Pero las aves regresaron a reclamar su espacio y lo sobresaltaron cuando estaba en lo alto de la escalera de mano. Joe cayó, se hizo un esguince en la muñeca del brazo ileso y sufrió una conmoción cerebral. El sacerdote no consiguió localizar a Helen, y por tanto envió un telegrama a sus hijos, ambos en el este. Para sorpresa de Helen, Joe cayó una segunda vez: ahora en la tentación de aceptar la apremiante súplica de Frank, que quiere que lo ayude con el próspero negocio familiar. A Patrick y él les iría bien contar con la presencia de su padre en no pocas obras en construcción, dijo. Asombrosamente, Joe accedió a vivir bajo el mismo techo que su hijo mayor. Pero se negó a marcharse hasta que Helen regresara a casa sana y salva.

Ella sabe que él escuchará atentamente cuando le repita los detalles de su conversación con Ilya Hopikoff, buscando indicios de que se abandona de nuevo a sueños imposibles. Oye ya sus objeciones: podría tratarse de otro hombre del mismo avión perdido, un hombre de cualquiera de los muchos aviones perdidos, un aleuta de piel clara que escapó de los japoneses. A Helen todas estas advertencias se le antojan muy razonables, muy maduras. ¿Por qué, pues, no puede dejar de sonreír?

23

Se encuentra de nuevo solo, aunque hay gente cerca. Al igual que cuando vivía como una sombra en una cueva, Easley tiene libertad de movimiento y sin embargo permanece atrapado, ahora por las limitaciones físicas y la ley. Después de varios traslados entre la cama de hospital y la celda de la cárcel, ha pasado las dos últimas noches en una oficina de excedentes del hospital de Fort Richardson, a unos pocos kilómetros de Anchorage. Supone que está bajo arresto hasta que se le informe de lo contrario.

Le han dicho que ya no saben qué hacer con él, y sin embargo esta habitación parece concebida como una burla. En un robusto escritorio, a menos de tres metros de su camastro, hay solo una máquina de escribir sin cinta. No ha sentido el menor deseo de tocarla. Aún tiene prohibido ponerse en contacto con cualquier persona fuera de este edificio: redactores, agencias de noticias, abogados o familiares. Ha recibido órdenes estrictas de no escribir sobre Attu, o la campaña en las Aleutianas, hasta que se haya «zanjado» su caso. Cuando llegó, no podía hacer mucho más que levantar la cabeza de la almohada. Y sin embargo todavía les preocupa que intente enviar un artículo, poner en duda de algún modo la versión oficial de la batalla de Attu.

Easley contempla a través de la ventana el cielo azul por encima de los abedules y las piceas negras, vibrante y vivo por efecto de ese sol septentrional que ilumina con tal convicción. Coge la camisa y el pantalón y se dispone a vestirse. Esta ropa de paisano se la dio un suboficial de Bellingham, un pueblo a medio camino entre Vancouver y Seattle, entre la ciudad de su infancia y la vida que forjó junto a Helen. Baja la pierna al suelo y acerca la silla de ruedas. Se prepara para marcharse.

Rogó a los oficiales, los médicos, las enfermeras y los vigilantes que le permitieran enviar un mensaje a Helen, hacerle saber que al menos estaba vivo. Ella comunicaría después a su madre que aún tenía un hijo. La imposibilidad de mitigar las preocupaciones de ambas lo atormentaba, sobre todo por la noche, cuando el crepúsculo residual del norte le impedía dormir. Todo a su debido tiempo, le decían. Pero el debido tiempo no se cumplió hasta pasados doce días, cuando le notificaron su inminente liberación. Ahora dicen que estará en casa mañana por la tarde. Por fin tal vez le permitan usar un teléfono, oír la voz de ella resonar y tensarse a kilómetros de distancia, pero se contiene. Dentro de un solo un día —menos de veinticuatro horas— podrá transmitir el mensaje en persona. Verá su propio júbilo reflejado en los ojos de ella, le devolverá el abrazo.

Cuando evacuaron a Easley al continente, lo interrogaron a fondo. Reconoció por propia iniciativa que había suplantado a un oficial, entrado sin permiso en instalaciones militares de Estados Unidos, incumplido las condiciones de su anterior expulsión del territorio, demostrado que era un estorbo. Incautaron y examinaron el libro que Karl robó en el campamento japonés, el libro que contenía entre líneas el homenaje de Easley al chico. Resultó ser poesía clásica. Él se lo tomó con calma, lo contó todo. Ellos cabecearon en actitud de incredulidad. La poca información que pudo dar sobre la ocupación japonesa fue bien acogida, y le granjeó cierto trato de favor. Pero duda que pudiera proporcionar algo útil para el inevitable ataque a Kiska, donde espera el mayor contingente de fuerzas enemigas.

No ha visto a sus interrogadores desde hace una semana. Quizá les han asignado otra misión. Esta mañana el vigilante armado que monta guardia ante su puerta ha sido sustituido por un simple ordenanza, que fuma un cigarrillo detrás de otro y entabla conversación con todo aquel que pasa por delante. El ejército de Estados Unidos parece haber perdido todo interés en el caso del desplazado John Easley.

Los médicos, en cambio, le prestan cada vez más atención. Ahora es ya evidente que lo que queda de la pierna izquierda no está sanando como es debido. La herida ha vuelto a infectarse, el extremo del fémur parece dispuesto a abrirse paso a la superficie a través de la piel. Eso exigirá otra intervención quirúrgica, un tratamiento y un periodo de convalecencia que preferiblemente debe realizarse en Estados Unidos y bajo los cuidados de civiles. El médico ha organizado su traslado, pero al parecer nadie sabe qué implica eso en cuanto a su condición de retenido, o qué cargos pesarán sobre él. Nadie le ha dicho si volverá a oír hablar del tema. Ha llegado a la conclusión de que es mejor callar.

Lo asombra lo mucho que puede conseguirse con tres puntos de apoyo. El pie que aún conserva en el suelo, las dos manos en la barandilla del camastro, y acto seguido un empujón y se deja ir. Oscila sobre una sola pierna, se agarra a los brazos de una silla de ruedas, retrocede y se masajea el muslo hasta que remite la palpitación. Easley se lleva la mano al bolsillo de la camisa para sacar las pastillas que, según el médico, debía reservar hasta el momento del vuelo. Se las echa a la boca y las traga.

En los últimos días ha empezado a permanecer de pie frente al urinario, apoyarse en el lavabo para afeitarse, e incluso ducharse erguido. Se obliga a quedarse ante el espejo y hacer frente a esos ojos hundidos, esas mejillas chupadas, la extremidad cercenada. El médico no quiere saber nada de prótesis hasta que la infección esté controlada, hasta después de la nueva operación, cuando el muñón haya sanado plenamente. Aun así, ante estas elementales victorias, su pensamiento pasa de la pesadumbre a las posibilidades futuras.

Fiel a su palabra, Easley no ha escrito sobre los acontecimientos que lo han llevado hasta este punto. No ha sido una promesa difícil de cumplir. Carece de la fortaleza, el deseo y la claridad mental necesarios para resumir los hechos, para afrontar la tarea de escribir sobre la soledad y la guerra. Semejante empresa requiere tiempo. Tiempo para sopesar, por un lado, todo lo que ha visto y sobrellevado; por otro, la nueva vida que tiene por delante. Tiempo para dejar que las cosas reposen y se curen, muestren su forma, para ver si descubre algún sentido a todo eso. Easley no se abandona a ninguna clase de cavilación sobre esas cuestiones. Básicamente piensa en Helen.

Se ha fijado el objetivo de rescatar parte de este tiempo robado escribiéndole a ella a diario, describiéndole su evolución, su purgatorio, sus sueños para su futuro juntos. Estas cartas las ha ido guardando en una pila cada vez mayor. Ha plasmado todo lo que sentía, pero parecía incapaz de expresar en su vida de vigilia, su vida antes de la guerra. Empezó pidiéndole perdón por dejarla sola y traerle de vuelta tan poca cosa a su regreso. Luego, en lugar de describir los sucesivos grados de merma que su separación ha causado, elaboró una lista de los pequeños e innumerables placeres de su anterior vida en común, que antes había pasado por alto, pero que ahora parecen descollar por encima de todo lo demás.

Pero, dado lo que vio en la remota Attu —el devorador impulso del instinto de supervivencia, un enemigo dispuesto a autodestruirse—, le cuesta quitarse de encima la sensación de que esta guerra aún podría ser una maldición transmitida a la generación venidera. Una nueva Guerra de los Cien Años. Si de algún modo llega a vivir el tiempo suficiente para verla acabar, hará las cosas de una manera distinta. Juntos, Helen y él comprarán una modesta parcela de tierra y aprenderán a cuidarla, a plantar y cultivar sus propias hortalizas. Si no tienen hijos, criarán perros y conejos, gallinas y abejas. Tal vez funde un pequeño periódico local, o pruebe suerte con la enseñanza. Ninguno de los dos volverá a dormir solo nunca más.

Llaman a la puerta. Ha venido el ordenanza para acompañar al amputado hasta el aeródromo, para asegurarse de que se instala en su lugar y viaja bien sujeto. La decisión de si el paciente debe ir tumbado o sentado durante el vuelo —tema de no pocas discusiones entre el hospital y el hangar— aun no se le ha dado a conocer. Si lo dejan ir sentado, Easley dedicará ese tiempo a redactar una carta más a Helen, una carta donde describa esta emancipación anhelada desde hace tanto tiempo. La última carta de la pila.

Invita a pasar al ordenanza, le entrega su mochila, pero rehúsa el ofrecimiento de ayuda para empujar la silla. Cruzará esa puerta impulsándose él mismo y volverá a su vida con las fuerzas que le quedan.

24

Si uno se fiara sólo de las apariencias, sospecharía que Tom Sorenson se ha pasado la guerra jugando al tenis. Aún es mediados de junio, y ya está bronceado y tonificado. Lo cierto es que el antiguo compañero de Easley acaba de volver de Sicilia, donde presenció no poca violencia mientras enviaba docenas de artículos. Pero también ha jugado conforme a las normas. Easley no se lo echa en cara. Sorenson acciona el embrague y pisa el acelerador, cruza un antebrazo grande y moreno sobre el otro para girar el volante. Easley nunca ha tenido coche, nunca se ha considerado conductor, pero ahora toma conciencia de que se ha visto privado de esa opción para siempre. Esta última pérdida, recién descubierta, debe ponerse a la cola.

Su avión ha aterrizado poco después de las doce del mediodía y desde el aeropuerto lo han trasladado directamente al hospital para examinarlo. No han conseguido disimular del todo su reacción al ver lo que antes fue su rodilla. Si bien el personal sanitario ha estado alejado del frente, Easley confiaba en que hubiesen desarrollado una mejor actitud para el trato con el paciente a estas alturas de la guerra. El médico ha dictaminado que necesita tres días —setenta y dos horas— de reposo antes de la intervención, tiempo suficiente, esperan, para que los antibióticos hagan efecto y la reciente hinchazón remita. Sorenson ha echado a un lado su periódico y ha cogido la mano de Easley en cuanto éste ha entrado con su silla de ruedas en la sala de espera. Se ha tomado la molestia de comprarle ropa nueva. Las prendas del propio Sorenson le habrían quedado demasiado cortas en las perneras y las mangas demasiado holgadas en todas partes. Ante esta generosidad, Easley rememora el momento en que ambos intentaron entrar furtivamente por primera vez en las Aleutianas. Sorenson no dudó a la hora de compartir su comida, su bebida y la información cuando todo eso empezaba a escasear. Se mantuvo firme junto a él en Kodiak cuando cuatro hombres de la marina mercante buscaban pelea. Easley ignora qué ve Sorenson en él. Pero se siente revivir al verlo, y también gracias a las nuevas pastillas que le ha administrado el médico. Tanto es así que se ducha y se afeita sin excesivo dolor. Se imagina que ofrece un aspecto tan presentable como cabría esperar.

Sorenson telefoneó por adelantado para hacer saber a Helen que este año la Navidad llega con antelación. Ha dicho que ella lloró de alegría cuando él le prometió que pasarían por su casa directamente. Easley se ha formado una clara imagen de cómo debe ser este reencuentro. Se ha representado la escena en la cabeza, la ha repasado una y otra vez. Volverá a entrar en la vida de Helen siendo un hombre lo más completo posible. De pie, se presentará ante ella de nuevo —la verá, la oirá y la tocará de nuevo— en la casa de su infancia, no en una humillante habitación de hospital.

—Hay un par de cosas que debes saber —explica Sorenson—. Helen siguió todas las pistas, acosó a todos los periodistas y jefes de redacción de la ciudad. Como así no consiguió nada, viajó al norte. Te siguió hasta las Aleutianas… Créeme, esa mujer no acepta un no por respuesta. Sería mejor periodista que nosotros dos juntos.

Easley escucha la historia de cómo Helen cambió de identidad para perseguir su objetivo. Cómo optó por dejar a su padre enfermo. Cómo consiguió llegar hasta Adak con una compañía de variedades contratada por las USO, cómo descubrió que él había suplantado a su hermano, que su avión había sido derribado cerca de Attu. Y cómo a pesar de eso siguió creyendo. Cómo, al final, un informante hallado por ella en Seattle le pasó el dato de que habían encontrado a un hombre solo en Attu. Cómo ese dato la indujo a ponerse en contacto con un oficial de alto rango que conoció en Adak, y cómo Adak la llevó a Anchorage…

—¿El hospital de Fort Richardson?

Sorenson se vuelve de cara a él.

—Telefoneó allí haciéndose pasar por una periodista del *Post-Intelligence*.

Easley se queda inmóvil por un momento, asimilándolo; luego cabecea lentamente.

—Dijo que quería confirmar el rumor de que un hombre había sobrevivido después de ser abatido su avión sobre la isla de Attu, ocupada por los japoneses. —Sorenson se deleita claramente en su relato—. Un hombre que «aguantó más que los invasores». Pero para cuando ella hubo atado cabos, tu avión estaba ya en el aire.

Easley mira por la ventana, intenta imaginarlo, pero sólo consigue ver la boca de Helen en una expresión resuelta, sus pequeños puños cerrados a los costados. Durante su propia odisea, intentó con mucha frecuencia evocar imágenes tranquilizadoras de ella esperándolo, a salvo en casa. Intentó reconfortarse con esas fantasías. Ante la versión de los hechos que Sorenson ahora le presenta, está claro que le queda mucho por conocer de la mujer que lleva su apellido.

Recorridas unas pocas manzanas más, cuando lleguen a la altura de la iglesia parroquial de la familia de ella, doblarán a la derecha, seguirán hacia el oeste bajo la sombra de aquellos viejos arces y se detendrán junto a la acera con el lado del acompañante orientado hacia la casa. Easley abrirá la puerta y se levantará con toda la soltura que le sea posible. Helen lo verá erguirse en toda su estatura natural, sobre su pierna ilesa, sin ayuda de nadie. Luego él cogerá las muletas. No le esconderá nada, pero está decidido a mostrarle todo lo que aún puede hacer.

Cuando se la imagina ahora, y reflexiona sobre lo que dirá, siente una profunda fragilidad y a la vez una firme sensación de paz. Las razones que tuvo para apartarse de ella ahora se le antojan lejanas, en cierto modo más nimias, con lo que cual se revela su dudoso valor. Piensa sólo en su contacto y su compañía, y en cómo —al verse privado de esto—, se convirtió en un hombre desconocido para él mismo.

Sorenson le concede tiempo para prepararse en silencio. El pálido brazo de Easley resplandece bajo el intenso sol que entra por la ventanilla. Cruza las manos sobre el regazo, observa los edificios al pasar, se fija en cómo los escaparates de las tiendas pugnan por hacerse ver. Y allí a donde mira, ve gente pasear, soñar despierta, saludarse… más o menos relajada.

Helen, como él bien sabe, ofrecería una plegaria en este momento. En su día también él habría sentido ese deseo. Y experimenta una repentina gratitud distinta de cualquier otra cosa que haya sentido antes. Agradece que esta ciudad y toda la costa del Pacífico sigan a salvo. Agradece la presencia de este amigo callado y robusto que tiene a su lado. Agradece la certeza de que Helen espera su llegada en esa casa grande y vacía. Y sin embargo no siente el menor impulso de dar las gracias a lo que antes imaginaba que era Dios. Hacerlo significaría responsabilizar a ese mismo ser de la muerte de su hermano… y las de Karl, el griego, el portador de la camilla, el brigada Uben Kubota, y todos los que perdieron la vida en Attu. De los aleutas desaparecidos. Pero no tiene a nadie más a quien culpar, a nadie más a quien expresar su agradecimiento. No es necesario mirar fuera de nosotros mismos para encontrar al responsable. Y sin embargo su gratitud continúa en aumento. No se concentra en nada, se expande, abarca a todas las personas y todas las cosas.

Sorenson gira el volante y guía el coche hacia el bordillo. Apaga el motor. Easley se vuelve hacia él y ve que tiene los ojos empañados y elude su mirada. Le tiende la mano, intercambian un apretón, y luego él abre la puerta. Pero la casa está cerrada, no hay señales de vida.

Sorenson se coloca un cigarrillo entre los labios.

—Debe de estar afeitándose las piernas.

Se palpa los bolsillos en busca de un encendedor, alza la vista… y se apresura a quitarse el sombrero.

Easley ve abrirse la puerta hacia dentro y la mosquitera hacia fuera en un solo movimiento.

Cuando Helen abandona la sombra del porche, el sol ilumina sus rizos de color castaño rojizo por encima del cuello y los hombros.

Easley se prepara, se desplaza hacia delante en el asiento, apoyando la mano izquierda en el salpicadero y la mano derecha en la puerta. Planta el pie derecho en el asfalto, a corta distancia del bordillo. Desplaza las caderas, se impulsa hacia arriba y al frente, pero ella llega antes de que él alcance una posición de equilibrio. Helen tiende los brazos, sin apartar la mirada de su cara. En su ímpetu interrumpe el ascenso de Easley, y de pronto él se inclina hacia atrás. Sorenson, viéndoselo venir, se lanza por encima del asiento como un portero de fútbol. Da un empujón a Easley en el trasero para evitar que caiga. Helen se ve obligada a doblar las rodillas y separar las piernas de un modo muy poco femenino. Y por fin lo tiene entre sus brazos.

John se siente delgado y frágil. El pecho hundido, los brazos descarnados, los omóplatos angulosos. Tom le ha asegurado a Helen que ha recuperado parte de los veinticinco kilos que perdió en la isla. Pero eso no es ni mucho menos suficiente. Ella tiene la impresión de estar abrazando una versión más vieja de su marido, una que ha vivido el doble de su edad cronológica. Y sin embargo los brazos, las manos y el cuerpo responden igual que antes; incluso huele como antes: el olor a lana y tabaco, el leve tufo a sudor. Mientras ella reconcilia el pasado y el presente, él le besa los labios, las mejillas, la frente. Le besa las palmas de las manos. Empiezan a tambalearse otra vez, se cuelgan el uno del otro como un par de borrachos. Se ríen en su incómoda sensación de alivio.

Tom ofrece las muletas y coge una mochila maltrecha del asiento de atrás. John marca el paso primero a través del jardín por el camino de acceso y luego, admirablemente, en los cuatro peldaños del porche. Helen le mantiene abierta la mosquitera cuando entra.

Tom deja la mochila en el porche. A falta de unas palabras de despedida, ofrece un abrazo a Helen.

—¿Un té con hielo?

Él niega con la cabeza y retrocede escalera abajo con la promesa de volver el viernes por la mañana para llevarlos al hospital. Regresa trotando al coche.

John se sienta en el sofá con la espalda erguida y las muletas discretamente a un lado. No aparta la mirada de Helen. Ella permanece de pie ante él, sin saber qué viene a continuación, esperando una señal o indicación.

—Fuiste a buscarme.

Ella asiente y nota que se le contrae el rostro al recordar su propio dolor.

John le tiende una mano y ella da un paso al frente para cogérsela.

—Me quieres.

Helen, una vez más, mueve la cabeza en un desvalido gesto de asentimiento.

—Como yo te quiero a ti —añade Easley.

Él la atrae hacia sí, le acaricia la cadera, escrutadoramente, como para constatar que los dos están de verdad aquí. Después baja la mano y la desliza por detrás de su muslo derecho hasta la corva, donde tira de ella para que levante la pierna. Luego le acaricia la pantorrilla con las dos manos y le quita el zapato. Señala la pierna izquierda y retira el otro zapato. Ella se queda descalza ante él.

Se abre la blusa y lo acoge dentro.

Él cae sobre ella con la conciencia de que esto es el centro, el lugar donde reconstruir su vida, el único principio o final reales.

Ésta es una verdad en la que no cree, pero que es palpable. Ésta es la fe que conservará. Y aquí sí da gracias.

Ella le rodea la cabeza con las manos y siente dentro una vida eléctrica. No puede contener su gratitud a Dios, a la Santísima Virgen y al Espíritu Santo por devolvérselo. Él es su prueba viva. Su fe, su esperanza, sus ruegos atendidos. ¿Está bien rezar en un momento como éste? Ésta es la oración de acción de gracias mejor y más sentida que ella pronunciará en la vida.

25

Helen ha estado tarareando en la cocina desde primera hora de la tarde. El tiempo es tan propicio que ha decidido que comerán fuera. Con buenas temperaturas y abundante luz, los días parecen ahora casi interminables, capaces de contener fácilmente tanto la indolencia como la ambición de ambos. Su primer impulso es pedir a John que vaya a buscar la mesa plegable y la instale en la parte de atrás, pero logra contenerse a tiempo.

Sentado con ella en la cocina, él la observa ocuparse de los últimos preparativos. Después de esta comida, tendrá que ayunar en previsión de la intervención de mañana. Ella saca de la nevera unos huevos rellenos. Echa un vistazo al horno para comprobar si las cebollas del asado ya se han dorado. John hace girar los cubitos en el whisky mientras ella va una y otra vez del armario a la despensa, cogiendo platos y cuencos. Observarla lo nutre y complace tanto como la comida resultante. Apura la copa y coge las muletas.

Helen extiende un mantel bajo el solitario manzano, el árbol que plantó su padre al día siguiente de nacer ella. Mientras despliega las sillas, él se encamina hacia allí y cruza el jardín dejando atrás el tendedero. Toma asiento y la mira mientras ella le sirve un tazón de cerezas de vivo color rojo y un plato de ensalada. Él no se atreve a decirle que apenas es capaz de apreciar el aspecto y el olor de semejante festín. En estos últimos días parece haber perdido totalmente el apetito y se esfuerza por encontrar maneras de explicarlo. Helen incluso ha preparado un pastel. Se limpia las manos en el delantal y se aleja despreocupadamente por el jardín. Regresa con dos vasos de limonada. Todo es fantástico.

No te excedas, dice él cuando ella empieza a servirle. Debe de ser por el largo viaje, explica él. Las pastillas, el desacostumbrado calor. No menciona el nudo que ha estado formándosele dentro.

Helen se sienta por fin a su lado. Se ha levantado una suave brisa. El viejo abeto de Douglas del jardín del vecino barre delicadamente el cielo. Ella lanza una mirada a la fruta aún verde por encima de su cabeza e imagina el sinfín de deliciosas tartas y púdines que los esperan. John se inclina y coge el tenedor y el cuchillo.

Desde su regreso hace dos días, ha evitado toda conversación sobre planes para el futuro. Helen imagina lo difícil que debe de resultarle pensar más allá de la operación, la convalecencia, aprender a vivir sin la pierna. ¿Le preocupa cómo llegarán a fin de mes? Para tranquilizarlo y animarlo, expone algunos de sus propios proyectos.

—La casa es nuestra durante todo el tiempo que queramos. Mi padre no tiene previsto volver. —Dirige la mirada hacia la ventana del piso de arriba—. Habilitaremos un despacho en la antigua habitación de Frank y Patrick. Allí arriba hay luz de sobra. Te conseguiremos un escritorio como Dios manda, de cara a la ventana. Podrás contemplar los árboles mientras escribes. He pensado en el problema de la escalera, claro. Pero ya he visto lo bien que te las arreglas. A menos que te plantees trabajar a jornada completa en algún periódico. Como columnista o redactor. Algo aquí en la ciudad… Y dentro de un par de semanas, buscaré trabajo. Ahora la situación es muy distinta. Son muchas más las cosas que pueden hacer las mujeres. O sea, a menos que me quede embarazada y no pueda trabajar.

Easley sonríe ante el panorama que se despliega ante él. Absorto en ella, se limpia los labios. Pero no puede hacer propios sus sueños y ayudarla a colorearlos. No hasta que ella sea consciente de la clase de hombre que ahora tiene sentado ante sí, el hombre que comparte su cama.

A fin de preparar el terreno, empieza por la parte más fácil. Le cuenta la conversación telefónica que mantuvo con su madre, y que él le pidió que esperara unos días antes de venir.

—Insiste en que nos quedemos los ahorros de Warren —explica—. El dinero que él apartaba para comprar un trozo de tierra. Ya sabes cómo es mi madre. Dada la situación en la que estamos, no se me ocurrió ninguna objeción razonable. —Al pronunciar estas palabras en voz alta, le llama la atención el hecho de que su hermano es aún capaz de incidir en sus vidas.

Easley saca un paquete del regazo y se lo entrega a Helen. Ella se lleva la servilleta a los labios y echa una ojeada al interior. Contiene docenas de cartas, los sobres sin cerrar, con fechas y horas anotadas allí en el lugar del remite, el nombre de ella escrito en el anverso.

—Guárdalas para más adelante. Para después de la operación. Cuando ya te hayas acostumbrado a mí y empiece a ponerte nerviosa otra vez.

A continuación saca a la luz lo que ha estado pesándole desde que empezó a creer que sobreviviría. Le habla de Karl, y del tiempo que pasaron en la cueva, ocultándose del enemigo. Le cuenta que dejó al chico solo en la oscuridad y no encontró nada para entablillarlo a tiempo. Que esperó con un pedrusco sobre la entrada de la cueva y lo dejó caer cuando tuvo justo debajo el cráneo de un oficial japonés. Para su sorpresa, descubre que estas difíciles palabras brotan con facilidad, como si describiera episodios de la vida de otra persona. Se interrumpe por un momento, ve las manos de Helen cerradas en torno al paquete de cartas. Le habla ahora de los tesoros que halló enterrados, dentro de una vieja caja de té. Dice que, de no ser por la foto de una joven aleuta, su breve nota y la esperanza que le proporcionó, habría perdido el poco juicio que le quedaba.

—Me cuesta explicarlo, incluso a mí mismo —añade—, y no espero que lo entiendas. Pero necesito que sepas que ella fue tan real para mí como mi propia vida, o como lo eres tú ahora, aquí sentada conmigo.

Helen lo ve escrito en su mandíbula tensa, en sus hombros encorvados: la culpabilidad de haber fallado a un amigo, de haber matado a un enemigo. Pero después de eso le cuesta seguirlo. Esas dos muertes parecen un preludio a la nota y la fotografía. No está muy segura de si eso llevará a una revelación mayor, o si es una especie de prueba. No sabe cómo actuar.

—John, estás hablando de una foto. Como si fuese una chica de calendario.

—Eso es precisamente lo que intento explicar. No tenía nada que ver con eso.

Helen toma un sorbo de limonada y se aparta el pelo de los ojos.

—Ella acudió a mí en mi hora más negra. Fue como si ella misma decidiera aparecerse ante mí. Helen… Yo quise a esa chica. Y sentí su amor por mí. Habría dado mi vida por ella, y sin embargo fue ella quien me salvó a mí. Sé que esto quizá te suene a neurosis de guerra, pero ella es la razón por la que estoy hoy aquí. Sentado al lado de la mujer a quien siempre he querido.

—John…

—Se llama Tatiana. No la conocí en persona. Los japoneses se la llevaron antes de que yo llegara. Bien podría ser que estuviera muerta… Mientras me oigo decir todo esto, sólo puedo imaginar lo que debes de estar pensando. Pero necesito que lo sepas, y necesito que me perdones.

Helen deja a un lado la servilleta y las cartas, se recuesta en la silla. Tanta comida para dos personas con tan poco apetito. Recuerda el hangar de Adak, el escenario inacabado, el soldado Perera asegurando los tablones del suelo. Por ese desliz pasajero ya pagó con creces. No es un hecho que considere necesario revivir o confesar, permitir que cause confusión o estropee el día.

Al final, lo que queda es la confianza que él debe depositar en ella. La convicción de que ella aceptará, sin entender, que lo que existe entre ellos no puede menguar. Él desconoce el alivio de confesarse ante un sacerdote. La de Helen es la única absolución que él busca. Ella percibe el peso de su carga e instintivamente se siente impulsada a darle alivio.

—John, si me quedara sola en una isla, con una única foto... ¿Quién sabe? Quizá me habría enamorado hasta de Herbert Hoover.

Él lo entiende, asiente y baja la vista.

Sea real o imaginado, lo que él hizo en la isla, y con quién, no es causa de preocupación para ella ahora. Lo tiene aquí, de nuevo a su lado. Está cambiado y a la vez es el mismo. En conjunto, cree que es algo más que el hombre que antes conocía. Le coge la mano y se la besa. Él se ha hecho oír. Ha llegado el momento de olvidar. No hay nada que perdonar.

Easley no nota ya el nudo en el estómago; su apetito ha empezado a agitarse. Comen en silencio durante un rato. Con el dorso de la mano, Helen aparta con delicadeza un par de avispas de los restos del asado. Él pregunta por la subida del salmón de esta primavera y si Joe tuvo ocasión de echar el sedal antes de marcharse de la costa. Ella le cuenta los detalles de la apoplejía de su padre, su caída de la escalera, su notable aguante. Easley alza la vista al cielo ante la repentina preocupación de los hijos pródigos. Encuentra consuelo en estos últimos episodios, con protagonistas y temas familiares. Pero sobre todo se abstrae en las inflexiones de la voz de Helen.

Esta mañana antes de salir de camino al hospital, Helen, en un impulso, ha cogido uno de los rompecabezas de su padre. La caja muestra un molino de viento al final de un campo multicolor de tulipanes en algún lugar de Holanda. Una vez instalados en la habitación de John, ha esparcido las piezas por la mesa. Se sienta junto a él en la cama. Él delimita primero el contorno, ella ordena por colores los fragmentos de flores. Trabajan juntos en feliz silencio, hasta que él alarga el brazo y le cubre un pecho con la mano.

Faltan aún dos horas para la operación. Cuando llegue el momento, vendrá alguien para llevárselo en una camilla. El médico sospecha que, durante la amputación, un fragmento de hueso quedó alojado en el músculo. Dadas las circunstancias, los cirujanos militares hicieron lo que estuvo en sus manos. El médico buscará la causa del problema y lo eliminará; luego se asegurará de que el extremo del fémur quede liso y redondo de nuevo. Después estirarán un haz de tejido muscular y piel sobre el hueso y lo coserán. En cuanto cicatrice y el músculo sane, esa porción de pierna debería ser capaz de sostener otra vez su peso. El siguiente paso es una prótesis a medida. Si toda va bien, el paciente podría estar andando a finales del verano.

Rara es la hora que no se aparecen ante Easley los ojos famélicos de Karl, o el peso del griego inmovilizándolo. Ciertos recuerdos no esperan a ser evocados: residen en el presente. ¿Podría ser que el futuro se mostrara de manera parecida?

Curiosamente, Tatiana lo deja en paz.

A medida que las hileras de tulipanes cobran forma, Easley se concentra en la imagen que lo ocupa en todo momento desde Attu.

—Ya lo tengo —dice, apartando la vista de la mesa.

—¿Qué?

—Ayer me preguntaste si tenía algún plan. Pues sí, tengo uno. No es un plan propiamente dicho, sino sólo una imagen.

Helen se recuesta y cruza los brazos.

—Tú, vestida con un peto, de pie en un campo, un par de niños corriendo a sus anchas a lo lejos.

En la visión de Easley, la guerra ha llegado a su desenlace hace mucho. Quizá para entonces haya transcurrido ya tiempo suficiente y él sea por fin capaz de extirpar de la historia su propio fragmento. También éste parece una esquirla de sí mismo, fuera de lugar, un peligro para el tejido sano que lo rodea.

—¿Tienes el dinero que te di?

Ella sonríe.

—Mientras estoy en el quirófano, quiero que salgas por ahí como hemos dicho.

—A sus órdenes.

Consiguen formar unas cuantas hileras más de tulipanes antes de que lleguen los auxiliares. Dos hombres entran en la habitación y sitúan una camilla junto a la cama. Cuando hacen ademán de ayudar a Easley a subir, él les indica que se retiren con un gesto y lleva a cabo la tarea por sí solo en un abrir y cerrar de ojos. Helen aparta con cuidado el rompecabezas para acabarlo esta noche, mañana o al día siguiente, mientras espera a que él despierte de su bruma. Lo empujan hacia la puerta. Ella toca a uno de los auxiliares en el hombro y luego tiende la mano hacia la de su marido.

—Algo alegre —dice él—. Nos vemos esta tarde.

Ella le da un beso en la mejilla y permanece clavada al suelo mientras los hombres se llevan a su marido.

Helen recorre la habitación vacía con la mirada y recuerda a su padre cuando velaba a su madre moribunda. Siente el repentino impulso de echarse a correr. Pero se calma y, cogiendo el bolso y el chal, sale al pasillo y se va en dirección contraria.

El sol duro del mediodía destella en los suelos recién encerados. Al pasar ante una serie de ventanas, atravesando las sucesivas columnas de luz, compone una nueva plegaria. Se cuida muy mucho de pedir al Señor más favores, limitándose a darle las gracias de nuevo por todo lo que ya ha hecho. Ha recibido tantos dones que pide sólo la sabiduría necesaria para ser consciente de su buena fortuna. Frente al hospital, toma un autobús con destino a las tiendas del centro, donde, a pesar del racionamiento y la escasez, a pesar de la guerra, encontrará el vestido de verano perfecto.

Easley espera en la camilla, imaginándose el aspecto de Helen cuando vuelva. Cubierto por una fina sábana, agradece el calor del quirófano, los silbidos de alguien al otro lado de la puerta. Se pierde entre las voces circundantes, que hablan del número y el ángulo de los focos, la altura y el acceso de las mesas y las bandejas. Luego las luces empiezan a apagarse a la vez que el viento azota la lona del pabellón médico. Nota la camilla muy combada, la fría humedad del aire. Alguien tararea unos cuantos acordes de una melodía. ¿Jazz? Intenta representarse uno de los números musicales de Helen. Tendré que pedirle una actuación privada. La nieve cae ante la boca de la cueva, el manzano colmado de fruta. ¿Qué aspecto tendrá ella cuando vuelva? De pronto todas estas cosas parecen desprenderse de él y alejarse flotando hasta que siente una total ingravidez. Nunca se ha sentido tan limpio.

26

La valla del jardín trasero no alcanza a verse, como tampoco los árboles ni los postes telefónicos que hay más allá. Ésta es una de esas raras nieblas otoñales que se posan mudamente sobre la ciudad, amortiguando los sonidos y la luz. La radio advierte a todo aquel que tenga previsto cruzar hoy la ciudad que se lo piense dos veces. Además de la niebla, un desfile no programado recorrerá las calles. El tráfico está inmovilizado. Helen se da cuenta de que si pretende llegar a su destino puntualmente, debe coger el abrigo e ir a pie. Mete el paquete en el bolso, atraviesa el salón silencioso y sale a la nube.

Salvo por el espacio alrededor de la estufa, la casa está fría desde hace semanas. Las temperaturas no son ni mucho menos tan bajas como para congelarse las tuberías, así que no tiene ningún sentido derrochar calor en habitaciones vacías. Pronto el lugar se llenará otra vez de vida. Helen ha firmado recientemente un contrato de alquiler por un año con una familia de cuatro hijos. Ausentes Joe y Helen en el futuro inmediato, la casa se habría deteriorado por el abandono. Así alguien estará aquí para cuidar de todo, para mantener la vieja casa viva.

Después de catorce meses de servicio con la Cruz Roja local, ha puesto la mira en Europa, donde sigue habiendo millones de desplazados como consecuencia de la guerra. Se ha ofrecido para las misiones de socorro en Francia. Parte dentro de once días. Allí repartirá ropa y comida, rellenará incontables solicitudes de inmigración, dará clases de inglés en los campamentos de refugiados, ayudará a aquellos que intentan encontrar a los desaparecidos. Buscará a las hermanas y los hermanos de su propia madre, si es que han sobrevivido. Se presentará y proporcionará toda la ayuda que esté a su alcance. Les recordará que tienen familia en el lado lejano y seguro del mundo. Helen hará todo eso para mantenerse en movimiento, para ser útil, para intentar llenar el vacío que le ha quedado.

Los médicos le recordaron con delicadeza que en cuestiones de cirugía nunca hay garantías. Pese a los avances, la ciencia no es ni mucho menos exacta. Lo que no sabemos decanta fácilmente la balanza. Coágulos y embolias, aparatos circulatorios y respiratorios debilitados por la desnutrición, los riesgos de la anestesia. Cuando piensa ahora en ello, ve con toda claridad que John encontró su fin en las islas Aleutianas, pero de algún modo consiguió llegar a casa para su último descanso. Su regreso, su breve aparición, bastó primero para confirmar la fe de ella y luego para ponerla a prueba dolorosamente.

John le fue devuelto durante tres días para acabar perdiéndolo otra vez. Ahora han transcurrido dos años, cuatro meses y veintisiete días. Su ausencia la llevó a dudar de si hay otra vida después de ésta. Le arrebató la certidumbre. En este tiempo se ha desengañado de muchas de las cosas que antes consideraba verdaderas. Sólo en fecha reciente ha empezado a reconstruir, a rezar de nuevo. Lo que nunca ha puesto en tela de juicio es la necesidad de esperanza: no un etéreo deseo de tiempos mejores, sino una fe que impulse a la acción, que le exija abrirse camino. Una esperanza no por sí misma, sino por todo lo que revela.

La ciudad ha vivido no pocas celebraciones por los hombres que combatieron en el extranjero, actos de bienvenida tanto espontáneos como planeados. Y esta mañana, después de la llegada simultánea de dos barcos cargados de tropas al puerto de Seattle, los soldados han desembarcado en tropel por las pasarelas, han llenado las aceras y luego han invadido las calles, vitoreados por los viandantes. Han pasado casi tres meses desde el día de la victoria contra Japón, y el afán de júbilo parece no haber disminuido. Pero Helen se queda inmóvil en la esquina, en medio de la niebla ya a medio disiparse, mientras millares de soldados uniformados avanzan entre los vítores incorpóreos. Se abraza y desea que los hombres pasen deprisa. Sólo cuando están lo bastante cerca para tocarlos les ve la piel bronceada y el cabello aclarado por el sol. Pasan amplios sedanes, taxis y jeeps militares con hombres asomados a las ventanillas, dando bocinazos y cantando. Los que van a pie caminan erguidos, en improvisada formación, en filas de a ocho o diez, saludando a la muchedumbre. En lo alto de un camión de plataforma una banda toca *When the Saints Come Marching In*. Los civiles aprovechan la oportunidad para codearse con algunos de los últimos hombres que vuelven a casa de las islas y los atolones del Pacífico Sur recién liberados. Helen se pregunta si entre ellos hay algún veterano de Attu. Incapaz de cruzar, obligada a dar un rodeo, circunda la multitud. Pero el cielo se despeja, la niebla se levanta: los héroes han ahuyentado la bruma.

Cuando por fin llega al raído vestíbulo del hotel Cascade, lo ve de inmediato sentado en una mullida silla de respaldo alto. Viste una vieja gabardina sobre una camiseta blanca, tirantes prendidos de la cinturilla de un pantalón de mezclilla descolorido. Todo ello de segunda o tercera mano. Tiene los ojos negros y almendrados, la piel del color de una cáscara de nuez. Parece nativo, pero también podría confundírselo con un asiático, o incluso con un japonés. Es difícil calcularle la edad, pero Helen supone que pasa de los sesenta. No duda que ése es su hombre.

Se presenta como la mujer que habló con él por teléfono ayer. Alexander Seminoff se echa adelante en su asiento y se ajusta las patillas de las gafas de montura metálica en torno a las orejas. Quiere levantarse para saludarla, pero ella adivina el esfuerzo que eso le representará y se apresura a ocupar una silla contigua. Deja el bolso en el suelo y le pregunta cómo le van las cosas.

—Hemos estado bien desde que llegamos a San Francisco. Y aquí todo el mundo nos trata de maravilla.

Helen desea saltarse las formalidades iniciales, el hola qué tal, y preguntar cómo consiguieron sobrevivir. Por mediación del Departamento de Asuntos Indios, ha averiguado lo siguiente: desaparecieron de Attu cuarenta y cinco personas, sólo han sobrevivido veinticinco. En la lista de los supervivientes, consta una mujer llamada Tatiana.

Helen averigua ahora que, después de la invasión japonesa, la población de Attu permaneció cautiva en su isla durante tres meses y luego la trasladaron en barco a la isla de Hokkaido. Allí sobrellevaron tres años de trabajos forzados. Diecisiete murieron de inanición y enfermedades. Iniciaron el viaje de regreso a casa en cuanto se firmó el Acta de Rendición de Japón.

—Ha sido un largo viaje —explica él—. Todavía en Japón, antes de regresar, volamos por primera vez en avión. Algunos se asustaron, pero para mí fue emocionante. De repente, el piloto nos dice que miremos por las ventanillas. «Echen un buen vistazo», dice. «Puede que sean ustedes los primeros civiles estadounidenses que ven las ruinas de Nagasaki.»

Helen asiente. Puede adivinar, pero no saber, qué se desprende de este punto de vista.

—En Hokkaido, vivíamos con la duda de si en nuestra tierra las cosas andaban muy mal. Aquí al menos casi parece que no haya habido guerra.

—Señor Seminoff, lamento decir que pocas personas saben qué ocurrió en las islas Aleutianas. —Se plantea si éste es el momento oportuno y posterga las frases que tiene preparadas—. Si no le importa que le pregunte…

—Lo que me pasó está todo arriba en mi habitación. Tengo allí tres cajas, las cenizas de mi mujer, de mi hermano y de su hijo. Ahora las llevo a casa.

Una parte de ella se pregunta qué queda por decir. La otra parte, la parte que compartió con John, desea que todo quede al descubierto, a plena luz del día. Podría ponerlo en contacto con Sorenson, con muchos periodistas y jefes de redacción que podrían ayudarlo a difundir su historia.

—¿No cree que la gente debería saberlo?

Por su posterior silencio, parecería que lo ha puesto en un apuro, que le ha pedido que hable en nombre de los demás, que hable con autoridad de cosas que para ella es imposible comprender. El hombre desvía la mirada hacia el continuo tráfico de personas.

—¿Señora? Le agradezco su interés, pero lo único que queremos es volver a casa. Pensábamos que lo habíamos pasado muy mal hasta que vimos lo que vimos y nos enteramos de lo que ocurrió en casi todas partes. ¿De qué sirve arrastrar eso ahora? Quizás algún día se lo cuente a mis nietos, si me lo preguntan. Cuando me parezca que están preparados para oírlo.

A Helen le gustaría saber si le han dicho ya que su aldea fue destruida, pero no se atreve a preguntárselo. No está ahí para añadir esa nueva pérdida a las demás.

—Dice que tiene algo para mi hija.

Algo que Helen no ha tocado desde hace casi un año. Algo que alguien creía que estaba oculto y a salvo.

—Sí —contesta en voz baja.

—Mi hija tendría que estar ya aquí. Supongo que la han entretenido, como a todos los demás. Podemos esperar un rato, si a usted no le importa.

—Por mí encantada.

Él parece conformarse con esperar en silencio. Es cortés, pero no muestra curiosidad por saber quién es ella, ni por cómo lo ha localizado. No pregunta cómo es que está en poder de algo que pertenece a un miembro de su familia, ni qué es ese algo. No pregunta cómo le ha ido a ella la guerra. Quizá posee la sabiduría necesaria para sospechar que también ella ha pagado un precio.

Juntos observan las ideas y venidas de los clientes. Muchísimos hombres, recién licenciados del ejército, incómodos con sus chaquetas y corbatas.

Finalmente él pregunta si quedan aves acuáticas en la zona, de qué clase o si, como tantas otras cosas, se consumieron todas en la guerra. Helen explica lo poco que sabe de patos reales y gansos del Canadá; luego sonríe al imaginar a John oyendo eso mismo y aprovechando al vuelo la ocasión para dar detalles de otra docena de especies por lo menos.

Entra en el vestíbulo una joven. Ojeras en los ojos cansados. Mejillas hundidas. Pelo negro como el azabache. La mujer que en su día fue la chica de la fotografía que ahora está en el paquete a los pies de Helen. Fue hermosa y volverá a serlo.

A Alexander Seminoff se le ilumina el rostro cuando la ve. Se echa al frente en la silla.

—Ahí está, con su marido. Y ésos son sus primos.

La acompaña un nativo con una maleta en la mano. La deja en el suelo, rodea los hombros de la mujer y la atrae hacia sí. Helen contiene la respiración. Han pasado más de dos años desde que lo vio a mil trescientos kilómetros de allí, en la calle, cerca de la catedral ortodoxa de Sitka, desde que compartió con él el quinto de coñac detrás de la tienda. Ha aumentado de peso y estatura. Está cambiado. Sólo ahora Helen se da cuenta de lo espantosamente cerca que estuvo.

La pareja saluda a los primos y luego se abandona a lo que parece un encuentro largamente aplazado. En el rostro del joven, Helen reconoce lo que ahora identifica como júbilo resucitado: esa felicidad enrarecida que se había dado por muerta, pero ha vuelto otra vez a la vida.

Ella ha vivido con la duda de si este día llegaría alguna vez. Ha pensado en ello a menudo en el transcurso de la guerra, rechazándolo como algo en extremo improbable. John nunca habría previsto que hiciera esto, y sin embargo ella lo ha deseado desde que se enteró de que Tatiana había sobrevivido. Ve que éste es el momento de pronunciar por fin su discurso bien meditado, el relato de cómo llegaron a su poder esos objetos. Lo que significaron para John Easley. Y que Helen debe dar gracias a Tatiana por habérselo devuelto, brevemente.

Al verlos ahora, piensa en el efecto que podría tener en esa joven, de manera inmediata y en el futuro, saber algo así. El modo en que ese relato podría arraigar en la mente del joven que está a su lado. Se imagina cómo se sentirá ella misma al intentar transmitir la inverosímil devoción de su difunto marido. En un instante sopesa todo esto y entrega el paquete.

—Lo siento —dice Helen—. Pero se me hace tarde.

¿Tarde para qué? No lo sabe. Acaba de llegar al lugar donde se sentía destinada a ir. Y sin embargo la carga que creía sobrellevar de pronto ha desaparecido. La sustituye un impulso de protección.

Helen se pone en pie.

—¿Sería tan amable de hacerle llegar esto?

—¿No quiere saludarla?

—Señor Seminoff…

Él alza la vista, escruta sus ojos.

—Dios lo bendiga —dice ella por fin—. Le deseo suerte a usted y a toda su familia.

—Lo mismo digo.

Alexander Seminoff se pasa el paquete a la mano izquierda y le ofrece la derecha. Helen tiende la suya, pero él se la besa en lugar de estrechársela. Ella cierra los ojos y vuelve a abrirlos a un mundo que ha cambiado y a la vez es el mismo. Luego se da media vuelta, cruza el vestíbulo, sale a la luz y se funde con el gentío.

Agradecimientos

Estoy profundamente agradecido a mi primera lectora y querida esposa, Lily Harned. Siempre ha tenido fe.

Con este libro, he gozado de la extraordinaria suerte de contar con la clase de editora que lee y relee entre líneas. Gracias, Lee Boudreaux. Expreso mi agradecimiento a Daniel Halpern, por acoger este libro en Ecco y brindarle tan entusiasta recepción. Patrick Crean, de HarperCollins Canadá, fue el primero en llegar al lugar de los hechos. Proporcionó valiosos consejos e inquebrantable apoyo. Iris Tupholme dio un firme apoyo a este libro desde el principio. Sophie Orme, de Mantle/Pan Macmillan, ofreció percepciones sensibles y bien recibidas. Rachel Meyers entregó el manuscrito corregido antes de nacer su hijo, y Allison Saltzman diseñó la magnífica cubierta. Ryan Willard y Karen Maine lo mantuvieron todo en orden. Gracias a Michael McKenzie, Ashley Garland y todo el personal de Ecco/HarperCollins, HarperCollins Canadá y Mantle.

Estoy agradecido a mi extraordinaria agente, Victoria Sanders, y a su equipo: Bernadette Baker-Baughman, Chris Kepner y Chandler Crawford. Su apoyo abrumador contribuyó a asegurar que este libro llegara hasta las manos del lector. Debo un agradecimiento especial a Mary Anne Thompson, cuyo respaldo inicial y apasionado abrió muchas puertas.

En el transcurso del largo proceso de gestación de este libro he sido objeto de una gran generosidad, aliento y apoyo, por todo lo cual estoy profundamente agradecido. Los primeros lectores —incluidos Edna Alford, Georges Borchardt, Joan Clark y Michael Winter— me ofrecieron sensatas críticas. MacDowell Colony, Banff

Centre for the Arts y Our Town Café proporcionaron acogedores lugares donde escribir. Las ayudas del Canada Council for the Arts, el British Columbia Arts Council y la fundación Access Copyright me permitieron viajar a las islas Aleutianas y me concedieron el tiempo necesario para la creación.

Estoy en deuda con los escritores que abordaron el tema de las islas Aleutianas antes que yo. Numerosos libros, publicaciones, textos de historia natural, informes gubernamentales, artículos y ensayos fueron útiles en mi investigación. Entre todos ellos destacan la excelente historia militar de Brian Garfield, *The Thousand-Mile War: World War II in Alaska and the Aleutians*; el sobrecogedor relato de Dean Kohlhoff sobre el internamiento de la población aleuta, *When the Wind was a River: Aleut Evacuation in World War II*; el extraordinario relato de Corey Ford sobre la inicial exploración de las islas Aleutianas, *Where the Sea Breaks its Back: The Epic Story of Early Naturalist Georg Steller and the Russian Exploration of Alaska;* y la sensible y perspicaz obra de Ray Hudson *Moments Rightly Placed: An Aleutian Memoir.*

Gracias a todos y cada uno de vosotros.

Nota del autor

El 3 de junio de 1942 llegó la guerra al Pacífico Norte. La armada imperial japonesa bombardeó Dutch Harbor, en las islas Aleutianas de Alaska. Cuatro días después una fuerza invasora de casi dos mil quinientos combatientes japoneses ocupó las islas de Attu y Kiska.

Los habitantes de Attu —cuarenta y cuatro aleutas y dos ciudadanos estadounidenses no nativos— fueron tomados prisioneros. Un hombre resultó muerto; los demás fueron enviados a Japón. Los otros ochocientos ochenta y un aleutas dispersos por las islas Aleutianas y Pribilof fueron evacuados por el ejército estadounidense e internados en el sudoeste de Alaska hasta el final de la guerra.

Durante los once meses siguientes, el ejército estadounidense llevó a cabo una campaña aérea contra las posiciones japonesas. Entre el 11 y el 29 de mayo de 1943 se libró una de las batallas más enconadas de la guerra para recuperar Attu. Por el número de hombres que intervinieron, sólo la batalla de Iwo Jima tuvo un coste mayor, proporcionalmente, en el teatro de operaciones del Pacífico. Fue la única que se desarrolló en territorio estadounidense.

La guerra en las Aleutianas fue relativamente pequeña en el contexto del conflicto mundial, y sin embargo participaron unas quinientas mil personas. Según estimaciones, se perdieron docenas de barcos, centenares de aviones y unas diez mil vidas. Se ordenó a los periodistas que abandonaran la región, la censura militar fue severa y la mayor parte de la campaña no tuvo lugar a la vista de la prensa civil.

Estos acontecimientos son notas a pie de página olvidadas de la historia de la Segunda Guerra Mundial.

NUESTRO ECOSISTEMA DIGITAL

NUESTRO PUNTO DE ENCUENTRO
www.edicionesurano.com

Síguenos en nuestras Redes Sociales, estarás al día de las novedades, promociones, concursos y actualidad del sector.

 Facebook: **mundourano**

 Twitter: **Ediciones_Urano**

 Google+: **+EdicionesUranoEditorial/posts**

 Pinterest: **edicionesurano**

Encontrarás todos nuestros *booktrailers* en **YouTube**/**edicionesurano**

Visita nuestra librería de *e-books* en **www.amabook.com**

Entra aquí y disfruta de 1 mes de lectura gratuita

www.suscribooks.com/promo

Comenta, descubre y comparte tus lecturas en **QuieroLeer®**, una comunidad de lectores y más de medio millón de libros

www.quieroleer.com

Además, descárgate la aplicación gratuita de **QuieroLeer®** y podrás leer todos tus *ebooks* en tus dispositivos móviles. Se sincroniza automáticamente con muchas de las principales librerías *on-line* en español. Disponible para **Android** e **iOS**.

https://play.google.com/store/apps/details?id=pro.digitalbooks.quieroleerplus

iOS

https://itunes.apple.com/es/app/quiero-leer-libros/id584838760?mt=8